王尔德读书随笔

Oscar Wilde

〔英〕

书馆
rcial Press

Oscar Wilde

REVIEWS AND MISCELLANIES

Methuen & Co. Ltd, 1919

根据英国伦敦梅休因出版社1919年版选译出

涵芬楼文化 出品

目 录

译序 读书即读己

王尔德一直坚持艺术无用论，但好在他从来没说过读书无用，他也不会说，因为他嗜书如命。

但他读别人的书，都不是在读别人，而是在读自己，因为"除了我自己，我谁也没崇拜过"。"所有我写的东西都是与众不同的。我不想表现得与众相同。"1895年4月3日，在老贝利法庭接受律师讯问时，他仍朗朗回答："门外汉的艺术观点可以忽略不计：他们绝对是愚蠢的；我不管那些无知者、文盲和傻瓜怎么曲解我的作品。我关心的只是我自己的艺术观、我的感觉以及我为什么要创造它；我根本不在乎别人怎么看。"王尔德的艺术观，常被归入唯美主义，但这在一定程度上是"看扁"了王尔德。唯美主义无疑影响了王尔德，也是他崇尚的理想之一。但他的创作和批评，更多基于自己独特的创作思想和审美理想，其基调是古希腊罗马文化为根源的文艺复兴传统。

王尔德对古希腊文学的兴趣始于中学时代，他也曾以"生动"的语言朗读希腊戏剧《阿伽门农》。在都柏林大学期间，他深受希腊史教授马哈菲影响，马哈菲所著《希腊人的生活和思想》成为他理性了解希腊文化的入门书，"正是由于希腊文学的魅力，以及我对希腊人生活与思想的强烈兴趣使我成为一名学者。我是从马哈菲和泰勒那里继承了对希腊思想的热爱，学到那种语言的精湛知识的。"但他后来显然青出于蓝而胜于蓝，对老师表示"很大的失望"："马哈菲先生不光失却一个真正历史学家的精神，而且他常常似乎完全缺乏真正文人的气质。他是聪明的，有时甚至是闪光的，但他缺乏理智、温和、风格和魅力。"

在牛津大学期间，王尔德更多接受的是文艺复兴思想的影响，佩特是其导师。他称佩特"即使不是英国文学史上最伟大的散文作家之一，那至少也是我们最伟大的散文艺术家"。其《文艺复兴研究》成为王尔德与前拉菲尔派和惠斯勒等人志趣相投的媒介。他后来在狱中回忆自己美学思想形成的原因时，曾说佩特的《文艺复兴》"对我的一生产生了一种奇怪的影响"；而佩特的另一著作《享乐主义者马利乌斯》也使他领悟到艺术的秘密："艺术生活不过是一种自我的发展。艺术家的人性表现在他坦白地接受所有的体验，就像艺术家的爱不过是把爱的灵与肉显示给世界的美感。"除了佩特，英国的浪漫诗人，如济慈，前拉斐尔派诗人和画家，像风趣而才华横溢的惠斯勒（美国画家，长期侨居英国，主张"为艺术而艺术"）等，对敏感而才智过人的王尔德来说，无疑就是一座座天堂，更何况他又住在一个让年轻人做梦的城市、让他们生出无穷野心的大学：古老肃穆的校院、校院里翠绿的草坪、潺潺流淌的美丽小河，这一切足以让人忘掉尘世的烦忧，而一心沉醉在爱与美的芬芳之中。王尔德常常穿一身天鹅绒的衣服，宽领汗衫，倒折领口，打一条异样的领带，手里拿一朵向日葵或百合花，成为人们眼中的唯美主义传道士。《笨拙》杂志曾登了一幅诗人的漫画像：诗人从一丛向日葵中探出头，身边是一瓶百合花、一盒打开的香烟、一只废纸篓。下面附了这样一首诗：

> 唯美主义者中的唯美主义者，
> 他叫什么名字？
> 诗人王尔德，
> 他的诗却乏味。

　　的确，时人、世人更多是根据王尔德的外表和行为，而非基于其作品和思想判定他是不是一个唯美主义者，这种情况至今未变。1882年1月2日下午，王尔德乘船抵达纽约。《纽约论坛报》的一位记者就惊奇发现，王尔德看起来不像是一位唯美主义者："他的眼睛蓝中带绿，又亮又敏锐，完全不像有些崇拜者想象的那样带有梦幻气质。他的手并非小而纤细、只适合爱抚百合花，他的手指长长的，手握起来会形成坚硬的拳头，与人争吵时肯定会予人以痛击。"另外一个记者问王尔德："什么是唯美主义？""唯美主义就是关于美的科学，"王尔德笑着回答，"这场现代运动是为了追求真理。唯美主义是一切艺术的联系。这场运动始于叶芝，其他还有伯恩·琼斯、罗塞蒂、威廉·莫里斯、斯温伯恩。"

显然，王尔德所理解的唯美主义，实际上是"一切艺术的联系"，即"真理"，而非某一流派或某一教义，是流动的而非固化的，自然的而非人为的。这从王尔德本人并不成系统的美学观点中也能看出来，如他说"艺术家是美的作品的创造者""艺术的目的是表现艺术，隐藏艺术家""人的道德生活构成了艺术家创作题材的一部分，但艺术的道德则在于完美地运用并不完美的手段""一切艺术都同时既是外表，又是象征""艺术真正反映的是观察者，而不是生活"等等。

在王尔德看来，艺术并不是生活的镜子，而是生活是艺术的镜子，艺术不是复制画家和雕塑家想象出来的某个奇怪的典型，就是在事实上实现虚构中所梦想的东西。"艺术这面镜子反映的是照镜者，而不是生活。"而照镜者应当是读者。也就是说，艺术如果是镜子，反映出来的也绝对不是生活，而是旁观者或者照镜者。不反映生活，实际上就是在强调艺术只需要那些外在的、表层的、感性的美，而镜子所反映的也只有这些。艺术就是要使照镜者（观众）从艺术品这面镜子中看到真正值得看的、美的、能激起人的想象并进而创造这种美的人为的生活。这就是王尔德的独特的镜子。

"生活的秘密就在艺术，"在美国演讲时，听众对他的服饰表现出了浓厚的兴趣，他即兴解释说，"我想，你们中的一些人已经听说了和英国发生的这一场唯美运动相关的两种花，并听说——我向你们保证这种说法是错误的——这是一些唯美青年的食物。好了，现在让我告诉你们：我们喜爱百合和向日葵不是因为它们的外形，而是因为这两种可爱的花在英国是两种最完美的设计典范，是最自然地适合装饰艺术的花，它们可以给艺术家最完整、完美的快乐……我们每个人日日都在寻找生活的秘密。"1891年11月27日，纪德写给保尔·瓦莱里的信中这样描述王尔德："还想多说几句那个整天昏头昏脑的人。他不再读书，不再写作，不再睡眠，不再思考，总是出入咖啡馆或沙龙，与人握手，逗人发笑，唯美主义者奥斯卡·王尔德，哦，多么令人敬仰的王尔德啊！这个人真让人敬仰！"

艺术地生活！唯美地生活！这就是王尔德的生活观和艺术观。美吾美，以及人之美。他无法忍受生活和艺术中一切不美的人与事。

在伦敦，有个乞丐常常站在王尔德的寓所附近。每次见到乞丐的破衣烂衫，王尔德都很生气。于是，他找来伦敦最好的裁缝，让他用最好最贵的布料为乞丐做一身服装。服装做成以后，王尔德亲手用粉笔在衣服上画出几个地方，叫裁缝剪出豁口。从此，站在王尔德窗下的老乞丐就穿上了全世界绝无仅有的美观、昂贵的乞丐服。

可见，王尔德是一个彻底的"美的信徒"，他认为自己的生活就是一种艺术，生活中的每一件大小事物，都是一件艺术品，他的创作、他的批评也都是。他的"唯美主义服饰"、他的"唯美主义行为"、他的"唯美主义批评"都遵循着他自己的一套唯美主义原则，都不过是其理论的实践而已。

王尔德文学艺术批评的对象，也都是经过他的美学思想过滤过的，虽然他出口针砭显得随意些，但下笔一定是认真的，他像爱惜自己的形象一样爱惜自己的文字，且惜字如金。他热烈崇拜巴尔扎克，在巴黎时，他常手拿一根巴尔扎克式的象牙手杖；在旅馆写作时，他也穿巴尔扎克写作时穿的那种仿法衣制成的白睡衣。他结识的法国作家有雨果、龚古尔、都德、纪德、布尔热、左拉、魏尔伦、马拉美等，而他结识的艺术家则包括法国印象派画家德加、皮莎罗，意大利画家和雕刻家尼提斯，法国肖像画画家布朗什等；他虽然说过"在美国生活就像是长长地吐了口痰"，美国"最终会导致艺术的毁灭"，但他却"最推崇美国诗人沃尔特·惠特曼和爱默生"。在费城，他与惠特曼见了面。惠特曼眼中的王尔德真诚、可爱、男人味十足。他觉得王尔德那种青春的健康、热情和浮躁都是那样清新。而王尔德也抛弃了一切所谓的造作，畅所欲言，谈伦敦的文学，谈斯温伯恩、罗塞蒂、莫里斯、丁尼生、白朗宁；王尔德对东方文化也情有独钟，他很喜欢东方的小物品，他经常会和其他作家谈起东方情调。从青花瓷碗、孔雀羽毛、中国折扇、日本屏风、浮世绘到东方的各种奇花异草都是他热衷的物品。在旧金山，他参观了唐人街的剧场、庙宇和住处，在"中国劳工区"，他觉得"这里的人——忧郁得让人奇怪的东方人，这些最普通不过的人，必定很穷，他们却让自己身边没有一件东西不美。这些劳工每晚在中国餐馆一起吃饭，我发现他们用像玫瑰花瓣一样精美的杯子喝茶，而在华丽的旅馆，他们给我用的荷兰杯子有一英寸半厚。账单送上来时，我发现是用宣纸制的，上面用印度墨水写数字，这太奇妙了，就好像一位艺术家在一把扇子上蚀刻一群小鸟"。也因此，他一读到庄子的英译本，就动笔写文章。

实事求是地说，王尔德一般是干一行爱一行的，他对自己感兴趣的东西，总是能忘我投入，如他主编《妇女世界》，就几乎联络了自己认识的所有英美有教养的女性，他甚至给维多利亚女王写信，问她以前是否写过什么文章可以由他发表。王室做了记录："没有人提出过这种要求，女王陛下一生从未写过任何一行严肃或诙谐的诗歌，或是韵文，这一要求真是一种大胆的创新。"王尔德本人也是妙笔生花，以"文学札记"为总题谈文学、写书评，他评论过的作家和艺术家足有两百多人，其中就包括柯勒律治、佩特、斯温伯恩、惠特曼、叶芝等，另外还包括刺绣、雕塑、绘画、民间故事与传说等方面的文章。

实际上，王尔德从来也没彻底服膺任何"导师"，他只是从别人的思想中接受了能够表达自己艺术主张的观点、方法，并最终形成自己的艺术主张，使人为他用，且活学活用！王尔德的人生与他的文学批评观、艺术观一样，特立独行，但坦诚而透明。他不虚伪，他善良，他直言不讳，他重情重义，他喜欢无邪的人性和自然，他毫不掩饰自己的人生目标就是"Success, fame or even notorious!"（成功、出名，哪怕臭名昭著！）他的成功，他的失败，他在法庭上为"不敢说出名字的爱"公开正名，他生活中的忠诚与背叛，都与他的文学、艺术批评一样，出于真性情，是他的人生观、世界观、未来观、善恶观……所以，本书中的文章都出于这种"真"，是他的"真知灼见"，并告诉我们这就是他的"真知灼见"，当然，他更希望我们也都认为是他的"真知灼见"。但他不会强迫我们接受，因为他认为"最高级的批评"和"最不涉及任何外在于自己的标准"，也"必然是纯粹主观的"。是的，人人都能艺术地生活，人人都是生活与艺术的批评家，只要人人都能真诚地生活与批评。

这样的读者，才适合读王尔德的这本书。

另外要说明的是，此译本将原书中《济慈之墓》(*The Tomb Of Keats*)和《济慈的蓝色十四行诗》(*Keats's Sonnet On Blue*)两篇替换为王尔德的同一主题的两封信，信更生动、真切些。原书后附的《格言》(*Sententiae*)是从王尔德各种作品中摘录的格言金句，因与书中的部分内容重复，也没保留。此外，书中补充了几篇王尔德谈论自己艺术观的内容，是从王尔德的其他作品中选摘的，如《为〈道林·格雷的画像〉辩护》《批评是一种创造性的艺术》《艺术无目的》

《一切艺术皆无用》等。这部分内容实际上回答了王尔德读书随笔所秉承的艺术原则，等于王尔德自问自答，这样使读者相对更容易理解这些文章，也更容易理解王尔德。

孙宜学

2022年6月8—9日

济慈墓[*]

亲爱的霍顿勋爵，久慕你对约翰·济慈的诗非常欣赏，所以我才斗胆寄给你我最近在罗马写的一首关于他的十四行诗，若能得你点拨一下，不胜欣喜。

站在他坟墓前，不知怎的我觉得他"也"是个殉教者，也应该葬在"殉教者陵园"。我认为他是死在属于自己的时代之前的美的传教士，是被谎言和谣言之舌杀死的可爱的塞巴斯蒂安[1]。

因此，我才写了这首十四行诗。但我给你写信并非只想得到你对一首孩子气的诗歌的批评，而是还有一些想法想向你请教。

我不知道自从他墓前立了一块大理石纪念碑后，你是否去过他的墓。纪念碑上刻着一些非常美的诗句，但上面真正

---

[*] 致理查德·蒙克顿·米尔恩斯的信，写于1877年6月16日。——原注，未做特别说明的均为原注，后不另注。

[1] 即圣塞巴斯蒂安（Saint Sebastian, 256—288年），罗马军官、早期基督教徒。他引导许多士兵信奉基督教，事发后，皇帝命令以乱箭射之，他侥幸不死，后又被乱棒打死。——译者

让人讨厌的是济慈的浅浮雕头像——或更不如说是圆雕饰侧面像。头像雕刻得极其丑陋，由于夸张了他的脸部棱角，结果把他的脸变成了瘦长尖削的脸。他的鼻子本来是棱角分明的，他的嘴唇是那种希腊式的美妙薄唇，但雕像上的他却有着几乎像黑人的嘴唇一样厚的嘴唇和黑人那样的鼻子。[1]

我们知道的济慈看起来像雅辛托斯[2]或阿波罗一样可爱，但这个雕像却完全没有表现出济慈的本来面貌。我希望把它移开，换上淡色调的济慈半身像，就像佛罗伦萨的那尊库拉坡王的彩色半身像[3]。单纯的白色大理石是不能表现出济慈漂亮的外表和丰富的色彩的。

无论如何我认为不应该允许这样丑陋的雕像存在。我相信你很容易看到它的图片，你到时就能看出它有多可怕了。

这件事情上，你的影响和伟大的名声可以让你随心所欲。我认为我们应该为他竖立起一块真正美丽的纪念碑。显然，只要每个喜欢读济慈诗的人愿拿出半个5先令硬币，就会有一大笔钱来做这件事了。

我知道你一直忙于政治与诗歌，但我相信，只要你振臂一呼，就能为此募到一大笔钱。那个丑陋的济慈像无论如何必须推倒。

1　济慈的圆雕饰侧面像是约翰·沃林顿·伍德雕刻的，1876年2月21日由市长文森特·艾尔爵士揭幕，他也写了一首离合诗刻在了雕像下面。

2　斯巴达城邦国王之子，深受阿波罗的喜爱。——译者

3　指的是库拉坡王彩色镀金像，他是在途经佛罗伦萨返回印度时死去的，年仅21岁。他的墓后来成了佛罗伦萨人民公园的一部分。

附：济慈墓

摆脱了这世上的不公与痛苦，

他最终长眠在上帝蓝色的面纱下；

在生命和爱情正清新可人时他失去了生命，

这里躺着最年轻的殉道者，

他像圣塞巴斯蒂安一样美丽，也一样被罪恶杀害。

没有松柏遮护他的坟墓，也没有悲哀的紫杉树，

只有红唇雏菊，沾满露水的紫罗兰，

和寂静的罂粟，在迎接夜雨。

噢，为悲哀而破碎的最骄傲的心！

噢，世界见过的最悲伤的诗人！

噢，英国大地上最甜蜜的歌手！

你的名字用水写在了大地上，

但我们的泪水会使你的纪念碑万古长青，

使它像罗勒树一样茂盛。

济慈的诗*

    这是我一向深爱的一首十四行诗，实际上，只有优秀、完美的艺术家才能从一种纯粹的色彩获得奇迹般的主题。现在，我半倾心于触过其手的报纸和表示过其问候的墨水，而完全迷醉于他优雅甜蜜的性格，因为我自童年起所爱的就只是你那奇妙的男亲戚，那像天神一样的年轻人，我们时代真正的阿多尼斯。他知道银色月光的预言，知道早晨的秘密；他在亥伯龙[1]的山谷里听到了早期诸神宏大的声音，从山毛榉树中看到了轻盈飞行的林中女仙……在我心中的天堂里，他永远与希腊诗人和莎士比亚并肩而行，终有一天他会"从闪光的琥珀酒中抬起他那处女般的卷发，/用他芳香的唇亲吻我的前额，/用他高贵的手把爱紧紧交到我手中"[2]。

    再次感谢你让我记起这位我所爱的人，也谢谢你对我说

---

* 致爱玛·斯皮德的信，写于1882年3月21日。

1 亥伯龙，环绕土星运行的一颗卫星，希腊神话中的十二提坦神之一。——译者

2 这几句诗引自王尔德的诗《爱之花》，收在1881年出版的《诗集》中，略有改动。

4

过的那些甜美、优雅的话。实际上，如果那些血管里流着与那个年轻的美的传播者一样的血（血很快就变成歌）的人，没有与我一道站在会为济慈所深爱的伟大艺术复兴运动中，那才奇怪呢，因为他就是这场运动的种子。

请允许我寄去我写的一首谈济慈墓的十四行诗，你在自己的文章中已引述并热心地赞美过它；如果你能让它靠近他自己的作品，它能使从常驻着夏日的枯萎树叶中获得的青春保持长青。

晚餐与菜肴 *

　　无食能活三天，无诗仅能活一天，这是波德莱尔的格言。《晚餐与菜肴》的作者说，没有照片和音乐可活，不吃饭活不了。毫无疑问，后一种观点更受欢迎。的确，在这些世风堕落的日子里，还有谁会在颂歌和煎蛋卷、十四行诗和鲑鱼之间犹豫不决？而这种立场并不是完全庸俗的。烹饪是一门艺术；烹饪课不也是南肯辛顿的主干课程吗？皇家科学院不也是每年举办一次宴会吗？除此之外，由于即将执政的民主政府无疑会坚持以一分钱晚餐养活我们所有人，所以最好解释一下烹饪法则：因为若国餐烧煳了，或是调味不好，或者配错了酱汁，那就可能会引发一场可怕的革命。

　　鉴于这种情况，我们向大家强烈推荐《晚餐与菜肴》：简明扼要，不卖弄辞藻，实为读者大幸。因为即使是奥尔托兰人也难忍受长篇大论。它还有一个优点，就是不配图说明。艺术品的题材当然与美无关，但对彩色石版画上的一条

---

* 原载于《帕尔摩报》，1885年3月7日，评《晚餐与菜肴》，该作品署名"漫游者"，系化名，后由辛普金和马歇尔公司出版。

羊腿，就得说些风凉话了。

至于作者的特殊观点，我们完全同意他在通心粉这个重要问题上的看法。他说："绝不能让我为给我叫了通心粉布丁的人买单。"通心粉本质上是一道美味佳肴，可以搭配奶酪或西红柿，但绝不可以搭配糖和牛奶。书中对如何烹制意大利烩饭的描述也很实用——这是一种在英国很少见的美味菜肴；对各种色拉的做法，也有精彩的描绘，应该由那些想象力从未超越生菜和甜菜根的女主人仔细研究一番；实际上这也是一部烹饪可食球芽甘蓝的食谱。当然，最后这道菜是极品。

我们所有人在生活中必须面对的真正困难，与其说是烹饪科学，不如说是烹饪无知。在这本实用伊壁鸠鲁主义的小册子里，英国厨房的暴君大白于光下了。她对药草一无所知，她对提取物和香精充满热情，她根本不会做胡椒肉汁汤，她总将野鸡与面糊和在一块儿，这一习惯根深蒂固——所有这些恶习以及其他许多恶习，都被作者无情地揭穿了。无情但正确。因为英国厨师就是一个愚蠢的女人，她的恶习就在于她甚至永远都不知道如何用盐。

但我们的作者不只是本地人。他见多吃广：他在维也纳吃过烤笋鸡，在圣彼得堡吃过俄式馅饼；他勇于直面罗马尼亚的水牛肉，午后一点又与德国家庭共进午餐；他一本正经大谈特谈大仲马所痴迷的著名的白松露烹饪之正法；他当着东方俱乐部的面，宣称孟买咖喱比孟加拉咖喱好。事实上，除了美国人的"美餐"之外，他似乎遍尝天下美食。他应该马上研究美国菜；美国的哲学美食家有宽广的研究领域。波士顿的豆类因受误解而立刻遭人抛弃，但软壳蟹、鳖、北美野鸭、青鱼和新奥尔良的蓬蓬鱼皆是美味佳肴，尤其是当你在德尔莫尼科吃到这些时。事实上，美国最引人注目的两处风景，无疑是德尔莫尼科的饭店和约塞米蒂山谷。在本世纪，在促进英美友谊方面，前者比其他任何东西的贡献都要大。

我们希望"漫游者"早日去美国，为这本《晚餐和菜肴》增一新章，并希望他的书在英国也产生应有的影响。土豆烹饪之法不下20种，煎鸡蛋之法不下365种，而英国厨师迄今为止仅知3法，或者这一种或者另一种。

莎士比亚论舞台布景 *

我常听人说，他们想知道，若莎士比亚能看到欧文先生导演的《无事生非》，或威尔逊·巴雷特先生为他的《哈姆雷特》制作的布景，他会怎么说。他会乐享布景的灿烂和色彩的奇妙吗？他会对墨西拿大教堂和埃尔西诺的城垛感兴趣吗？或者他会无动于衷，只是说，戏剧，只有戏剧，才是重点？

诸如此类的思考总是令人愉快的，在目前情况下，恰也有利可图。因为不难看出莎士比亚的态度会是什么。真不难，也就是说，如果你读莎士比亚本人的作品，而不是只读谈他的文章的话。

例如，莎士比亚就如一位伦敦剧院的经理，借《亨利五世》合唱团之口，直截了当地抱怨舞台过小，而他又必须在这个小舞台上表演一部大型历史剧的盛会，但因为缺乏舞台场景，迫使他不得不删掉剧中许多最生动优美的戏剧情节，并因此砍掉扮演士兵的演员数量，不得不因用了寒酸的道具

* 原载于《戏剧评论》，1885年3月14日。

和房屋的破旧表示歉意，最后，还因无法在舞台上用真马而深表遗憾。

在《仲夏夜之梦》中，他又为我们描绘了一幅最有趣的窄小舞台的画面，描绘了他那个时代的剧院经理们因缺乏合适的舞台而陷入的困境。事实上，读他的作品时，不可能不看到，他一直在抗议伊丽莎白时代舞台的两个特殊限制——一是缺乏合适的舞台场景，二是男扮女角的时尚，就像他抗议其他困难一样，而这些困难剧院经理也一直都在抗争，比如演员不理解自己的台词、演员不听提示语、演员表演过火、演员说个不停、演员插科打诨、演员在画廊演出，以及业余演员等等。

而且，即使他是一位伟大的剧作家，也必须不停打断戏剧的进程，以便安排专人向观众解释要改变什么场景，这使他倍感受阻，如在特定角色退场后，等其再上场时要将场景转换到入口处的特定位置；用舞台代表暴风雨中的船甲板，或希腊神庙的内部，或某个城镇的街道，莎士比亚将舞台简化为所有这些非艺术装置，并且总是为此深表歉意。除了采用这种笨拙之法外，莎士比亚还有另外两种代替风景的办法——悬挂海报和他的描述。其中第一种替代品很难满足他对如画风景的热情和对美的感觉，当然也无法让他那个时代的戏剧评论家满意。但至于其描述，对我们这些不仅将莎士比亚视为剧作家，而且将其视为诗人，并且喜欢在家中阅读他的作品，就像喜欢看他的戏剧演出的人来说，他没有像现在的公主剧院和兰心剧院那样随心所欲地使用熟练的机械师，堪称可贺。例如，如果克利奥帕特拉的驳船是帆布和荷兰金属结构，可能在整件布景撤出后会被涂画或分解，即使幸存至今，恐怕此时也已变得破旧不堪了。而现在，其船尾斑驳的金色仍熠熠闪光，其紫色的篷帆仍风采依旧；其银桨仍不厌其烦地伴随着跟随其后的长笛之音，也不厌倦涅瑞伊花朵般柔软的纤手抚摸着其丝质的用具；美人鱼仍懒依于船舵，男孩们仍手拿彩扇站在甲板上。尽管莎士比亚所有的描述性段落都很可爱，但其描述本质上都缺乏戏剧性。给剧院观众留下深刻印象的，非耳所听，实眼所看。现代剧作家在大幕拉开时，就将其戏剧环境清晰地呈现给了观众，享受莎士比亚经常表示希望获得的优势。的确，莎士比亚的描述不是现代戏剧中的描述——讲述观众自己能观察到的东西；这些都是富有想象力的方法，他借此在观众内心创造他希望他们看到的形象。尽管如此，戏剧的质量取决于动作。为了如画风景而停下来总是很危险的。而将不言自明的场景引入到舞台，则能使现代方法更加直截了当，而这种做法赋予我们的形式和色彩的可爱，在我看来，似乎常常在观众中营造一种艺术热情，并产生纯粹为美而美的那种喜悦，而没有这种美，伟大的艺术杰作就永远无法被人理解，艺术作品永远都向美展示，而且只向美展示。

若说一出戏的激情会被彩绘掩盖，感情会被场景扼杀，这不过是空洞和愚蠢的言辞而已。一出高贵的戏剧，一出装置高贵的戏剧，能给我们双倍的艺术乐趣。眼睛和耳朵都得到了满足，整个人性都完美地接受了想象性作品的影响。而至于一部烂剧，大量观众恰是被可爱的场景效果吸引，才去听冒充诗歌的花言巧语，去听为现实主义尽责的庸俗，我们不是都看到了吗？这对公众有益还是有害，在此我不讨论，但很明显，剧作家无论如何都绝不会忍受这些。

的确，真正能够忍受现代戏剧场景装置的艺术家根本不是剧作家，而只是场景画家。他正快速被舞台木匠所取代。在德鲁里巷，我时不时看到被扯下来的舞台上的幕布，其中一些像画一样完美，还有纯粹的画家作品，还有很多我们在其他剧院都见过的，而就是在这些幕布前，一些对话因为后台的锤子和锡钉，而沦为优雅的哑剧。但一般而言，舞台上充斥的大量道具，不但比舞台布景画耗资更巨、更添累赘，而且更丑、更假。道具扼杀透视效果。一扇画的门比真门本身更像真门，因为画家可以赋予其适当的光影条件；过度使用组合的结构装置，总会使舞台过于炫目，因为必须得从前后给它照明，煤气灯成为场景绝对需要的光，而不仅仅起到让我们感知画家希望展示的光影条件的作用。

因此，与其哀叹剧作家的地位，还不如让批评家们发挥他们可能拥有的一切影响力，恢复场景画家应有的艺术家地位，而不要让道具师凌驾于他之上，后被木匠锤死。贝弗利先生、沃尔特·汉恩先生和特尔宾先生这样的艺术家为什么没资格成为院士，我自己从来没看出任何理由，他们的主张肯定和许多院士的一样好，而这些院士对每年5月我们花一先令买的画儿，也完全无能为力。

最后，让那些呼吁我们敬佩伊丽莎白时代的朴素舞台的批评家记住，他们正在赞美的，恰正是莎士比亚本人秉着真正艺术家的精神一直强烈抗议的。

《亨利四世》在牛津[*]

有人告诉我，每个戏剧俱乐部的雄心壮志，都是排演《亨利四世》。对此我并不觉得意外。这部剧的喜剧精神和骑士精神同样热烈；它是英勇的盛会，也是一首英雄诗，就像莎士比亚的大多数历史剧一样，它包含了数量惊人、自始至终精彩绝伦的表演部分，每部分都绝对是个性化的，每部分都推动着情节的发展。

牛津有幸首次将这部高贵的戏搬上舞台，我上周看过演出，处处都配得上那座可爱的小镇，那个甜美之母和光明之母。因为，尽管牛津辩论社年轻的狮子们在咆哮，活体解剖者家中的兔子在尖叫，尽管有基布尔学院、有轨电车和体育版画，牛津仍保留着英国最美丽的东西，生活与艺术在这里如此完美合一、独一无二。事实上，在英国其他大多数城镇，艺术常常通过反映卑鄙生活的肮脏丑陋的方式呈现自己，但在牛津，艺术就像一朵精致的花儿来到我们面前，她诞生于生活之美，表达生活中的喜悦。她在伊希斯找到了自

---

[*]　原载于《戏剧评论》，1885年5月23日。

己的家，就像她曾在伊利索斯找到家一样。对她来说，玛格达伦步道和玛格达伦回廊就像科洛诺斯的银橄榄和帕拉斯家的金大门一样亲切；她用扇形窗饰遮住了基督教堂大厅的拱形入口，透过默顿的窗户向外看；她的脚撩过卡姆诺尔的牛蒡草，她在河滩收集贝母。对她来说，学校的喧嚣和教室的沉闷就是一种精神上的疲倦和苦恼。她不打算定义何为美德，也不在乎美德的分类；她对身手敏捷的运动员微笑，他们优雅的造型令她高兴，年轻的野蛮人的竞技让她愉悦；她在芦苇丛生的岸边注视着划船者，把桃金娘花送给她的情人，把月桂送给她的诗人，对那些在街上谈吐睿智的人表示遗憾。她让所有与济慈怀揣同一梦想的人都觉得大地可爱；她向所有与雪莱一起翱翔的人打开了苍穹；她掉头不顾书呆子、监考官和市侩，她欢迎一群年轻演员来到她的神殿，她知道他们充满热情地在寻找墨尔波墨严守的秘密，并快乐无比地听到了塔莉娅甜美的笑声[1]。对我而言，这种热情和快乐是牛津大学最迷人的两种品质，也是任何精美的戏剧演出所必要的两种品质。因为若没有对生活敏锐而富有想象力的观察，即使最美的戏剧，演出也会乏味无趣；演员若没法快乐表演，又焉能带给观众丝毫欢乐。

我知道，有很多人认为，莎士比亚的戏剧更多是供研究而非舞台演出。对于这种观点，我绝不同意。莎士比亚写剧

---

1 墨尔波墨是希腊神话中司悲剧的缪斯，塔莉娅司喜剧。——译者

就是为了演出，为了充分表达他的作品，他自己选择的形式我们无权改变。的确，这部作品的诸多美感，只有通过演员的艺术才能充分传达给我们。那晚，当我坐在牛津的市政厅里观赏此剧时，这出戏的壮词宏句庄严无比，在我看来，似乎还从口吐台词的年轻演员的清晰声音中获得了新的音乐，而英雄主义的理想壮丽因演员侠义淋漓的风度、高贵的姿态和美好的激情，让观众感到更加真实，甚至戏剧服装都具有了戏剧性价值。大幕一拉开，舞台上考古学般的精确立即为我们展现了一幅完美的时代画面。当骑士和贵族们身穿和平时期的飘逸长袍和战时光亮的铠甲穿过舞台时，我们不需要沉闷的合唱来告诉我们，这出戏的剧情所发生的时间地点已成过眼烟云，因为15世纪服饰的所有尊严与优雅都活生生地展现在我们面前，色彩的微妙和谐从一开始就激发出一种美的情调，为考古学的理性现实主义增添了艺术的感性魅力。

我从未见过哪次演出的舞台管理比这次还好。的确，我希望牛津大学官方能注意到这部令人愉快的艺术作品。为什么表演出色的演员不应被授予学位呢？那些误解柏拉图和误译亚里士多德的人不都获得了学位了吗？艺术家就应被忽视吗？不。对于哈利王子、霍茨波和福斯塔夫，应该优雅地授予他们民法学博士学位。我确信他们也会优雅地接受。至于这一伙人中的其他人，则可授予猩红色或羊皮兜帽，因为他们是头脑永远混乱、整日怒气冲冲、勤劳而迟钝的庸辈。

因而，牛津亦将荣誉加身，艺术家将被置于应有的位置。不过，不管评议会是否承认文化的诉求，我希望牛津戏剧协会每年夏天都为我们演出一部《亨利四世》这样的高雅戏剧。因为，这类以古代为题的剧作，总有一种独特的魅力，它们将活生生的激情与死气沉沉的风景融于精妙的表演之中。当戏剧以古老的形式赋予我们现代精神时，这种形式的幽古，可以转变成提升现实主义的一种方法。这是莎士比亚自己对待古代世界的态度，这也是我们在这个世纪应该对他的戏剧抱持的态度，在我看来，这些才华横溢的牛津年轻人表演时就具有类似的感情。如果是这样，他们的目标就是正确的。因为当我们期待剧作家赋予现实主义以浪漫精神时，我们也在要求演员赋予现实主义以浪漫精神。

《婚姻手册》*

尽管这个书名有点耸人听闻，但非常值得推荐给大家。至于作者引用的权威人士，多得几乎数不胜数，从苏格拉底一直到阿蒂默斯·沃德，都有。他给我们讲了一个邪恶的单身汉的故事，他说婚姻是"一种非常无害的娱乐"，并建议他的一位年轻朋友"早婚，常婚"。他谈到约翰逊博士建议婚姻应由大法官安排，相关当事人在这件事上没有任何选择的余地；他还谈到苏塞克斯的劳动者问："我为什么要因为一个女人为我烹制一半的食物而把另一半给她呢？"他还说到，韦鲁勒姆勋爵认为，未婚男人做公共工作最好。而且，事实上，婚姻是所有女人都一致赞成而所有男人都一致反对的话题。然而，我们的作者显然与苏格兰姑娘的观点相同，当她父亲警告她结婚是多么严肃的事时，她回答说："我同意，父亲，但单身要严肃得多。"他可被视为婚姻生活的佼佼者。的确，书中最有趣的章节，都是谈已婚男人的，尽管他不同

* 原载于《帕尔摩报》，1885年11月18日，评《婚后如何快乐：婚姻手册》，作者署名为：婚姻大学毕业生，T. 费希尔·昂温出版社出版。

意其中的观点，但从最近一两位女士在"妇女权利"平台上提出的观点来看，我们认为他是正确的。这些女士认为，所罗门的所有智慧都归功于妻子们，他仍呼吁将俾斯麦、约翰·斯图亚特·穆勒、穆罕默德和比肯斯菲尔德勋爵作为男人的典范，而他们的成功，都可以追溯到他们所娶女人的影响。惠特利大主教曾将女性定义为"一种无理性且通体冒火的生物"，但从他那个时代开始，女性接受了较高水平的教育，极大地改变了她们的地位。女人总是对她们所爱之人充满感情上的同情；格顿和纽纳姆[1]则使女性思想上的同情成为可能。在我们这个时代，男人最好结婚，男人必须放弃他们都曾如此亲密的婚姻生活中的专制，而这种专制恐怕仍在各处徘徊。

"你想嫁给我吗，梅布尔？"一个小男孩说。

"我愿意。"梅布尔漫不经心地说。

"那就给我脱靴吧。"

谈及婚约，我们的作者也有非常明智的观点，也讲了非常有趣的故事。他讲了一位新郎因紧张混淆了洗礼和婚礼仪式，当被问及是否愿意娶新娘为妻时，他回答说："我全部

---

1 格顿和纽纳姆是剑桥大学成立最早的两所女子学院，致力于让女性接受高等教育。——译者

放弃"；他还讲了一个汉普郡的乡村汉，在给新娘戴戒指时，郑重地对新娘说："我的身体交汝洗净，我篱内物品你我共有"；他还谈到另一个人，当被问到是否愿意娶他的伴侣为妻时，他羞涩、优柔寡断地回答说："是的，我愿意，但我更愿看到她妹妹并娶她为妻"；他还谈到一位苏格兰女士，在她女儿的婚礼上，一位老朋友问她，他是否可以祝贺她女儿结婚，她回答说："可以，可以，总体来说，这非常令人满意。珍妮讨厌她的古德曼，这是实情，但随后该发生的事总会发生！"确实，这本书中包含的好故事无穷无尽，读起来赏心娱情，而金玉良言处处可见，令人钦佩。

现如今，大多数已婚年轻人的生活一开始就是一团糟，忙于收藏盖着假玛瑙盖子的镀金墨水瓶，或拥有完美的盐窖博物馆。我们强烈推荐这本书作为最好的结婚礼物之一。这是一本人间天堂的万事通手册，其作者可以被视为婚姻生活的默里，幸福生活的贝德克尔。

可读之书与可不读之书[*]

我认为，若从实用角度考虑，书可分为三类：

1.可读的书，例如西塞罗的《书信集》，苏维托尼乌斯[1]的书，瓦萨里的《意大利画家传》和《本韦努托·切利尼传》，约翰·曼德维尔爵士的书，马可·波罗的书，圣西蒙的《回忆录》，莫姆森的书，以及（迄今为止最好的）格罗特的《希腊史》。

2.可一读再读的书，像柏拉图和济慈的作品：在诗歌层面，大师不是豪门艺人，在哲学层面，先知也并非学者。

3.从来不读的书，像汤姆森的《四季》、罗杰斯的《意大利》、佩利的《证据》、圣奥古斯丁作品之外的所有以"××之父"命名的作品、除了《论自由》外约翰·斯图尔特·米尔的作品、伏尔泰的所有剧作，无一例外，巴特勒的《自然宗教与启示宗教之类比》、格兰特的《亚里士多德》、休谟的《英格兰史》、刘易斯的《哲学史》，以及试图证明些

---

* 原载于《帕尔摩报》，1886年1月8日。
1 苏维托尼乌斯（Suetonius，69—122年），罗马早期历史作家，著有《罗马十二帝王传》。——译者

什么的书和一切理论书。

这三类书中，第一类最重要。一般来说，让人去读什么书或是没用或是有害；因为文学欣赏是性情问题，而不是教育问题；对帕纳塞斯山上的诗人们而言，是不需要什么欣赏指南的，而且人们所能学到的东西也都是根本不值一学的。但若告诉人们哪些书不要读则是另外一回事了，我斗胆称之为"入学扩充计划"的主要任务。

实际上，我们这个时代是非常需要进行这种工作的，因为我们这个时代的人读得太多，因而没有时间鉴赏；写得太多，因而没有时间思考。不管是谁，如果他能从我们当前乱糟糟的作品中挑选出"百部最差的书"，并且公布名单，那他可以说是给正在成长的一代做了一件实实在在的具有永久价值的好事。

说了上面这些话，并不意味着我就要给人们挑出"百部最佳的书"，但我希望你们能允许我品尝一下反复无常的小小乐趣，因为我现在急于想向你们推荐一部被大多数优秀"法官"（他们的书塞满了你们的书架）奇怪地忽略了的书，即《希腊诗选》。在我看来，这部选集中收录的诗与希腊戏剧文学、优雅的塔纳格拉小塑像、菲狄亚斯风格的大理石雕像一样，都是我们完整理解希腊精神的必需凭据。

另一件让我惊奇的事是：爱伦·坡竟被漏掉了。这样一位天才的韵律大师难道竟不能厕身其中吗？如果能，那为了给他安排一个席位，就必须挤掉另外一个人，挤掉谁呢？要让我做主，我就从名单中划去骚塞这个名字，而波德莱尔则完全有理由取代基布尔[1]。当然，在《克哈马的诅咒》和《基督教年度诗集》中无疑都包孕着某种诗的因素，但品味的绝对天主教化并不是没有危险的。只有拍卖商才会对所有艺术流派都感兴趣。

1　约翰·基布尔（John Keble，1792—1866年），英国基督教圣公会教士，神学家、浪漫派诗人，曾任牛津大学诗歌教授（1831—1841年），为牛津运动（1833年）的主要人物。

一位伟大女性的书信[*]

在本世纪出现的众多书信集中，在风格的迷人和事件的多样性方面，很少有（即使有）能与乔治·桑的信件相媲美的，这些信最近刚由勒多·德·博福尔先生译成英语。实际上，这些信的时间跨度有60多年，从1812年到1876年，包括8岁孩子奥洛尔·杜邦的第一批信，以及70岁女人乔治·桑的最后几封信。她早年的信，包括孩提时和婚后的信，当然只表现出心理上的兴趣。但从1831年杜德望夫人与丈夫分居并首次进入巴黎生活之日起，她的兴趣变得广泛了，每一页都反映了法国的文学史和政治史。

因为乔治·桑是一位不知疲倦的写信人；她在一封信中表示，她渴望住在"一个阅读和写作绝对不为人知的星球"上，的确如此，但她仍热衷于写信并乐在其中。她最大的快乐是交流思想，她内心总是充满冲突。她与囚禁于阿姆监狱的路易·拿破仑讨论贫困问题，与囚禁在文森斯的地牢中的

---

[*] 原载于《帕尔摩报》，1886年3月6日，评《乔治·桑书信集》，拉斐尔·勒多·德·博福尔编译，沃德和唐尼出版社出版。

24

阿尔芒·巴贝斯讨论自由问题。她写信给拉梅内谈哲学，给马齐尼谈社会主义，给拉马丁谈民主，给勒德鲁－罗兰谈正义。她的书信不仅向我们揭示了一位伟大小说家的生活，而且揭示了一位伟大女性的灵魂，她那个时代所有最崇高运动中的一位女性，她对人类抱有绝对无限的同情。对思想上的贵族，她一直最表崇敬，但苦难的民主更感动她。她鼓吹人类的重生，但不利用花钱雇来的支持者的喧嚣热情，而是以真正传道者的热情。在本世纪所有的艺术家中，她最无私。除了她自己的不幸，她能感受到所有人的痛苦。她从未丧失信仰；一直到她生命的尽头，正如她告诉我们的，她都能不带错觉地去信仰。但人民让她稍感失望。她看出来了，他们追随的是人而不是原则，他们追随的是乔治·桑不尊敬的"伟人的理论"。"专有名词是原则的敌人"，这是她的格言之一。

于是，从1850年开始，她的信更具有文学性。她与福楼拜讨论现代的现实主义，与小仲马讨论戏剧写作，满怀激情地抗议"为艺术而艺术"信条。"为艺术而艺术是一句空话，"她写道，"为真理而艺术，为美和善而艺术，这是我所追求的信条。"在给查理·蓬西先生的一封欢乐的信中，她非常迷人地重复了同样的想法。"人说鸟儿为歌唱而歌唱，但我对此表示怀疑。她们歌唱的是自己的爱和幸福，他们以此与自然保持一致。但人必须得做更多的事情，诗人唱歌只是为了打动人，让他们思考。"她希望蓬西先生成为人民的诗人，如果他能善纳所有的良言，他肯定会成为车间里的彭斯。她拟写一部名为《行业之歌》的诗集，并且拟定了一个令人愉快的大纲，她看到了使手工艺品富有诗意的可能性。或许她太看重艺术的善意了，她几乎无法明白，为艺术而艺术并不是为了表达艺术的最终原因，而只是一种创造的公式；但是，当她已登上帕纳索斯山时，我们就无须争论她的无产阶级思想了。因为乔治·桑一定跻身于我们的诗歌天才之列。她认为小说仍属于诗歌范畴。她的英雄不是死的照片，他们是伟大的可能性。现代小说是解剖；她的小说是梦想。"我写作大众作品，"她写道，"因此我不再看到的东西，恰是它们应该和可能的样子。"对左拉所接受的那种现实主义，她并不赞赏。对她来说，艺术就是一面镜子，它能改变真理，但并不代表现实。因此，她无法理解没有个性的艺术。"我知道，"她写信给福楼拜，"你反对在文学作品中阐述个人理论。你对吗？你之所以反对，不是因为缺乏信念，而是出于美学原则吗？如果我们的头脑里有任何哲学思想，它就一定要在我们的写作中喷薄而出。但你一接触文学，就显得很焦虑，我不知道为什么，你想要成为另一个人，一个必须消失的人，一个自我毁灭、不再存在的人。多么奇特的狂热！多么贫乏的品味！我们作品的价值完全取决于我们自己。此外，如果我们对自己创造的人物保留自己的意见，我们自然让读者无法确定他们应该对作品形成什么意见。那等于希望作品不被他们理解，这样做的结果，就是读者厌倦我们、离开我们。"

然而，可以说她的个性过于强势，这也是她大部分剧作都失败的原因。

她对戏剧索然寡味的演出一无所知，她小说的力量和生命活力，恰是她戏剧作品的弱点。但从主流看，她是正确的。没有个性的艺术是不可能的。然而，艺术的目的不是揭示个性，而是取悦个性。尽管她在作品中意识到了这一点，但她在自己的美学中几乎没有意识到这一点。她对文学风格有过一些精彩的评论。她不喜欢浪漫派的华丽，而是看出了简约之美。"简单，"她写道，"是这个世界上最难确保得到的东西：它是经验的最后极限，也是天才的最后努力。"她讨厌巴黎生活里的俚语和隐语，而喜欢外省的农民。"外省，"她说，"保留了原始语言的传统，创造的新词很少。我很尊重农民的语言，根据我的判断，这是更正确的语言。"

她认为福楼拜过分关注形式感，并向他提出了这些极好的评价——也许是她的文学批评中最好的篇章。"你认为形式是目的，而它只是外观。快乐的表达只是情感的结果，而情感本身来自信念。我们只感动于我们热切相信的东西。"她不信任文学流派。

对她而言，个人主义是艺术和生活的基石。"不属于任何流派：不模仿任何模式"，这是她的建议。然而，她从不鼓励古怪。"要正确，"她写信给欧仁·佩尔唐，"随着时间的推移，正确比古怪更罕见。以坏品味取悦读者将比接受荣誉十字架更常见。"

总的来说，她的文学建议合理且健康。她从不尖叫，也从不冷笑。她是理智的化身。她的书信全集是建言艺术和政治的完美宝库。

贝朗热在英国[*]

一位哲学家式的政治家曾经说过,最好的政府形式可能是由街头民谣调和的绝对君主制。我们虽然完全不同意这句格言,但仍不得不感到遗憾的是,新民主不以诗歌作为表达政治观点的手段。的确,人们曾听到过社会主义者唱威廉·莫里斯[1]先生晚年的诗,但街头民谣在英国确已死了。事实是,大多数现代诗歌形式上如此矫揉造作,本质上如此个性强烈,风格上如此文学化,以至于人民,作为一个整体的人民,几乎不再为诗所感动,当他们对资本家或贵族产生不满时,他们更喜欢罢工而不是十四行诗,更喜欢制造骚乱而不是短诗。

威廉·汤因比先生所翻译的贝朗热的这本可爱的小诗集,可能会开创一个新流派。贝朗热具备流行诗人的所有特质。他写诗是为了歌唱而不是阅读;他更喜欢新桥[2],而

* 原载于《帕尔摩报》,1886年4月21日,评《英译德·贝朗热歌谣集》,威廉·汤因比译,基根·保罗出版社出版。

1 威廉·莫里斯(William Morris,1834—1896年),19世纪英国诗人、画家、工艺美术家。——译者

2 巴黎现存最古老的桥。——译者

不是帕纳索斯；他既爱国又浪漫，既幽默又有人情味。诗歌翻译通常只会误译，但贝朗热的缪斯却如此简单、天真，她可以轻松优雅地穿上我们的英国服饰，汤因比先生保留了原诗的大部分欢乐和音乐感。毫无疑问，译作偶尔也有可改进之处，如："双刃剑"可恶地与"祖先"押韵；同一首诗中，"阿尔比恩可厌的军士"，译自"英格兰之豹"，非常软弱无力。还有这样的译句，如：

> 法国中部的艺术奇迹，
> 罕有从艺术之壤赢得的奖杯，
> 我心潮澎湃，终于看到了
> 可怜的凯旋门，烟尘缭绕。

这段翻译就没有非常充分地传达出原诗的魅力：

> 我们的宫殿，紧邻着胜利之地，
> 艺术闪耀，沁人的气候孕育甜美果实，
> 我见过北方失去了荣耀，
> 清霜，从他们的外衣抖落。

不过总体来说，汤因比先生的翻译还不错。例如《田野》这首诗，译得就很好；《玫瑰》和《我的共和国》这两首欢快的诗也译得很好；《卡拉巴斯侯爵》活力充沛：

是谁，让我们在这儿扮演征服者的角色？

我们伟大的老侯爵，上帝保佑他的灵魂！

他那匹雄伟的老战马（在他骨上留下印痕！）

已把他带回，要自己的荣耀。

请注意，如果你愿意，宏伟的古风，

他凭依走近自己宽阔的旧地；

洋溢着宏伟的古老气概，

他挥舞着完美无瑕的利刃！

脱帽，脱帽，致敬我的主人，

庄严的老卡拉巴斯侯爵！

　　虽然"完美无瑕"没有"清白之刃"让人激动；在同一首诗的第四节，"侯爵夫人，你会拥有卧室"并没有非常清楚地传达"侯爵夫人坐在凳子上"这句话的意思。贝朗热在英国还不够知名，尽管读原诗总是更好，但翻译仍独具价值，就如回声自带音乐性。

人民之诗[*]

马丁嫩戈伯爵夫人有功于所有诗人、农民和出版商。现如今，民间传说常常只从比较神话学家的角度加以探讨，因此，偶遇一本将民间传说只作为文学主题的书确实令人愉快。因为民间故事是所有小说之父，就像民歌是所有诗歌之母一样；在原始人的游戏、故事和歌谣中，很容易看到戏剧、小说和史诗等完美艺术形式的萌芽。当然，无论通俗歌谣多么富有诗意，生活的最高表达形式都不在于任何民族的通俗歌谣，而在于富有自我意识的伟大艺术杰作；然而，有时离开帕纳索斯的山顶，看看山谷中的野花，离开阿波罗的竖琴，聆听潘的芦笛，也堪称赏心悦目。我们仍能听到潘的笛声。时至今日，卡拉布里亚的葡萄种植者仍会像过去异教徒时代那样，用讽刺诗来嘲弄路人，而普罗旺斯橄榄树林里的农民，还在用阿姆巴伊语的曲调互相应答。西西里的牧羊人还没把烟斗扔到一边，现代希腊的孩子们春日里在村子里

---

* 原载于《帕尔摩报》，1886年5月13日，评《民歌研究文集》，伊夫林·马丁嫩戈伯爵夫人编，雷德韦出版社出版。

唱着燕歌，尽管塞奥格尼斯[1]已经离世两千多年。这种流行诗也不仅仅只是有韵律地表达了欢乐和悲伤；它也最富有想象力；它直接从大自然中汲取灵感，充满了现实的隐喻和风景如画的奇妙意象。当然，我们必须承认，自然自有常规，就像艺术也自有常规，某些表达形式很容易因过于频繁运用而变成刻板模式；然而，总体而言，我们从马丁嫩戈伯爵夫人汇编成册的这些民歌中不可能不认识到，其中包含着一种热烈而纯洁的真诚。事实上，只有在伊丽莎白时代更惊心动魄的戏剧中，我们才能找到与科西嘉的葬礼歌的相似之处：强烈刺激的激情，可怕的悲伤和仇恨的疯狂。然而，尽管感情热烈，但形式几乎总是美丽的。在最南方的诗歌中，人们时不时会遇到一种奇怪的现实主义的粗俗，但通常美感占上风。

本书中的一些民歌，具有抒情诗所有的轻快动人，所有诗歌都具有纯净民歌的甜美质朴，欢笑从中找到了自己的旋律，哀悼从中找到了自己的音乐，甚至其中思想和表达的自命不凡，也都是出于幻想而非虚饰做作。赫里克本人可能也羡慕普罗旺斯那首美妙的情歌：

　　如果你是低落的朝露

1　塞奥格尼斯（Theognis，约公元前585—540年），公元前6世纪希腊抒情诗人。——译者

总落在我身，
那我就成了白白的玫瑰
开在多刺的枝条上。
如果你变成了白白的玫瑰
开在多刺的枝条上，
那我就变成蜜蜂
整日吻你。

如果你变成了蜜蜂
整日吻我，
那我就到天上
变成最亮的星。
如果你到天上
变成最亮的星，
那我就是黎明，我们
与你在晨曦中相逢。

这首科西嘉妈妈哄宝宝睡觉时唱的摇篮曲也是那么迷人啊！

黄金和珍珠装满仓，
丝绸和布匹都在船，
帆儿都是织锦做，

大海之间尽奔波；

精金打造黄金舵，

奇妙灼眼让人瞧。

快快躺下安睡吧；

乖乖睡吧，乖宝宝。

你来到人世没多久，

你就洗礼湿个透；

你的教母是月亮，

你的教父是太阳，那么亮。

天上的星星接指令，

金项链都戴到脖颈。

快快躺下安睡吧；

乖乖睡吧，乖宝宝。

或者这首罗马尼亚的诗歌：

睡吧，乖囡囡；

妈妈心爱的紫罗兰，

睡一个小时吧。

妈妈摇着你，

就站在旁边，

我用清泉水，

洗你干净身，

让阳光远离你，

护你健康身。

睡吧，乖囡囡，

你像紫罗兰在长大，

睡一个小时吧。

洁白如泪，晶莹珠翠，

高大如柳，轻垂拂飘；

温柔如鸽，盘旋环绕，

可爱如星！

我们几乎不知道给英国的婴儿们唱什么诗，但我们希望所唱的诗和这两首诗一样美。布莱克可能已经写过这类诗。

马丁嫩戈伯爵夫人无疑给我们提供了一本最迷人的诗集。诗集长短适中，既不太长，让人厌烦；也不太短，让人失望，书中所收尽是最佳现代民歌的典范，即使懒惰的读者，也会被吸引，在扶手椅上随意翻阅，以诗为引，从北方忧郁的松树林，漫步到西西里的橘子树林和亚美尼亚的石榴园，聆听那些以诗为痴爱而非以诗为职业者的歌声，他们的艺术源于灵感而非学校，即使有局限，至少也起源于爱，是飘曳青草中的一棵草，田野百花里的一朵花。

《钦契》*

上周，在伊斯灵顿大剧院演出的《钦契》，可以说开创了本世纪文学史上的一个新时代，雪莱社给我们这一良机，让我们得以在雪莱期待的条件下观赏此剧，为此值得所有人致以最高的赞扬和最热烈的感谢。因为《钦契》完全是从戏剧演出角度创作的，如果雪莱自己的愿望得以实现，在他有生之年，这场戏就能在考文特花园演出，主角是埃德蒙·基恩和奥尼尔小姐。在构思此剧时，雪莱非常仔细地研究了戏剧艺术美学。他清楚，戏剧的本质就是客观呈现，人物不能只做精彩诗歌的代言人，而必须也是引发恐怖和怜悯的活生生的主题。"我已竭尽全力，"他说，"尽可能表现出人物可能有的样子，并尽力避免这样一种错误，即让他们被我自己对或错、假或真的概念所驱动：就这样罩着一层薄薄的面纱，将16世纪的名字和行为，经过我头脑的客观冷静模仿呈现出来……"

"我小心翼翼地避免谈及一般所谓的纯粹的诗，我想象

* 原载于《戏剧评论》，1886年5月15日。

得出，单独的明喻或单一的孤立描述几乎不存在，除非关于贝雅特丽齐弑父罪的描述，应该被判定是天性所致。"

他认识到，必须允许剧作家享有比诗人更大的表达自由。"在一部戏剧作品中，"用他自己的话来说，"意象和激情应该相互渗透，前者的存留，只是为了后者的充分发展和说明。想象就像不朽的上帝，为了救赎凡人的情欲，才化为肉身。因而，最远不可及、最熟悉的意象，在用于说明强烈的感情时，可能同样适合戏剧的目的，它使低俗之物得以提升，提升到能理解崇高之物的水平，用自己伟大的阴影笼罩一切。在其他方面，我写得比较粗心，也就是说，没有过分挑剔和字斟句酌。在这方面，我完全同意那些现代评论家的观点，他们断言，为了让人们产生真正的同情，我们必须使用人们熟悉的语言。"

他知道，如果剧作家只是为了教诲人，他就必须通过事例，而非格言。

"最高的道德目的，"他说，"以戏剧的最高类别为目标，通过同情、厌恶和知识自身教导人心；与拥有的知识成正比，人人都明智、公正、真诚、宽容和善良。如果教条更有用，那就更好，但戏剧中没有教条的用武之地。"他完全意识到，正是通过我们的艺术同情心和道德判断之间的冲突，才能产生最大的戏剧效果。正是在心神不宁和谨慎剖析的诡辩中，人们寻求比阿特丽斯行为的合法性，但又觉得她做了需要进行合法辩护的事。在沉思着与她类似的错误和他们的报复中，他们充满了迷信的恐惧，她的所作所为和所受的痛苦才构成了戏剧性特征。

事实上，谁也没有雪莱更清楚地理解剧作家的使命和戏剧的意义。

巴尔扎克在英国[*]

多年前，在许多《年鉴》中，查尔斯·狄更斯都抱怨英国人读巴尔扎克读得太少，虽然自那以后英国民众越来越熟悉法国文学中的伟大杰作了，但广大小说读者是否完全欣赏或理解《人间喜剧》仍然值得怀疑。《人间喜剧》的确是文学在本世纪所产生的最伟大的丰碑，泰纳先生毫不夸张地说，自莎士比亚之后，巴尔扎克是展示人性的最重要的文献杂志。事实上，巴尔扎克的目标，是要为人类做布封为动物所做之事。博物学家研究狮子和老虎，小说家研究男人和女人。然而，他不仅仅是记录者。摄影和记录不是他的基本方法。他靠观察掌握生活真实，但他的天才把种种事实变成了种种真理，把种种真理变成了唯一真理。总之，他是艺术气质与科学精神的完美结合。他将后者遗赠给了自己的信徒；前者完全属于他自己。左拉的《小酒店》这类作品与巴尔扎克的《幻灭》这类作品之间的区别，就是缺乏想象的现实主

---

[*] 原载于《帕尔摩报》，1886年9月13日，评"巴尔扎克小说英译系列"之《朗热公爵夫人及其他故事集》《赛查·皮罗托盛衰记》，劳特利奇父子出版社出版。

义和想象的现实之间的区别。"巴尔扎克笔下的所有人物，"
波德莱尔说，"都被赋予了与他本人相同的生命热情和活力。
他所有的小说都笼罩着浓厚的梦幻色彩。每一种思想都是一
把枪，子弹上膛，随意可发。即使厨房帮工亦具天才。"当
然，他也受到了不道德的指控，而直接与生活打交道的作
家，很少有人能逃过此劫。他对指控的回应堪称独具个性、
一锤定音。"他创造了世界，却沉默不语。""无论是谁，只
要他思想的大厦奠定了基石，"他写道，"只要他揭示了滥
用职权，只要他助力革除邪恶，就总会被指控为不道德。如
果你画出了真实的社会肖像，如果你通过日日夜夜的辛勤工
作，成功地写出了世界上最难写的语言，那么不道德这个词
就会被人扔到你脸上。"《人间喜剧》中人物的道德观，与
我们周围世界的道德观无异。它们是艺术家创作主题的一部
分，而不是他方法的一部分。如果有可指责之处，该指责的
也是生活，而不是文学。此外，巴尔扎克本质上是普观众生
的。他从各个角度观察生活。他没有偏好，也没有偏见。他
不想证明什么。他觉得生活的万花筒自带秘密。

　　这是一个怎样的世界啊！这是一个多么完整的激情全
景图啊！这是一个多么混乱的男男女女的世界啊！人们说特
罗洛普[1]的小说让我们足不出户就结识了很多新朋好友。但

1　安东尼·特罗洛普（Anthony Trollope，1815—1882年），英国小说家，代表
　作有《巴彻斯特养老院》和《巴彻斯特大教堂》等。——译者

在《人间喜剧》之后，人们开始相信，唯一真实存在的人是那些从未存在过的人。吕西安·德·吕庞泼莱、高老头、于絮尔·弥罗埃、玛格丽特·克拉埃、于洛男爵、马尔内夫夫人、邦斯舅舅、德·马赛都带来了一种富有感染力的生活幻觉。他们浑身都是旺盛的生命力：他们生活得朝气勃勃，活力四射，热情似火；我们不仅能感觉到他们的存在，而且我们能看到他们——他们支配着我们的幻想，公然对抗一切怀疑主义的生活方式。巴尔扎克就这样稳步推进，一步步把我们现世的朋友变成了影子，把我们的熟人变成了阴影的影子。若能与吕西安·德·吕庞泼莱一起安坐家中，那谁还会愿意去参加晚会，就为了去见一个儿时的朋友汤姆金斯呢？能进入巴尔扎克的社交圈，比收到梅菲尔的所有公爵夫人的卡片更令人愉快。

尽管如此，仍有很多人声称读不懂《人间喜剧》。不懂的地方或许是：但松露是怎么一回事？巴尔扎克的出版商拒绝接受任何此类批评的干扰。"难以理解，是吗？"他会发出诸如此类的惊呼，就出版商而言，这可是难得的理智了。"好吧，我希望如此；谁会想到一顿名不副实的晚餐？"

本·琼森[*]

　　西蒙兹先生对琼森天赋的评价，在很多方面都相当出色。他将琼森归入巨人之列而非诸神之列，将他视为那种以其充沛的精力和巨大的智力、体力力量使我们肃然起敬的人，而不是那种"共享了创造性想象力和与生俱来天性的神秘天才"的人。他这样说是对的。琼森的家在皮立翁山而非帕纳索斯山。他为艺术鞠躬尽瘁，付出了太多努力，他的艺术具有太多明确的意图。他的风格缺乏偶然性的魅力。西蒙兹先生强调说，琼森的作品是最精准的现实主义与百科全书式博学多识的非凡结合，他这种说法也是对的。在琼森的喜剧中，伦敦俚语和高深的学术语言并行不悖。对他来说，文学就像生活本身一样富有生命力。他不但用自己的古典知识赋予诗歌以形式，而且赋予其戏剧人物以血肉之躯。他用引文就能塑造出一个会呼吸的生命。他使希腊和罗马诗人都极具现代性，并将他们介绍给最古怪的群体。他所展现出的文

<hr>

[*] 原载于《帕尔摩报》，1886年9月20日，评《英国名人录》之"本·琼森篇"，约翰·阿丁顿·西蒙兹著，安德鲁·朗编，朗文－格林公司出版。

化，本身就是其粗俗中的一个元素。有时，人们倾向于将他比作一只以书为食的野兽。

然而，我们无法同意西蒙兹先生这样的说法，即琼森"很少触及人物的外观"，他笔下的男男女女都是"抽象品性的化身，而不是活生生的人"，他们实际上只是"伪装者和机械的傀儡"。能言善辩是一件美丽的东西，但修辞毁掉了许多批评家，而西蒙兹先生本质上擅于修辞。例如，当他告诉我们，说"琼森制造了面具"，而"德克尔和海伍德创造了灵魂"时，我们觉得他是在要求我们接受一个粗略的判断，只为了构成一个聪明的对偶句。当然，莎士比亚笔下的人物都有发展，而我们在琼森的人物身上没有发现这一点，这是实情，而且我们得承认，琼森戏剧中的大多数角色可以说都是现成的。但现成的角色不一定是机械人或木头人，这是西蒙兹先生在批评琼森时经常使用的两个概念。

我们说不出，莎士比亚本人也没有告诉我们，为什么伊阿古[1]邪恶，为什么里根和高纳里尔[2]黑心肠，或者为什么安德鲁·艾克契克爵士[3]是傻瓜。只要他们是他们就足矣，大自然就是他们存在的保证。如果一个剧中人物栩栩如生，如果我们承认这一人物真实可信，我们就没权利要求作者向我们解释它的成因。我们必须接受它的本来面目：在优秀剧作

1　莎士比亚剧本《奥赛罗》中的人物。——译者
2　莎士比亚剧本《李尔王》中的两个人物。——译者
3　莎士比亚剧本《第十二夜》中的人物。——译者

家手中，纯粹的表演就可代替分析，而表演的确常常是一种更戏剧化的方法，因为它是一种更直接的方法。琼森笔下的人物忠于自然。它们绝不是抽象人物；他们是类型。博巴迪尔船长[1]和图卡船长[2]、约翰·道爵士和阿莫罗斯·拉·弗勒爵士[3]、沃尔波内和莫斯卡[4]、萨特尔和马蒙·伊壁鸠爵士[5]爵士、普雷克拉夫特夫人和拉比·比西[6]都是有血有肉的生物，他们虽然都被贴上了标签，但都栩栩如生。就此而言，我们觉得西蒙兹先生似乎对琼森不公平。

我们还认为，可以专列一章介绍作为文学评论家的琼森。英国文艺复兴的创造性活动如此伟大，以至于其在批评领域的成就常常被学生们所忽视。随后，语言第一次被视为一种艺术。表达和构成规则得到了研究和系统的提炼归纳。词语的重要性得到了认可。浪漫主义、现实主义和古典主义进行了第一次论战。剧作家们的文艺批评也如泉涌，并以剧作的形式相互批评、挖墙脚，逗乐大众。

1　本·琼森剧本《皆大欢喜》中的人物。——译者

2　托马斯·德克尔剧本中的人物，他讽刺琼森是希腊喜剧作家卢西恩。——译者

3　本·琼森剧本《阴阳人或沉默的女人》剧本中的两个人物。——译者

4　本·琼森剧本《沃尔波内，或狐狸》中的人物。莫斯卡是沃尔波内的仆人。——译者

5　本·琼森剧本《炼金术士》中的人物。——译者

6　本·琼森剧本《巴塞洛缪集市》中的人物。——译者

西蒙兹先生的《意大利文艺复兴史》[*]

西蒙兹先生终于写完了他的《意大利文艺复兴史》。刚刚出版的两卷史书围绕着16世纪意大利70年间的思想和道德状况，这也是查理五世在博洛尼亚加冕之后的时代，西蒙兹先生将这个时代命名为"天主教的反动"，其中最有趣和最有价值的描述，是关于西班牙在意大利半岛的地位、特伦托公会议的行为、宗教法庭和耶稣会的特殊组织机构，以及这些组织力量的形成所依托的社会现状。在前面的卷册里，西蒙兹先生将过去视为一幅待画的图画，而不是待解决的问题。然而，在这最后两卷中，他更清楚地了解了历史的责任。生动形象的编年史艺术是真正的历史学家用类似于科学的精神实现的，批判精神开始显现出来，生活不再只被视为一种景观，而且其演变和进步的规律也得到了研究。我们承认，在戏剧性的环境下，不惜一切代价表现生活的愿望仍伴随着西蒙兹先生，而且他几乎没有意识到，对我们来说似

---

* 原载于《帕尔摩报》，1886年11月10日，评《意大利文艺复兴史：天主教的反动》（第二部分），约翰·阿丁顿·西蒙兹著，史密斯－埃尔德公司出版。

乎浪漫无穷的事情，对置身其中的人来说却是严酷无比的现实。同样，与大多数剧作家一样，他对心理学意义上的例外事件，比对一般规则更感兴趣。他有点像莎士比亚那样，对大众具有一种君临一切、至高无上的蔑视。他几乎不为人民所动，但他对伟大的个性却痴迷不已。然而，这个时代本身就是一种夸张的个人主义时代，文学还没有成为人类话语的代言人，记住这一点才算对他公平。人们欣赏思想的贵族，但对苦难的民主毫不同情。砖场传来的哭叫声仍清晰可闻。西蒙兹先生的风格也有了很大提高。的确，书中的古风遗痕处处可见，就像与西班牙人一起进入意大利的七个恶魔，在世界末日看到的景象，而宗教裁判所则被描述为恶魔摩洛克，一个"可怕的偶像，脸被人肉焚烧的烟灰熏得黢黑"。还有这样的句子，如"在社会腐败的死海上，漂浮着耶稣会教士们的令人作呕的虚伪之油"，这些都提醒我们，对西蒙兹先生来说，修辞还没有失去魅力。尽管如此，总的来说，与前几卷相比，这两卷的风格表现出更多的保留、平衡和冷静，而在前几卷，感情热烈的对偶构成了主要特征，为了一个形容词，常常牺牲掉准确性。

书中最有趣的几章，谈的是宗教裁判所、将教会从国家分离的伟大先驱萨尔皮，以及乔尔丹诺·布鲁诺。的确，关于布鲁诺的故事讲得最生动、最有感染力：布鲁诺的生平故事，从他访问伦敦和牛津，到他客居巴黎、漫游德国，再到他在威尼斯的背叛和在罗马的殉难，以及对他哲学价值的评价、他与现代科学的关系，都讲得既公允又充满欣赏之情。书中对伊格内修斯·洛约拉[1]和耶稣会兴起的描述也极其有趣，虽然我们并不认为西蒙兹先生乐于将耶稣会成员比作"在铁轨上放石头的狂热分子"或"炸死皇帝或炸毁威斯敏斯特大厅一角的爆破手"。这样的判断表述出来自然显得粗鲁，更适合描述新教联盟的喧嚣，而不符合一位真正的历史学家的尊严。然而，西蒙兹先生的不公正很少是故意的，这是毫无疑问的，但他关于"天主教反动"的论述对现代历史做出了最有价值的贡献——实际上，价值是如此巨大，以至于值得他花些时间，在描述威尼斯宗教裁判所时，能把栩栩如生的虚构文本与注脚的平易事实相互协调起来。

关于16世纪的诗歌，西蒙兹先生当然有很多话要说，在谈这些主题时，他的文风总是轻松、优雅、敏锐的。我们承认，不断将适用于造型艺术和绘画艺术的形容词应用于文学，有时让我们厌倦。艺术一体的概念固然很有价值，但在目前的批评环境下，我们以为，强调每一种艺术都自有其不同的表达方法这一事实会更有用。然而，论塔索的文章读起来令人愉悦，诗人对现代音乐和现代情感地位的分析非常精妙。论马里诺的文章也趣味盎然。我们经常困惑不解的是，那些侃侃而谈文学中的尤弗伊斯体和马利诺体的人是否真的

1　伊格内修斯·洛约拉（Ignatius Loyal, 1491—1556年），西班牙贵族，1540年在罗马教皇保罗三世支持下创立天主教耶稣会，并任总会长，反对宗教改革。——译者

读过《尤弗依斯》或《阿多内》。对于后者，西蒙兹先生的导读是最好的，他对这首诗的描述最为引人入胜。马里诺和许多伟人一样，深受信徒之苦，但他本人却是一位优雅的幻想大师和精致适切的语言大师。当然，他不是一位伟大的诗人，但他肯定是一位诗歌艺术家，并且语言受惠于他。即使是那些西蒙兹先生觉得会被指责的自负，也自带魅力。连续运用春秋笔法无疑是一种严重的风格上的错误，但除了老学究，将夜莺婉称为"塞壬再生"或将伽利略婉称为"恩底弥翁再世"这样的转弯抹角，谁还真会争论不休？

西蒙兹先生从诗人转到画家：不是那些他写过的佛罗伦萨和威尼斯的伟大艺术家，而是博洛尼亚的折中主义者、那不勒斯和罗马的博物学家。这一章争辩色彩太浓，令人不快。谈音乐的章节就好多了，西蒙兹先生给我们生动有趣地描述了这位意大利天才从诗歌到绘画，再到旋律和歌曲的逐步发展过程，直到整个欧洲都为这种奇妙和神秘的灵魂新语言而震颤。我们或许应该注意到一些小细节。例如，他说蒙泰韦尔德的《奥尔费奥》是宣叙调歌剧的第一种形式，这是不准确的，因为佩里的《达芙妮》和《欧里迪切》，以及卡瓦列雷的清唱剧《灵与肉的体现》都先于它数年，他说"在英联邦政体下，英国民族音乐的发展达到了一个后来再也没出现过的辉煌"，这也有点夸大其词，因为克伦威尔赞助演出的第一部英国歌剧，比巴黎正式演出的任何歌剧都早了13年。英国在音乐方面没有像意大利和德国那样获得较大发展，这是事实，但这另有原因，而非归咎于"清教徒思想的盛行"。

然而，这些都微不足道。热烈祝贺西蒙兹先生完成了他的《意大利文艺复兴史》，这是文学劳动最精彩的丰碑，它对人文主义信徒的价值毋庸置疑。在细节问题上我们常有机会与西蒙兹先生产生分歧，我们不止一次感到有责任反对他的夸饰之词和过分强调的风格，但我们充分认识到他的工作的价值，他推动了对世界史上一个重要时期的研究。西蒙兹先生学识渊博，但他并没成为一个书呆子；他的文化修养扩大了而非缩小了他的同情心，虽然他很难被称为一个伟大的历史学家，但他作为19世纪杰出的文人之一，在英国文学中将始终占有一席之地。

《淑女世界》的改版[*]

　　亲爱的威姆斯·里德[1]先生，我已仔细读过了你惠赠的几本《淑女世界》杂志，并很乐于参与编辑工作，做一定程度的改版。依我看，杂志目前办得太女性化了，而又并不是十分适合女人看。谁也不会比我更能充分欣赏服饰的价值和重要性，以及它与良好的品味和健康的关系了。实际上，以前我在各种各样的机构和团体面前已多次谈到过这个问题，但在我看来，关于服饰和美容等方面的阵地，早已被《女王》和《女士画报》这样的报刊占领了，因而我们的报纸应有高起点，内容要更广泛，不仅要关心妇女穿什么，而且要关心她们想什么，有什么感觉。《淑女世界》应该成为表达

1　指托马斯·威姆斯·里德（Thomas Weems Reid，1842—1905年），记者、传记作家，1887—1905年间为卡斯尔出版公司总裁。1890年他创办《演说家》，并任编辑至1897，1894年被授予骑士称号。《淑女世界》是1886年首次面世的，月刊，每期定价1先令，后经王尔德提议，改名为《妇女世界》。王尔德认为原名"有种粗俗的味道"，不适合作为一种"立志要成为聪明、有教养、有地位的女人的喉舌"的杂志名称。1887年11月杂志改名，改名后的第一期就是由王尔德编辑的。1889年10月，他辞去编辑职务，一年后该杂志停刊。

女性在文学、艺术和现代生活诸问题上的观点的喉舌，而且它也应该能给男人带来愉悦，并且能以为它撰稿而引以为荣。如果可能，我们也应该让露易丝公主和克里斯蒂安公主给我们写稿：例如，后者联系她办的艺术学校所谈的有关刺绣方面的文章就很有意思。卡门·西尔瓦和亚当夫人也应成为撰稿人；波士顿的朱莉娅·沃德·豪，以及其他一些多得无法在这封信中一一列举的、有教养的美国女士也应成为我们的撰稿人。

我们应设法搞到像布鲁克菲尔德夫人论萨克雷的书信，斯托克小姐论谢里丹的书信那样的文章[1]，这两篇文章本月发表在两家杂志上。虽然我们的许多魅力照人的女士没写过多少文学作品，但她们可以给我们写写诸如家庭壁画的收藏等方面的文章。我至今仍不明白那些从未写过文章的女士为什么不试一试。但我们不能仅靠女性来写文章，也不能只取那些署名文章；艺术家有性别之分，但艺术没有，不时刊登一些男人写的文章也不无益处。

我以为，文学批评文章应写成短评式的，也就是说，这种文章不应着眼于学术或学究式的空谈，而应着眼于给人愉悦。如果一本书枯燥乏味，那最好束之高阁；如果一本书聪明机智，那我们就可对之展开评论。

我们也必须不时地刊登一些来自剑桥或牛津的消息，并邀请汉弗莱·沃德夫人和西奇威克夫人写稿，另外还不要忘

1　布鲁克菲尔德夫人的系列文章出现在1887年4月，斯托克小姐的文章《谢里丹和林琳小姐》发表在4月的《英国绣像》杂志。

了剑桥大学马格达伦学院年轻院长的妻子[1]，她可以给我们谈谈她自己的学院，或谈谈从古至今大学对女性的态度——这个问题还从未被充分讨论过。

在我看来，目前杂志的插图太多，在这方面花的钱也太多，特别是服饰插图。这也弄得杂志内容极端不平衡，当然，其中的许多插图是很美的，但大多数插图看起来就像一幅幅广告，这种风格就会让人避之唯恐不及。杂志的封面也应改进，目前的封面不太令人满意。

有了新封面，就要有新内容、新声誉，应立刻给焕然一新的杂志树立一种新威望：让"服饰"从杂志上消失，让文学、艺术、旅游、社会研究在杂志上出现。音乐若出现在杂志上就显得有点沉闷，没人会想看；在杂志上设儿童专栏是非常流行的。刚开始时刊登一些通俗连载小说是绝对必要的，这种小说不一定非出自女性之手不可，但一定应是激动人心而又没有悲剧色彩的。

以上这些都只是我目前的一些想法，总之，我很高兴能为《淑女世界》的改版做点工作，希望通过我们之手让《淑女世界》成为英国的第一份妇女报刊。能为卡斯尔公司工作我深感荣幸，对此我深信不疑；而能和你一起工作也是我期盼已久的荣幸与快乐。

1　指T.赫伯特·沃伦夫人，但王尔德可能把她与新上任的三一学院院长的妻子玛格丽特·L.伍兹夫人（1856—1945年）弄混了。后者1887年后期出版了一部小说《乡村悲剧》，王尔德在《淑女世界》上对之进行了褒扬。

莫里斯先生的《奥德赛》[*]

　　在我们所有的现代诗人中，在天性和艺术方面，威廉·莫里斯先生是最有资格为我们翻译《奥德赛》这部辉煌史诗的人。因为他是乔叟以来唯一真正的吟唱故事的人；如果他是社会主义者的话，那他也是传奇故事的讲述者；有时他会不厌其烦地向我们讲述神与人的神奇传说，讲述精彩的骑士精神和浪漫传奇故事。他是修饰和叙述性诗歌的大师，他像希腊人一样对一切事物的外观深感好奇，他也拥有希腊人对精致和令人愉悦的细节的所有感觉，希腊人对美丽纹理、精致材料和富有想象力的设计的所有乐趣；谁也没有像他那样对工人和各种艺术领域的工匠抱有荷马式的崇敬：从白色象牙的染色工、用紫金色刺绣的人，到坐在织布机旁的织布工、在大缸中浸染布匹的染色工、盾牌和头盔的雕刻工和木雕工或石匠。他为这一切增加了一种高度浪漫的真实气质和使过去变得像眼前一样真实的力量，以及辨别激情的微

---

* 原载于《帕尔摩报》，1887年4月26日，评《荷马的奥德赛》（全两卷），威廉·莫里斯译，里夫斯和特纳出版社。

妙本能和描绘生活的激烈冲动。

这也就难怪希腊文学爱好者对莫里斯先生版的史诗《奥德赛》如此热切期待了，现在，第一卷已经出版，毫不夸张地说，在所有英语译本中，莫里斯先生的译文最完美。尽管柯勒律治对这部史诗的评价众所周知，但我们一直认为，查普曼翻译的《奥德赛》远不如他译的《伊利亚特》，光是韵律的差异就足以让前者逊色；蒲柏所译《奥德赛》辞藻华丽、对偶巧妙，但完全失去了原作的恢宏气势；柯珀的译文沉闷，布赖恩特的译文可怕，而沃斯利的译文则充满了斯宾塞式的优美；虽然布彻和朗先生的译本在许多方面无疑精彩绝伦，但总的来说，它们只描述了《奥德赛》的事实，而没有表达出任何艺术效果。阿维亚的译文虽然比这同一领域的所有前辈的译文都好，但也无法与莫里斯先生的译文相提并论，因为后者是一件真正的艺术作品，不仅将语言翻译成了语言，而且将诗歌翻译成了诗歌，尽管在许多人看来，他为译文注入的新精神更像是北欧精神而非希腊精神。或许他的译文有时喧闹多于美丽，但每一行诗句都洋溢着生命的活力，每一篇章都洋溢着灿烂的热情，当人读到喇叭的声音时，就会热血沸腾，精神和身体都感到愉悦，感官和灵魂都感到兴奋。我们不必讳言，有一点得立即承认，即莫里斯先生时不时会错失荷马诗句的某些非凡的尊严，而且因为渴求格律的严整，他在匆忙推敲诗韵时会偶尔牺牲威严，使庄严让位于速度；但实际上，只有在弥尔顿那样的无韵诗中，才能获得这种平静而崇高的音乐效果，而在所有其他方面，无韵诗都是再现希腊六步韵诗的完整流畅和充沛热情的最不合适的媒介。但无论如何，莫里斯先生的译文都完全绝对拥有一个优点：它是文学性的，但不是指"文学性"这个词的字面意义。它似乎直接表现生活本身，并从现实世界中的万物获取其自身的形式和色彩；它始终直接而简单，其最完美之处，就是有点像"早期诸神的宏大言论"。

至于描述单个人的优美片段，最精彩的是对费阿刻斯国王宫殿的描述，或对喀耳刻的美好传说的完整讲述，或将冥府中苍白魂灵的盛会呈现在我们面前的方式。也许我们很难读懂，从独眼巨人库克罗普斯眼皮子底下逃脱这一宏大的史诗般的幽默，但将这个引人入胜的故事翻译成英语总存在着语言上的困难，既然我们已得到如此之多的诗歌，我们就不应抱怨失去一个双关语了；与阿尔喀诺俄斯的女儿相会和离别的田园诗多么优美，真是让人心旷神怡。例如，我们从第六卷中随机选取一段，来看看到底有多美：

> 神般的奥德修斯对婢女们开口了：
> "姑娘们，请离我远些，好让我清洗
> 身上的垢与盐，周身再遍涂橄榄油。
> 我的肉身，长期欠护理已不良善。
> 我没法动手，你们在面前，赤身裸体
> 让我羞赧，尤其有俊俏的姑娘在面前。"

这番话讲完，婢女们就把身转，并向女主把话儿传。

神般的奥德修斯在河中尽情冲洗，把污痕和盐渍，

从健硕的躯体搓干。

清完擦净，橄榄油涂遍，润滑如

旧貌换新颜。

宙斯的女儿雅典娜，

又用神力增其俊颜，

发绺卷曲，披散双耳边，

就如黄水仙般鲜艳。

还像一位工匠手艺娴，

为白银涂上黄金闪，

赫菲斯托斯和帕拉斯·雅典娜把本领传，

打造宝物一件，手艺精湛——

就这样，她将灿烂的光彩洒向他的头与肩。

有些人可能会反对这句诗：

发绺卷曲，披散双耳边，

就如黄水仙般鲜艳。

认为这可能是主观想象的翻译。显然，这句诗原文很可能是
指英雄的头发是黑色的。尽管如此，这一点并不是很重要，
而值得注意的可能是：类似的表述在奥格尔比1665年出版的

《奥德赛》精美插图版中也出现过，在讲到"查理二世的爱尔兰狂欢大师"时有这样一段话：

> 密涅瓦让他更帅更高大，
> 发绺卷曲就像黄水仙。

然而，任何选本都无法与莫里斯先生译本的真正价值相提并论，其真正的价值不依赖于散落的美，也不是表现在偶然的选择，而在于整体的绝对正确和连贯，在于其格调的纯正，在于其摆脱了矫揉造作和平庸粗俗，在于其形式和内容的和谐。这是诗人翻译诗人，这样说就足够了，我们当然应对此表示感谢。如今处于粗俗文学的后期，这一译本能使南方伟大的海洋史诗在我们这个北方岛国入土生根，这就表明，我们的英语语言可以成为一根笛子，由希腊人吹响，教会瑙西卡[1]和珀迪塔[2]说同一种语言。

---

1 希腊神话中法埃亚科安岛国王阿尔喀诺俄斯的女儿，她在《奥德赛》第六章出场，她救了奥德修斯并爱上了他，但奥德修斯执意返回家乡，两人伤心而别。——译者

2 莎士比亚剧本《第十二夜》中的人物。——译者

俄罗斯小说家 *

在我们这个时代的三位伟大的俄罗斯小说家中，屠格涅夫是迄今为止最优秀的艺术家。他有那种精挑细选的精神，那种对细节的细腻选择，而这成为其风格的精髓；他的作品完全没有任何个人意图，通过选取最火热的人生时刻，他能将许多生活激情和情绪提炼成几页完美的散文。

托尔斯泰伯爵的方法更宏大，他的视野也更开阔。他有时让我们想起保罗·韦罗内塞，并且就像那位伟大画家一样，可以在不过度拥挤的情况下让人物挤满他作画的巨大画布。乍一看，我们从其作品中可能无法获得统一的艺术印象，屠格涅夫的主要魅力就在于此，但一旦我们掌握了其小说的细节，整体似乎就具有了史诗般的宏伟和质朴。陀思妥耶夫斯基则与他的两个对手大相径庭。作为艺术家，他不像屠格涅夫那样优秀，因为他写的都是生活事实而不是生活的影响；他也没有托尔斯泰那种远见卓识和史诗般的高贵，但

* 原载于《帕尔摩报》，1887年5月2日，评《被侮辱与被损害的》，费奥多尔·陀思妥耶夫斯基著，弗雷德里克·惠肖译自俄语版，维泽泰利公司出版。

他具有独特且绝对属于他自己的品质，如热烈、强烈的激情和浓烈的冲动，描写最深奥的心理奥秘和最隐秘的生命源泉的能力，以及在真实性方面无情的现实主义，因为真实所以可怕。前段时间，我们有机会注意到他的精彩小说《罪与罚》，在这本小说里，描写了弥漫的不洁和恶行，一个妓女和一个谋杀犯聚在一起，阅读戴夫斯和拉扎勒斯的故事，遭人遗弃的姑娘引导罪人为他的罪孽赎罪；这部名为《被侮辱与被损害的》的小说毫不逊色于那部伟大的杰作。虽然故事发生的环境看似平淡无奇，但女主人公娜塔莎却是希腊悲剧中那种高贵的受害者之一。她是安提戈涅，具有菲德拉的激情，走近她，就会心生敬畏。希腊悲剧就是复仇女神涅墨西斯的阴影，笼罩在每一个人物头上，只有涅墨西斯没有脱离生活，成为我们自己本性的一部分，与生活本身同质。漂亮的小伙子阿廖沙，娜塔莎追求他并导致自己走向厄运，他是蒂托·梅勒马第二，拥有蒂托的所有迷人、优雅和魅力。然而他又有所不同。他永远不会在佛罗伦萨广场拒绝巴尔达萨雷，也不会在泰莎之事上对萝莫拉[1]撒谎。他有一种伟大而短暂的真诚，一种对生活所代表的一切孩子气的无意识，一种对生活无法给予的一切殷切的热情。他没有任何心机。他从不想何为恶，他只作恶。从心理学角度看，他是现代小说

---

1 蒂托、巴尔达萨雷、泰莎、萝莫拉皆为乔治·艾略特历史小说《萝莫拉》中的人物。——译者

中最有趣的人物之一，而从艺术角度看，他是最有吸引力的人物之一。随着我们对他的了解逐步加深，他激起我们更多奇怪的疑问，让我们觉得，不只是恶人才做恶事，也不是只有坏人才做恶事。

陀思妥耶夫斯基通过一种极其微妙的客观方法，向我们展示了他的人物！他从不给他们列出清单，也不给他们贴上标签进行描述。我们一点一点逐渐了解了他们，就像我们认识在社会上遇到的任何人一样，先是通过举止、个性外表、衣着时尚等方面的小技巧，然后通过他们的言行。即便如此，他们也在不断躲避我们，因为虽然陀思妥耶夫斯基可以为我们揭开他们本性的秘密，但他从不深入解释他的人物。他们的言或行总让我们感到惊讶，并将生命的永恒奥秘保持到最后。

且不论这部小说作为艺术作品的价值，它具有深刻的自传价值，因为瓦尼亚这个人物，这个可怜的学生，他爱娜塔莎就是因为她的罪恶和耻辱，他就是陀思妥耶夫斯基对自己的研究。歌德曾经不得不推迟写完自己的一部小说，直到新环境为他提供了新经验，而陀思妥耶夫斯基几乎在成年之前就已知道了生活的最真实形式。贫穷和苦难、痛苦和悲哀、监狱、流放和爱情，他很快就都熟悉了，并通过瓦尼亚之口讲述了自己的这些故事。这份个人感情的笔记，这份实际经历过的严酷现实，无疑赋予此书某种奇异的热情和可怕的激情，但这并没使小说变成个人主义的作品；我们若从每一个角度来看待事物，我们就会觉得，不是事实束缚小说，而是事实本身变得理想化和富有想象力。虽然陀思妥耶夫斯基在运用自己作为艺术家的方法上也是无情的，但作为一个人，他对人人都充满人性的怜悯，包括那些恶人和被伤害的人，自私的人和为他人而生活受到损害，但所做出的牺牲却徒劳无益的人。自《亚当·比德》和《高老头》以来，没有哪部小说比《被侮辱与被损害的》更有力量了。

佩特先生的《想象的肖像》[*]

通过图像媒介传达思想，一直是文学领域那些既是艺术家又是思想家者的目标，佩特先生这本新书为思想概念提供了一个感性的环境，这正是我们要感谢他的地方。因为这些想象的，或者我们更愿意称之为他想象的肖像，构成了一系列哲学研究，融入了个性的研究，思想则在不同的情绪和态度条件下得以表现，每种规则的永恒性，都通过生活的变化和色彩获得某种表达形式。所有这些肖像中，最迷人的无疑是《塞巴斯蒂安·范斯托克》。对华托的描述可能有点过于天马行空，作者将他描述为"一直在世界上寻求某种东西，没有满意的标准，或者根本就没有标准"的人，在我们看来，这段话似乎更适用于那个看到蒙娜丽莎坐在岩石中的人，而不适用于欢快、温文尔雅的"节日里大献殷勤的画家"。但是塞巴斯蒂安，这位年轻而严肃的荷兰哲学家，画得却是迷人的。从我们看到他的第一眼开始，他就戴着松鼠

* 原载于《帕尔摩报》，1887年6月11日，评《想象的肖像》，沃尔特·佩特著，麦克米伦公司出版。

尾毛和毛皮手袋在水草甸上滑行，表现出少年的所有羞涩的愉悦，直到他在海尔德沙漠中的一处荒凉的房子里奇怪地死去，我们似乎看到了他，了解了他，几乎能听到他唱出的低沉曲调。正如俗语所说，他是一个梦想家，但在这个意义上，他是富有诗意的，他的定理直接为他塑造了生活。年轻时，斯宾诺莎一句优美的格言让他心有戚戚，并促使他致力于实现思想无私的理想，越来越将自己与感性、偶然性甚至感情的短暂世界分离，直到对有限和相对的东西失去兴趣，他觉得大自然只是他的一个想法，所以他自己也只是上帝一个转瞬即逝的想法。这个概念，即纯粹抽象的形而上学，会对一个如此幸运地被赋予接受感性世界的人的心灵产生控制性力量，非常令人愉快，而且佩特先生从未写过更微妙难解的心理学研究著作，塞巴斯蒂安是在尽力救一个小孩的生命时死去的，这一事实给整个故事带来了一丝凄美的悲哀和哀伤的讽刺色彩。

在欧塞尔的一些古老挂毯上被发现或据说被发现的人物，使人联想到了《欧塞尔的德尼斯》。人像是一个"身穿亚麻色华丽花饰的生物，有时几乎赤身裸体隐在藤叶中，有时裹在一层层皮毛中抵御寒冷，有时身穿僧侣的衣服，但总是性格真实，让人印象深刻，且街道都是小镇上的真正街道，事件就是小镇上发生的真实事件。从这个奇怪的设计中，佩特先生塑造了一个奇异的、狄俄尼索斯在人间回归的中世纪神话，一个充满色彩、激情和古老浪漫的神话，一个充满奇迹和崇拜，德尼斯是半兽半神，使世界因新的生活狂喜而疯狂，只用可见的存在赋予艺术家以灵感，让他从芦笛和三孔笛中汲取音乐的奇迹，最后被爱他的人在舞台表演中杀死。在其丰富无限的形象中，这个故事就像曼特尼亚的一幅画，事实上，曼特尼亚在画中可能也暗示性地描绘了一幅华丽的场面：德尼斯驾驶一辆色彩绚丽的战车，穿着柔软的丝绸衣服，头饰则是一个奇怪的大象头皮，还镶有镀金象牙。

如果《欧塞尔的德尼斯》象征着感官的激情，《塞巴斯蒂安·范斯托克》则象征着哲学的热情，因为他们似乎确实那样做了，虽然没有任何公式或定义能够充分表达他们所描绘的生活的自由和丰富多彩，但对充满想象力的艺术世界的热情，则是《罗森莫尔的卡尔公爵》故事的基础。卡尔公爵与已故的巴伐利亚国王没有什么不同，他同样热爱法国，同样对"大君主"充满钦佩，同样痴迷于幻想制造惊奇和迷幻，但他们的相似之处可能只是偶然。事实上，佩特先生笔下的年轻英雄都是上世纪"启蒙运动"的先驱，是赫德、莱辛和歌德本人的德国先驱，他发现，艺术形式可信手拈来，不需要注入任何民族精神，也不需要使它们充满活力并且反应灵敏。他也死了，在与一个农村姑娘结婚的那个晚上，他被自己非常崇拜的国家的士兵踩死了，他人生的失败，赋予他一种忧郁的优雅和戏剧性的趣味。

但总的来说，这本书非常吸引人。佩特先生是一位理智的印象主义者。他不会用明确的教条使我们厌烦，也不会让生活去适应任何形式的信条。他总是在寻找精妙的时刻，一且找到，他就用精致而令人愉悦的艺术进行分析，然后继续下去，且常常转到思想或感情的另一极端，因为他知道，每一种情绪都自有品质和魅力，其存在即自证其合理。他采用了希腊哲学那种耸人听闻的方法，并将之作为一种新的艺术批评方法。至于他的风格，则是一种奇怪的禁欲主义。我们时不时会遇到一些表达奇怪感觉的句子，如他告诉我们，欧塞尔的德尼斯长途跋涉归来后"第一次吃肉"时的情形是："他用野性贪婪的纤细手指，撕扯着热气腾腾的鲜红肉块。"但这样的段落很少见。禁欲主义是佩特先生散文的基调；有时，他文章的自我控制几乎过于严厉，都使我们渴望多一点自由。因为他这样的散文确实有一种危险，那就是容易让人读起来有些吃力。处处都能听到有人想说佩特先生"追求语言中的某种东西，而这种东西没有令人满意的标准，或者说根本就没有"。对格言和短句的持续关注有其缺点也有其优点。然而，总而言之，他的散文多么美妙，他的偏好多么微妙，它的纯洁多么无可挑剔，它还拒绝平庸或平凡的东西！佩特先生具有真正的选择精神和真正的省略艺术。即使他不是英国文学史上最伟大的散文作家之一，那至少也是我们最伟大的散文艺术家。尽管我们得承认，他最好的风格都似乎是无意得之而非有意求之，但在最近这些日子里，当粗暴的修辞冠以雄辩之美名，粗俗篡夺了自然之名时，我们应该心怀感激的是，还有这样一种风格刻意追求形式的完美，力求通过艺术手段产生效果，并为自己树立起一种庄严、朴素之美的理想。

德国公主[*]

克里斯蒂安公主翻译的《贝雷乌斯的威廉敏娜·马格拉文回忆录》是一本最引人入胜、最令人愉快的书。正如公主本人在富有感染力的引言中介绍的那样，马格拉文和她的兄弟腓特烈大帝是上个世纪"第一批具有质疑精神的追求精神自由的人"。公主说："他们研究过英国哲学家牛顿、洛克和沙夫茨伯里，伏尔泰和卢梭的著作激起了他们的热情。他们的一生，都烙下了法国那种思考急迫现实问题的思想的影响。18世纪，哲学开始掀起反对暴政、反对陈规旧习的伟大斗争，最终在法国大革命中到达顶点。最高贵的头脑都参加了这场斗争，而且就像大多数改革者一样，他们将自己的结论推向了极端，并且常常忽略了事情要以和谐为要。马格拉文对本国思想发展的影响不言而喻。她在贝雷乌斯形成了一个以前德国梦寐以求的文化和学习中心。"

这些《回忆录》的历史价值当然众所周知。卡莱尔称，

* 原载于《妇女世界》，1887年11月，评《贝雷乌斯的威廉敏娜·马格拉文回忆录》，石勒苏盖格－荷尔斯泰因殿下、英国和爱尔兰公主殿下克里斯蒂安编译，大卫·斯托特出版社出版。

就腓特烈大帝早期生活的描写方面，这是"迄今为止最好的权威作品"。哪怕仅将之视为一个聪明迷人的女人的自传，它也同样有趣，即使那些对18世纪政治毫不关心的人、那些将历史本身视为一种没有吸引力的小说形式的人，也不能不迷恋于马格拉文的机智、活泼、幽默、敏锐的观察力和聪明而自信的自我主义。她的生活无论如何不能说是幸福的。用克里斯蒂安公主的话说，她父亲"就像统治国家一样，也用同样严厉的专制统治着家庭，他乐于让所有人都以最痛苦的方式感受到他的权力"，而马格拉文和她的兄弟"痛苦不堪，不仅是因为他难以控制的脾气，而且也因为他们遭受过真正的贫困"。的确，马格拉文所描绘的国王形象极其与众不同。"他鄙视所有的学习，"她写道，"他希望我只专注于针线活、家务或琐碎之事。如果他发现我写作或阅读，他就可能会鞭打我。"他"认为音乐是一种死罪，并坚持认为人人都应该致力于一个目标：男人服兵役，女人做家政"。他将科学和艺术列入"七大致命罪孽"。有时他信奉宗教，"然后，"马格拉文说，"我们活得就像特拉比斯特派的教士，让我和我的兄弟悲痛万分。每天下午，国王都会布道，我们必须专心听讲，就像听使徒布道一样。我和哥哥经常被一种强烈的滑稽感控制住，总是放声大笑，使徒般的诅咒就会劈头盖脸泼到我们头上，我们不得不表示谦卑和忏悔。"他谈话的主题只有经济和士兵，他主要的社交娱乐就是让他的客人喝醉。至于他的脾气，如果不是从其他渠道也得到了充分证实，马格拉文的描述几乎让人觉得不可思议。苏维托尼乌斯曾写过国王身上的各种奇疯怪狂，但即使在他那种情节剧般的编年史中，也几乎没有任何内容可与马格拉文笔下的内容相媲美。这是她上世纪在皇家宫廷里的家庭生活写照之一，这也绝不是她描述的最糟糕的场景：

有一次，当他的脾气比平常坏时，他告诉王后，他收到了安斯帕赫的来信，信中马格雷夫宣布他将于5月初抵达柏林。

他是来娶我姐姐的，他的一位大臣会带着订婚戒指先到。我父亲问我姐姐，她是否满意这桩婚事，她如何安排家庭事务。现在，我姐姐脑子里无论想到什么，都会特意告诉他，即使最难听的令人不快的话，他也从不介意她直言不讳。因此，这一次，她凭着以往的经验，回答如下："等我有了自己的房子，我会留意配一张装备齐全的餐桌，比你的还好，如果我有了自己的孩子，我不会像你那样折磨他们，强迫他们吃掉他们完全不喜欢吃的东西！"

"我的餐桌有何不好？"国王问，脸涨得通红。

"你问餐桌有什么问题，"我姐姐回答说，"桌上的食物不够我们吃，只有我们讨厌的白菜和胡萝卜。"她的第一个回答已经激怒了我父亲，但他没有惩罚我姐姐，反而劈头盖脸向妈妈、我兄弟和我本人发泄了愤怒。他先把盘子向我哥哥头上扔去，幸亏哥哥躲开了，否则会被击中的。他把第二只盘子向我扔来，庆幸的是，我也逃脱了。紧接着这第一波敌意行为而至的，就是一股谩骂的洪流。他责备王后没养好孩子，简直是一塌糊涂。"你要诅咒你母亲，"他对我哥哥说，"因为她把你变成了这样一个废物。"……当我和哥哥从他身边经过准备离开房间时，他举起拐杖打我们。幸好我们又躲过了一击，因为若打中，我们肯定会被击倒在地，结果我们最后竟能毫发无伤地逃脱了。

然而，正如克里斯蒂安公主所说，尽管威廉敏娜受到了父亲近乎残忍的对待，但值得注意的是，在她的回忆录中，她谈到父亲时总是满怀深情。她不断提到他"善良的心"；并说他的过错"多是因为他的坏脾气而不是出自天性"。尽管她的家庭生活充满苦难和不幸，但这并不能使她的聪明才智黯然失色。让别人病态的东西，只引起她的讽刺。她没有为自己的个人悲剧哭泣，而是嘲笑普遍存在的生活喜剧。例如，我们可以看看她对1718年抵达柏林的彼得大帝和其妻子的描述：

> 沙皇皇后身材矮小，较胖，皮肤棕褐色，毫无尊贵之感，外表也如此。只需看上她一眼，就能看出她出身低微。她可能会被当成一个德国女演员，她也正是这样

妆扮自己的。她的衣服都是买的二手货，上面绣着一些看起来很脏的银色刺绣。紧身胸衣上饰有宝石，就像双鹰一样排列着。她挂着一打勋章；她服饰的下摆挂着大量的圣物和圣人的图片，她一走动，就会发出嘎嘎的响声，让人想起一头精心装备的骡子。勋章相互撞击，声音甚是嘈杂。

而沙皇则是另一种形象。他身材高大，发育很好，长相俊美，但说话粗鲁，让人觉得他内心恐惧。他身穿素朴的水手服。他妻子的德语说得很蹩脚，因此叫来她的宫廷小丑帮她，并和她说俄语。这个可怜的人儿是加利津公主，她为了保命，不得不承担这个尴尬的职责，因为她曾卷入反对沙皇的阴谋，两次受到鞭笞！

......

第二天［沙皇］参观了柏林的所有景点，其中包括非常奇特的硬币和古董收藏。他最后搜集到一尊雕像，雕的是代表异教徒的神。这尊雕像毫无吸引人之处，但却是最有收藏价值的。沙皇爱不释手，坚持要皇后亲吻它。她拒绝了，随后沙皇用蹩脚的德语对她说，如果她不立即服从他，她就会掉脑袋。沙皇的怒火把皇后吓坏了，她立即毫不犹豫地照办了。沙皇要求国王送给他这尊雕像，以及其他雕像，他无法拒绝这种请求。同样的事情也发生在一个镶嵌着琥珀的橱柜上。这种橱柜仅存这一个，是国王腓特烈一世花费巨资所购，听说要被送到彼得堡，大家莫不惊愕。

两天后，这个野蛮的宫廷抢劫团高高兴兴地离开了。王后立即赶往梦碧幽，她发现那里的情况犹如耶路撒冷陷落。我从未见过这样的景象。一切都被毁了，因此王后不得不重建整座后宫。

马格拉文描绘过自己到马雷乌斯公国做新娘时所受到的接待，但也没上面这段描述有趣。她到的第一座城镇叫霍夫，一个贵族代表团正等在那里，准备欢迎她。她是这样描述他们的：

他们的脸把小孩子吓坏，为了打扮得更美一些，他们把头发梳理成当时流行的假发式样。他们的服饰清楚地表明他们出身世族之家，衣服上都是传家宝，是古董，只是相应地剪裁修饰了一下，所以大多不合身。尽管他们的服装属于"宫廷礼服"，但上面的金银饰边都黑黢黢的，很难辨认出到底是用什么东西做成的。这些贵族的举止与其面孔和服饰也是绝配。他们可能也曾被当作农民。当我第一次看到这些奇怪的人时，我几乎忍不住要笑出声了。我依次与他们每个人交谈，但他们都听不懂我说的话，他们的回答听起来像希伯来语，因为帝国的方言与勃兰登堡的方言完全不同。

　　神职人员也到场了。他们完全是另一类生物。他们脖颈上的衣服都是大开领，就像洗衣篮。他们说话慢声细语，好让我听得更清楚明白些。他们说的都是最蠢的事，我好不容易才忍住没笑出来。最后，我摆脱了所有这些人，坐下来吃饭。我尽力与一同用餐的人交谈，但毫无用处。最后，我谈到了农业话题，随后他们就打开了话匣子。他们把自己所有不同的农庄和牛群都给我讲了。而当谈到该国高地的牛是否比低地的牛更肥时，还发生了一场几乎称得上有趣的争论。

……

　　有人告诉我，因为第二天是星期天，我得待在霍夫，并聆听布道。我以前从未听过这样的布道！牧师先向我们讲述了从亚当时代到诺亚时代的所有婚姻情况，没省略任何细节，绅士们都在笑，可怜的女士们脸都红了。晚餐吃完了，和前一天一样。下午，所有女士都来向我致敬。天啊！都是些什么样的女士啊！她们都像绅士们一样丑陋，头饰奇特无比，燕子都可以在上面筑巢了。

至于贝雷乌斯本身，那儿的小宫廷，以及她所描绘的画面非常奇妙。她的公公，执政的马格拉文，心胸狭隘、保守平庸，说话"类似于朗读布道文，目的是让听众入睡"，他只有两个话题——忒勒玛科斯和阿梅洛·德·拉·侯赛的《罗马史》。从凡事只说"是"的冯斯坦男爵，到凡事总说"不"的冯沃伊特男爵，他的大臣们无论怎么看都绝不是一群有思想的人。"他们的主要消遣，"马格拉文说，"就是从早到晚不停喝酒。"他们所谈只有马和牛。宫殿本身也破旧不堪，腐烂、肮脏。"我就像狼群中的羔羊，"可怜的马格拉文喊道，"我定居在一个陌生的国家，住在一个更像农民的农场的宫廷里，周围都是粗鲁、邪恶、危险和可恶之人。"

然而，她的精神从未抛弃她。她一直聪明、诙谐、有趣。她关于无休止争吵优先权的故事就非常有趣。她那个时代的社会很少关心举止优雅，实际上也知之甚少，但所有礼仪问题都至关重要，而马格拉文本人虽然看到整个体制的肤浅，但她过于自傲，所以即使环境需要，她也不维护自己的权利，她对自己拜访德国皇后的描述就非常清楚地表明了这一点。当这次会面被首次提及时，马格拉文明确拒绝接受这个主意。"这没有先例，"她写道，"国王的女儿和皇后见面，我不知道自己应该要求什么权利。"然而，她最终还是被劝说同意了，但她为这次接见定下了三个条件：

首先，我希望皇后的整个后宫都在楼梯第一阶接待我；

其次，皇后应在她卧室门口迎接我；

第三，她应给我一把扶手椅坐。

······

他们一整天都在就我提出的条件争论不休。前两个条件他们答应了我，但第三个条件满足我才算达到全部要求，皇后会坐一把很小的扶手椅，而她会给我一把椅子坐。

第二天，我见到了这位皇室要人。我承认，如果我处在她的位置，我会以所有礼仪和仪式规则为借口不出面接见我。皇后矮小胖硕，圆得像球，丑陋不堪，没有威严，没有风度。她的思想与她的体型相对应。她非常固执，整天都在祈祷。老与丑通常都是上帝的惠赠。她接见我时浑身发抖，紧张至极，连一个字都说不出来。

一阵沉默后，我开始用法语交谈。她用奥地利方言回答我，说她不会说法语，并请求我讲德语。谈话并没有持续多久，因为奥地利语和低地撒克逊语之间的差异如此之大，对只熟悉其中一种语言的人来说，是无法理解另一种语言的。这就是发生在我们身上的事。第三者会嘲笑我们之间的误解，因为我们只能时不时听懂对方的某一个词，其他就得靠猜了。可怜的皇后是礼仪的奴隶，固执己见，认为若用外语与我交谈，她就犯了罪不可赦的叛国罪，尽管她法语很好。

从这本书中还可摘录很多有趣的章节，但从仅有的摘录部分看，已经可以看出马格拉文文风活泼、文笔生动。至于她的性格，克里斯蒂安公主总结得很好，她虽然承认马格拉文经常显得近乎无情和轻率，但她同时也声称，"总体而言，在18世纪有天赋的女性中她是最有天赋的，这不仅是因为她的精神力量，还因为她的良善之心，以及她自我牺牲的奉献精神和真正的友谊"。她的《回忆录》还有一个有趣的续篇，是她与伏尔泰的通信集，希望我们很快就会看到这些书信的英译本仍出自本书的健译之笔。

《乡村悲剧》*

　　在最近面世的最有感染力也最悲伤的小说中，有一部玛格丽特·L.伍兹的《乡村悲剧》。能与这个悲伤小故事相提并论的，只有陀思妥耶夫斯基或居伊·德·莫泊桑的小说。这并不是说伍兹夫人以其中一位伟大的小说大师为榜样了，但她的作品中确有一些东西让人想起两位大师的创作手法；她丝毫没有他们那种强烈的热情，那种可怕的专注力，那种无情而又凄美的客观性。但与他们一样的是，她似乎也允许生活按照自己的方式呈现出来；与他们一样，她也承认，坦率地接受生活中的事实是所有现代模仿艺术的真正基础。伍兹夫人的故事发生在牛津附近的一个村庄；人物极少，剧情也极简单。这是一出现代阿卡迪亚的浪漫故事——一个农场工人爱上一个女孩的故事，这个女孩的社会地位和教育程度虽然略高于他，但她本人也是农场里的女仆。他们俩都是真正的阿卡迪亚人，他们的无知和孤立无助只加剧了题目的悲

＊　原载于《帕尔摩报》，具体时间不详，评《乡村悲剧》，玛格丽特·L.伍兹著，本特利父子公司出版。

剧性，这也是小说如此命名的原因。如今流行给文学贴上标签，因此，伍兹夫人的小说无疑会被称为"现实主义作品"。然而，它的现实主义是艺术家的现实主义，而不是记者的现实主义。其处理的机智、感受的微妙和风格的细腻，都使它更像一首诗而不是一部工作纪要；虽然它向我们揭示了生活的痛苦，但它也向我们暗示了一些生活的奥秘。小说对外在大自然的处理也非常精美，风景描写也没有那种正式的旅游指南式的描述，也没有任何被拜伦粗暴地称为"胡扯树"之类的东西，但我们仿佛呼吸到了乡村的气息，捕捉到了豆田的美妙气味，对那些曾在六月天走过牛津郡的大街小巷的人来说，这一切都是那么熟悉；听鸟儿在灌木丛中婉啼，听在山间游荡的羚羊颈铃叮当作响。性格刻画是文学形式的大敌，也是现代小说作家创作手法的核心元素，以至于大自然之于小说家，就如光与影之于画家——成为风格的一个永恒元素；如果说《乡村悲剧》的力量源于其对人类生活的刻画，那么其魅力可以说主要源于其西奥克里特式[1]的背景。

1　西奥克里特（Theocritean，约前325—前267年），古希腊田园诗人，著有诗集《田园牧歌》。王尔德曾写过一首诗《西奥克里特》。——译者

莫里斯先生的《奥德赛》收官[*]

莫里斯先生翻译的《奥德赛》第二卷收官，为希腊文学的伟大浪漫史诗画上了完美的句号，尽管《伊利亚特》或《奥德赛》都永远不可能有终极译本，但这两部史诗在每个时代都有每个时代的译本，绵延不绝，且都一定能以自己时代的方式，以自己时代的品味演绎出自己的乐趣，但若说莫里斯先生的译本永远是我们经典翻译中的真正经典，那也并不为过。当然，这部译本也并非完美无缺。我们在谈第一卷时，曾冒昧地说，莫里斯先生有时更像北欧人而非希腊人，现在摆在我们面前的这部译本，也没能让我们改变这种看法。莫里斯先生也选择了特定的韵律，就其流畅和自由而言，这种韵律非常适合表达"荷马音乐的强劲双翼"，这令人敬佩，但却缺失了它的尊严和平静。在这里，必须承认，我们感受了一种明显的缺失，因为荷马作品具有弥尔顿作品的那种崇高品格，如果说急促是希腊六步法的基本要素，那

---

* 原载于《帕尔摩报》，1887年11月24日，评《荷马的奥德赛》(全两卷)，威廉·莫里斯译，里夫斯和特纳出版社出版。

么庄严则是荷马作品的显著品质之一。然而，这种缺陷，如果我们一定得称其为缺陷的话，几乎可能是难以避免的，因为出于某些韵律方面的原因，英语诗歌中的伟大运动必然是缓慢的运动；尽管已经说了这么多，但仍然得说，这部译作真是太令人钦佩了！如果我们抛开它作为一首诗的崇高品质不谈，而单从学者的角度来看，会发现它是多么直白，多么诚实和直接！其对原文的"信"远超其他任何文学译作，但这不是学究式的"信"，而是诗人对诗人之"信"。

当莫里斯先生的第一卷译作出版时，就有许多评论家抱怨说，他偶尔使用过时的词语，并采用了不常用的表达方式，这使他的译本缺少了荷马式的素朴。然而，这种批评并不中肯，因为虽然荷马在有些方面无疑是质朴的，如其清晰和广阔的视野、直接叙述的超常能力、健全的理智、方法的纯洁和精确，但在语言运用方面，他无疑是不质朴的。当然，我们无法判断他对同时代人的影响，但我们知道，公元前5世纪的雅典人发现他在许多地方难以理解，当创造性的时代被批评时代取代，亚历山大开始取代雅典成为希腊世界的文化中心时，荷马字典和词汇表似乎一直在出版。确实，雅典娜给我们讲过一个杰出的拜占庭女学者的故事，她是一位来自普罗庞提斯的女才子，写了一首六步韵长诗，名叫《谟涅摩叙涅[1]》，充满了对荷马难解之处的巧妙点评，事实

1　希腊神话里的记忆女神。——译者

上，很明显，就语言本身而言，诸如"荷马式质朴"这种短语会让古希腊人感到惊讶。至于莫里斯先生强调词语的词源学意义的倾向，最近一期的《麦克米伦》杂志发表了一个严厉得有点轻率的观点，在我们看来，莫里斯先生在这方面不仅与荷马精神完全一致，而且与所有早期诗歌的精神也完全一致。的确，语言很容易退化成一个几乎只是代数符号的系统，而买票经过"黑衣修士桥"的现代都市人，自然绝不会想到曾在泰晤士河边建有修道院的多米尼加僧侣，该地就以他们命名了。但在早期，情况并非如此。那时的人们敏锐地意识到了文字的真正含义，尤其是早期的诗歌，都充满了这种感觉，而且确实可以说，诗的力量和魅力主要归功于此。因此，我们在莫里斯先生的《奥德赛》中发现的这些旧词，以及这种旧词的用法，在历史上是有充分根据的，而就其艺术效果而言，也是相当出色的。蒲柏想用他那个时代的日常语言阐释荷马，结果如何，我们都非常清楚。但莫里斯先生以一位真正艺术家的机智来运用古风，而且对他来说，古风似乎确实是自然而然呈现出来的，借助古风，他成功地使自己的译本也具有了这样一种文风，不是"古朴"之风，因为荷马从来就没古朴过，而是那种旧世界的浪漫和旧世界的美，这种浪漫与美，让我们现代人觉得愉悦无比，而希腊人对此也异常敏感。

至于具有特殊价值的个别段落，莫里斯先生的翻译并不是一件用紫色补丁缝制的破布长袍，以作为评论家批评的样本。它的真正价值在于整体的绝对正确和内在连贯性，在于急促有力的诗篇的宏大架构，在于它的标准不仅高，而且无处不在这一事实。然而，我们无法抗拒诱惑，要引用一下莫里斯先生对史诗第23卷中那段著名段落的翻译，该段讲的是奥德修斯躲开了珀涅罗珀为他设置的陷阱，珀涅罗珀确信丈夫一定会回家，但当丈夫就站在她面前时，她却又怀疑他的身份；顺便说一下，这个例子也表明荷马对人性有奇妙的心理学家般的理解，因为当梦想成真时，最惊讶的总是做梦者本人。

> 她这样说只为证明这是她丈夫，但奥德修斯心中却悲痛，
>
> 与他同床而眠的这个女人，赚钱持家样样通。
>
> 他开口对妻子讲：
>
> "女人啊，你说话让我断肠痛！
>
> 谁移动了我的床？他必力大又无穷。
>
> 因为他尽管很灵巧，而且一心要办成，
>
> 若非上帝悄然至，谁能轻易将床动。
>
> 可凡人终究有一死，不管多壮又年轻，
>
> 谁能轻举移别处，除非神祇在显灵。
>
> 床架本是我锻造，凭我一人自始终，
>
> 近处有棵橄榄树，树叶长长又蓬蓬。
>
> 枝繁叶茂长得好，长得都像柱子样，

我在树周建新房，砖瓦叠垒日日长。

方石密密砌得实，最后房顶罩头上，

门门毗邻紧连接，安全牢固无缝隙。

橄榄树枝我细修整，砍掉长枝留树身，

从下往上层层削，妙手除瘤及树根。

黄铜刨子刨啊刨，照着床的样子造，

钻孔楔钉忙不停，丝丝合缝固得牢。

床架如此就做好，彻底完成大功高，

镶金嵌银锒象牙，华丽富贵皆不少。

罩上牛皮作铺盖，染成紫色把人耀，

这些证据我给你看；女人啊，难道你都已忘了。

是否吾床仍未动，还是已移到别处，

若是有人移动了，橄榄床架定碎朽。"

《奥德赛》最后12卷没有我们在其前半部分发现的那种奇幻的浪漫、冒险和色彩。其中没有任何东西可以与瑙西卡精美的田园诗或独眼巨人洞穴插曲中提坦神的幽默相提并论。珀涅罗珀没有喀耳刻的魅力，塞壬的歌声听起来可能比奥德修斯站在大厅门槛上时箭矢的响声更甜美。然而，就激情力量的尖锐集中、思想志趣的凝练和和戏剧结构的精湛而言，后面数卷是无与伦比的。事实上，它们非常清楚地表明，随着希腊艺术的发展，史诗如何逐渐过渡到了戏剧。争论的整体谋划布篇，英雄伪装回家，向儿子透露身份，对敌人的可怕报复以及与妻子最终相认，这些都让我们想起了不止一部希腊戏剧的情节，并让我们明白了，当伟大的雅典诗人说自己的戏剧只是荷马餐桌上的残羹剩饭时，他究竟是何意。在将这部辉煌的史诗译成英语诗句时，莫里斯先生为英国文学做出了不可估量的贡献，这样的话，即使经典作品被完全排除在我们的教育体系之外，英国的男孩们仍能大致了解荷马的这些让人快乐的故事，捕捉到他宏伟音乐的回声，并与睿智的奥德修斯一起漫步在"古老浪漫的海岸"，一想到此，就令人高兴。

《萨默维尔夫人传》*

　　菲利斯·布朗的《萨默维尔夫人传》是一个非常有趣的小丛书"世界工人"——一系列天主教徒的小传——的一种。该丛书收录范围很广，传主性格差别巨大，包括透纳[1]和理查德·科布登[2]、汉德尔[3]和泰特斯·索尔特爵士[4]、罗伯特·斯蒂芬森[5]和弗洛伦斯·南丁格尔[6]等，然而都具有某种明确的目的。作为数学家和科学家、《天体力学》的译者和普及者，以及一本重要的自然地理学著作的作者，萨默维尔

---

* 原载于《帕尔摩报》，1887年11月30日，评《萨默维尔夫人和玛丽·卡彭特》，菲利斯·布朗著，卡塞尔公司出版。

1　威廉·透纳（William Turner，1775—1851年），英国风景画家，代表作有《迦太基帝国的衰落》《海上渔夫》。——译者

2　理查德·科布登（Richard Cobden，1804—1865年），英国政治家、经济学家。——译者

3　弗里德里希·汉德尔（Friedrich Handel，1685—1759年），巴洛克时期的英籍德国作曲家，代表作有《弥赛亚》《水上音乐》《阿尔米拉》。——译者

4　泰特斯·索尔特（Titus Salt，1803—1876年），英国实业家。——译者

5　罗伯特·斯蒂芬森（Robert Stephenson，1819—1905年），英国工程师。——译者

6　弗洛伦斯·南丁格尔（Florence Nightingale，1820—1910年），英国女护士，近代护理学和护士教育创始人。"5·12"国际护士节就设立在南丁格尔生日这天。——译者

当然众人皆知。欧洲的科学机构授予她等身荣誉。她的半身像就矗立在皇家学会的大厅里，牛津的一所女子学院以她的名字命名。然而，作为妻子和母亲，她同样令人钦佩。那些认为愚蠢是家庭美德的适当基础，智慧女性必定手无缚鸡之力的人，最好读一读菲利斯·布朗这本令人愉快的小书，读者们会在书中发现，任何时代的最伟大的女数学家，都同时也是一个聪明的针线女工、一个好主妇和一个最娴熟的厨师。的确，萨默维尔夫人的厨艺似乎也非常出名。西北航道的发现者将一座岛屿命名为"萨默维尔岛"，但并不是为了向这位杰出的数学家致敬，而是为了表彰这位杰出的数学家在他们离开英格兰之前，将亲手制作的优质橘子果酱送给了船上的船员；她在非常关键的时刻能做出醋栗果冻，要归功于她丈夫的一些亲戚对她的喜爱，在此之前，他们对她抱有相当深的偏见，认为她只是一个不切实际的女学究而已。

她的科学知识也从未扭曲或削弱她天性中的温柔和人性。对于鸟兽，她总是爱意满满。我们听说过，她还是个小女孩时，就热切地观察着燕子在夏天筑巢或为秋天的飞行做准备；当地上落雪时，她常常打开窗户，让知更鸟跳进来，在早餐桌上捡食面包屑。有一次，她和父亲一起去高地旅行，回来时发现，走前留给仆人照看的一只宠物金翅雀，被忘了喂食，结果饿死了。这让她伤心欲绝，70年后，她在《回忆录》中重提此事，并说写到此事时深感痛苦。她晚年的主要宠物是一只山雀，它时常在她写作时栖息在她手臂上睡觉。有一天，山雀掉进了水壶里，淹死了，女主人悲痛不已，尽管后来我们听说一只漂亮的鹦鹉代替了那只马达加斯加的山雀，成了她的情人，但并不足以抚慰她的损失。

菲利斯·布朗告诉我们，她精力也非常充沛，曾试图推动意大利议会通过一项动物保护法，在谈到这个问题时她曾说："只要我们的运动员还以射杀惊恐飞出笼子的驯鸽为乐，我们英国人就不能夸耀人性。"——我完全同意这句话。赫伯特先生的"陆鸟保护法案"让她倍感欣慰，尽管——用她自己的话来说——她"非常伤心地发现'在天堂门口唱歌的云雀'却被认为不值得人类保护"；她非常喜欢一位绅士，当他得知意大利吃掉了许多会唱歌的鸟——夜莺、金翅雀和知更鸟——后惊恐地叫起来："什么！知更鸟！我们家养的鸟！我快要吃孩子了！"事实上，在某种程度上，她相信动物的不朽，理由是，如果动物没有未来，那么有些动物似乎就是为了无法补偿的痛苦而创造的——这种想法在我看来似乎既不夸张也不荒诞，尽管必须得承认，这种观点所依据的乐观主义绝对没有得到科学的支持。

总的来说，菲利斯·布朗的书读起来非常让人愉快。它唯一的缺点是太短了，这是现代文学中很少见的缺点，几乎相当于一种特点了。然而，菲利斯·布朗仍设法在自己可以支配的短小篇幅里塞进去了趣闻逸事。她描绘了这样一幅画面，萨默维尔夫人翻译完《拉普拉斯》后，在同一房间里，和孩子们一起合影，这个画面就很迷人，让人想起乔治·桑笔下的一个人物；萨默维尔夫人描述了一个有趣的故事，即她拜访一位年轻冒牌货的遗孀奥尔巴尼伯爵夫人的事，伯爵夫人与她交谈了一段时间后惊呼道："这么说你不会说意大利语。你一定没受过良好的教育！"这个关于"韦弗利系列小说"的故事对我的一些读者来说可能是新的。

与萨默维尔和沃尔特爵士的结识相关的一个非常有趣的场景，源于萨默维尔夫人的小儿子沃伦佐·格雷格孩子气的好奇心。

当时萨默维尔夫人正在访问阿伯茨福德，而"韦弗利系列小说"正在陆续面世，已引起了极大的轰动；然而，即使司各特的亲密朋友也不知道他是这些小说的作者，他喜欢将此事保密。但是小沃伦佐发现了他的秘密。有一天，当萨默维尔夫人正在谈论一部刚刚出版的小说时，沃伦佐说："这些故事我早就知道了，因为司各特先生是在餐桌上写的。他写完就用绿布包好稿纸，放在餐厅一角，等他出去，我和查理·司各特就一起读这些故事。"

菲利斯·布朗评论说，这件事表明"人要想保守秘密，在孩子身边时就要非常小心"；但在我看来，这个故事本身就很迷人，不需要任何这种道德寓意。

收录在同一卷中的《玛丽·卡彭特小姐传》也是菲利

斯·布朗所写。在我看来，卡彭特小姐并没有萨默维尔夫人的魅力和魔力。她总是与正式、有限和精确的事联系在一起。大约两岁时，她在托儿所里就坚持让人称作"卡彭特博士"；12岁时，一位朋友形容她是一个稳重的小姑娘，说话总是像一本书；她在开始系统教育之前，她就写下了为人类服务的庄严誓言。然而，她是19世纪务实、勤奋的圣人之一，圣人就应该非常严肃地对待自己，这无疑完全正确。同样值得一提的是，她的拯救和改造工作是在极其困难的情况下进行的。例如，这是科布小姐给我们描绘的一幅布里斯托尔夜校的画面：

> 只见玛丽·卡彭特耐心地坐在圣詹姆斯后街一所学校的大走廊前，对着街头的野男孩们教着、唱着、祈祷着，真是一幅奇妙的景象，尽管干扰无休无止，如见到啥都射击弹珠、吹口哨、跺脚、打架、在祈祷中大喊"阿门"，有时像一群穿了滚钉鞋的野牛冲出走廊，绕过大教室，冲下楼梯，进入街道。她以一种无限的好心情忍受着这些无法控制的嘈乱。

她自己的叙述更令人愉快，表明"一群穿了滚钉鞋的野牛"并不总是那么野蛮。

> 前一周我带到课堂上一些蕨类植物标本，都整齐

地粘在白纸上……这次我拿了一块煤页岩给他们看，上面有蕨类植物的印痕……我让每个人都检查样本，并告诉我看出了什么。W笑容灿烂，我看出来了，他知道答案，其他人谁也说不出来。他说这些是蕨类植物，就像我上周展示给他看的那种，但他认为这些是印在石头上的。当我向他们解释清楚后，他们感到非常惊讶和高兴。

约瑟夫的历史：他们都很难承认这确有其事。有人问埃及现在是否还存在，是否还有人住。当我告诉他们，埃及现在还矗立着约瑟夫时代建造的建筑时，有人说不可能，因为即使有也一定早就坍塌了。我给他们看了金字塔的形状，他们才满意。有人问所有这些书是否属实。

麦克白的故事令他们印象深刻。他们知道莎士比亚的名字，他们在一家酒馆看到过他的名字。

一个男孩将良心定义为"绅士不拥有的东西，当一个男孩找到他的钱包并还给他时，他没给男孩6便士"。

另一个男孩在礼拜夜听了"感恩"布道后被问到，他一年中享受到的最大乐趣是什么？他坦率地回答："斗鸡，夫人。在一家名叫'黑男孩'的斗鸡场，那是布里塞尔值得想到的东西。"

想通过提炼蕨类植物和化石的影响来教化粗野的街头男

孩，这有点可悲，让人禁不住感到，卡彭特小姐极大地高估了基础教育的价值。穷人不应以事实为食。即使是莎士比亚和金字塔也不够；教给他们文化成果也没多大用处，除非我们也给他们那些文化得以实现的条件。在北方这些寒冷、拥挤的城市中，道德的正确基础，从这个词的宽泛的希腊意义看，可以在建筑中找到，而不是在书籍中。

尽管如此，如果不承认玛丽·卡彭特教给那些穷人家孩子的，不仅是她的学识，而且还有她的爱，那就太不厚道了。她的传记作者告诉我们，她早年渴望成为妻子和母亲的幸福；但后来，她满足于将自己的爱可以自由给予所有需要的人，而预言中的诗句"我已经给了你非你生育的孩子"，在她看来似乎表明了她真正的使命。事实上，她更倾向于培根的观点，即未婚者最适合做公共工作。她在一封信中说："观察一下近年来女性在社会服务效果和影响力方面的长足发展，会感到非常震惊。自由女子，如寡妇和未婚女子，在这个世界上可以为别人做很多工作，可以贡献出她们所有的力量。妻子和母亲有一份上帝赋予她们的崇高工作，不再想要别的了。"整段话极其有趣，"自由女士"这个说法很讨人喜欢，让人想起查尔斯·兰姆。

喝下午茶的亚里士多德 *

马哈菲先生说，在社会里，每个文明的男人和女人都应该认识到，自己有责任说些什么。即使几乎无话可说，也要说，为了鼓励这种使人愉悦的、才华横溢的闲谈艺术，他出版了一本社交指南，不参考这本书，任何首次踏入社交界的少女或花花公子都不该梦想出去赴宴。马哈菲先生的这本书不能归入"流行"书一类，从"流行"这个词的任何意义上来看都不是。在讨论"谈话"这个重要主题时，他不仅遵循了亚里士多德的科学方法，这也许是情有可原的，而且也采用了亚里士多德的文学风格，这是没任何理由的。书中也几乎没提及任何逸事，也几乎没提出任何例证，只能任凭读者将教授的抽象规则付诸实践，既没有历史先例，也没有历史警示，以鼓励或阻止他在职业生涯中行事鲁莽。尽管如此，这本书仍然值得热烈推荐给所有那些建议用冗长乏味的唠叨恶习来代替沉默的蠢人。尽管其形式古板，尽管其内容迂

---

* 原载于《帕尔摩报》，1887年12月16日，评《谈话艺术的规则：交际散文集》，J. P. 马哈菲著，麦克米伦公司出版。

腐，但据我们所知，在现代文学中，它仍是最接近于在下午茶时光与亚里士多德相会的方法，让人着迷，令人愉快。

至于身体状况，成为优秀健谈者绝对必不可少的唯一条件，马哈菲先生认为，是声音悦耳，犹如音乐。一些博学的作者一直坚持认为，稍有些口吃常激发出一种特殊的谈话热情，但马哈菲先生反对这种观点，并对谈话中的每一种怪癖都极其严苛：包括土生土长的土语，到人为的流行语等等。他对后一点的评价，即毫无意义地重复客套话，我们完全同意。比如，从事科学工作的人总是说"正是如此"，普通人每句话结束都说"难道你不知道"，伪艺术家稍遇到刺激就总是嘟囔"真迷人，真迷人"，没有什么比这些废话更让人恼火了。马哈菲先生专门谈及了谈话的精神资格和道德资格。他发自内心地认为，知识是绝对必要的，因为正如他最公正观察到的那样，"无知者很少能让人愉快，除非将其作为笑柄"。而另一方面，应避免严格的精确性。"在一个群体里，即使一个完美无瑕的骗子，"马哈菲先生说，"也比一丝不苟的诚实者更好，因为他会掂量每一句话，质疑每一个事实，纠正每一个错误。"说谎者无论如何都会承认，谈话的目的不是指导，而是娱乐，他比那些高声大嗓怀疑一个故事真实性的笨蛋都更文明，因为讲故事本就只是为了逗大家一乐。然而，马哈菲先生支持著名的专家成为例外，他告诉我们，向天文学家或纯数学家提出一些聪明问题，可以引出许多奇怪的事实，而这些事实则会让人愉快地消磨时间。就这个问题，为了社会的利益，我们觉得有必要进行正式抗议。任何人，即使在伦敦之外的地方，也不应该允许隔着餐桌问纯数学问题，哪怕是聪明的问题，这类问题与突然询问一个人的灵魂状态如何如何一样糟糕，这是一种"突然袭击"，针对此种情况，正如马哈菲先生在其他地方所说的那样，"许多虔诚的人实际上已经在考虑在谈话前先进行体面的介绍"。

至于善谈者的道德素质，马哈菲先生以自己的谈话导师为榜样，警告我们不要过分过度强调美德。例如，谦虚很容易成为一种社会恶习，不断为自己的无知或愚蠢道歉，对谈话是一种严重的伤害，因为"我们想从谈话对象身上学到的，是他对所谈话题的自由意见，而不是他对这种意见的价值评判。"简单也并非无危险。爱真理爱到了无耻地步的"可怕的孩子"，总是说出自己意思的未开化的乡村姑娘，以及在任何可能的场合都强调自己的想法，甚至从不考虑自己是否有头脑的人，都是简单导致的致命案例。羞怯可能是一种虚荣形式，为骄傲保留了发展余地，至于同情，还有什么可以比坚持与每个人都意见一致的男人或女人更可恨，因此"进行意见各不相同的讨论"就绝对不可能吗？即使无私的听者也容易变成无聊之人。"这些沉默的人，"马哈菲先生说，"不仅他们在社会上所能获得的一切都无所作为，而且对社会毫无感恩之心，事后，他们竟然还会厚颜无耻地谴责那些为了他们的享乐而辛苦劳作之人。"机智，马哈菲先生认为，是对事物对称性的一种精妙的感觉，是谈话最高级、最好的道德条件。机智的人，他以最明智的评语说，若陪伴男人的是其第三任妻子，"会本能地避免拿'蓝胡子'开玩笑"；他此时谈话就要像一本教科书，且绝不会心怀歉疚，但他会避免过于用心关注语法和谈话时间长短；他将培养优雅地打断别人的艺术，以避免谈话被老人或没有经验的新手导入俗套；如果他想讲故事，他会环顾四周，考虑到身边的每一个人，如果有一个陌生人在场，他会放弃趣谈逸事的快乐，以免伤害其中一位客人，犯下社交错误。

至于事先有准备或有计划的艺术，马哈菲先生嗤之以鼻，他告诉我们，某个学院的院长（希望不是牛津的或剑桥的），口袋里总是装着一本笑话书，一旦他应答别人时想妙语连珠，就得掏出来参考一下。伟大的智者也往往非常残酷，而伟大的幽默家则往往非常粗俗，因此最好多尝试尝试"在没有这些才华横溢但充满危险的天才的慷慨帮助的情况下，进行一次成功的谈话"。

两人"面对面"谈话时，可以谈论人，但社交场合一般只谈事。天气情况作为开场白总情有可原，但谈正题前要准备好关于话题的一个矛盾或异端观点，以便更方便地将谈话引导到其他方面。真正的家居之人几乎总是不善言辞，因为他们已安于家庭生活，并以此为美德，从而削弱了他们对外部事物的兴趣。最好的母亲会一直喋喋不休地谈论婴儿，喋喋不休地谈论婴儿教育。事实上，大多数女性对政治都不太感兴趣，一如大多数男性缺乏基本的阅读能力。尽管如此，人人皆可说话，除非他固执至极，即使是商务旅行者也可以被吸引进谈话之中，变得非常有趣。至于社会上的闲谈，马哈菲先生告诉我们，任何健全的会话理论都不可能贬低闲言碎语，"这可能是全社会能愉快交流的主要因素"。小人物对大人物指指点点总让人乐不可支，如果某个人不幸成为一名北极旅行者或逃难的虚无主义者，人们所能做的最好的事情，就是讲一讲"俾斯麦王子，或维克多·伊曼纽国王，或格拉德斯通先生"的奇闻逸事。若晚餐时遇到天才和公爵，善谈者就会努力将自己提高到前者的水平，而将后者拉低到自己的水平。要想在社会上优于自己的人中取得成功，就必须毫不犹豫地反驳他们。的确，人应该大胆批评，这样才能给这个以宏伟和极端自尊的社会带来一种明亮和自由的基调，马哈菲先生评价说——既悲凉又不准确——这"也许有些乏味"。最善谈者都是那些自祖先起就是双语的人，如法国人和爱尔兰人，但谈话艺术几乎人人都能学会，除了那些诚实得病态的人，或那些需要借助永久严肃的举止，和普遍的头脑迟钝来维持崇高道德价值的人。

这些就是马哈菲先生这本聪明的小书中所包含的广泛使用的原则，其中许多原则无疑值得向读者推荐。"如果你发现人群沉闷，那是你的错"，这句格言在我们看来似乎有点乐观主义色彩，但我们毫不同情餐桌上专业讲故事的人，他们真是无聊透顶。但马哈菲先生坚持认为，无平等就无开诚布公的交流，这句话是完全正确的，他的书不会教人如何进行聪明的交谈，他并不反对人们对他这本书的这种评价。使人变得理性的不是逻辑，使人变好的也不是伦理学，但去分析、去公式化表达、去调查分析总是有用的。书中唯一令人感到遗憾的是文风的枯燥和空洞。如果马哈菲先生只他手写他口，他的书读起来会更让人愉快些。

爱尔兰早期的基督教艺术[*]

　　长期以来，人们一直觉得缺少一本通俗的爱尔兰艺术手册，对普通学生来说，威廉·王尔德爵士、皮特里等人的作品有点过于复杂；因此，我们很高兴地注意到，在教育委员会的赞助下，玛格丽特·斯托克斯小姐关于其国家的早期基督教艺术的实用小册子面世了。当然，斯托克斯小姐的书中并没有什么特别原创性的东西，也不能说她是一个非常有魅力或讨人喜欢的作家，但在入门手册中挑剔原创性并不公平，插图的魅力完全能够弥补其厚重而迂腐的风格。

　　早期的爱尔兰基督教艺术引起了艺术家、考古学家和历史学家的极大兴趣。小铁手铃、朴素的石制圣杯、粗犷的木杖等最粗犷笨拙的形式，把我们带回到了原始基督教教堂的朴素之中，而其最发达时期，代表作品则是伟大的凯尔特金属制品中的杰作。石圣杯现在已被金、银圣杯所取代；铁钟嵌在缀满宝石的圣盒里，粗糙的法杖也配上了华丽的外壳；

---

* 原载于《帕尔摩报》，1887年12月17日，评《爱尔兰早期的基督教艺术》，玛格丽特·斯托克斯著，查普曼和霍尔出版社出版。

圣徒的圣书被精美地装订在华贵的宝盒里，我们拥有的不是早期传教士那种粗鄙雕刻的象征物，而是康镇修道院行进时的十字架这种精美绝伦的艺术品。这个十字架的美，当然在于其精致繁复的装饰、优雅的比例和精湛的工艺，其历史也毫无疑问。根据上面的铭文（英尼斯福伦岛编年史和克朗马克诺兹的书可以证实），我们了解到，它是由一位本地艺术家在奥达菲主教的监督下，为特洛·奥康纳[1]国王制作的，其最初目的是供奉1123年贡送给国王的一部分真十字架。几年后，总主教带到了康镇，并可能于1150年在那里去世，在宗教改革时期，十字架被人藏了起来，但在本世纪，仍归最后一位主教所有，他去世后由麦卡拉教授购得，并赠送给爱尔兰皇家学院博物馆。只为了看这件绝妙的作品，就非常值得去都柏林一游，但阿德的圣杯同样可爱，这是一只双柄银杯，其完美纯净的形式绝对经典，还饰有金色、琥珀色的饰件和水晶，各种景泰蓝瓷器和凹纹珐琅制品。在古爱尔兰历史中，没有提到这只杯子，也没有提到所谓的塔拉胸针。关于这些，我们所能知道的是：它们都只是偶然被发现的，前者是一个男孩在阿尔达老城附近挖土豆时发现的，后者是一个穷孩子在海边捡到的。然而，它们都可能属于10世纪。

所有这些艺术品，以及手稿中嵌钟的圣盒、圣书的封面、雕刻的十字架和手工装裱工艺，在斯托克斯小姐的手册

1　特洛·奥康纳（Turlough O'Connor, 1088—1156年），爱尔兰国王。——译者

里都提供了精美的图片。极其有趣的菲亚哈尔帕·德里格，或装着圣帕特里克牙齿的圣盒，可能会被认为是幸存下来的装饰物中一个有趣的代表，而抄写员或福音传教士著作的古旧缩写版，可能会让爱尔兰历史手稿更加令人惊奇。不过总体而言，这本书的插图非常精美，就连普通的艺术专业学生也能从中获得一些实用建议。的确，斯托克斯小姐呼应了许多伟大的爱尔兰考古学家的愿望，期待着爱尔兰本土学派在建筑、雕塑、金属制品和绘画方面的全面复兴。当然，这种愿望非常值得赞赏，但这些复兴总有风险，那就是仅仅是人为的复制，并且会被人质疑：爱尔兰装饰艺术的特殊形式是否可以用来完全表达现代精神。最近有位作者在谈到房屋装饰时就严肃地提议，英国房主都应该在那种墙裙嵌刻着欧甘文的凯尔特风格的餐厅里用餐，这是一种充满恶意的建议，可用来警告所有那些幻想者，即认为复制形式必然意味着精神的复兴，而正是这种精神赋予形式以生命和意义，他们没有认识到艺术与时代错误之间的区别。斯托克斯小姐提议建造方舟形教堂，壁画画家将"遵循《凯尔斯书》中恢宏的欧西比亚教义所描绘的建筑图样，复制拱廊"。当然，复制拱廊并不古怪，但即使"大地归于沉寂"之时，爱尔兰人也不可能在这些有趣的模仿中找到它最健康或最精美的表达方式，他们没有这种艺术天才，尽管如此，现代艺术家仍会认真研究古代爱尔兰艺术中的某些美的元素。《凯尔斯书》中错综复杂的插图，就其对现代设计和现代材料的适应性而言，其价值一直被高估了，但古代爱尔兰的项链、胸针、别针、饰扣等等，现代工匠却能从中发现一个相对而言尚未开垦的金矿；既然凯尔特精神已经成为我们政治的发酵剂，那它就没有理由不为我们的装饰艺术做出些贡献。然而，这种结果不会以爱国主义名义滥用旧设计而获得，即使是最热情的地方统治者也不允许用镶嵌着欧甘文的墙裙装饰自己的餐厅。

里斯托里夫人 [*]

自马丁夫人论莎士比亚女主角的迷人著作面世以来，里斯托里夫人的《学习与回忆》是最令人愉快的谈舞台艺术的作品之一。人们常说，演员的身后，除了空洞的名字和枯萎的花环，就什么都没有了；他们只是靠当下的掌声生存；他们最终注定要与旧剧目单一起被人遗忘；总之，他们的艺术与他们一同消亡，人死灯灭。"打造橱柜的奇彭代尔，"聪明的《附言》作者说，"比演员加里克更有力量。后者的活泼已不再可爱（博斯韦尔除外）；前者的椅子仍在使一百个家庭无法休息。"然而，在我看来，这种观点似乎被夸大了。它建立在这样一种假设之上：表演只是一种模仿艺术，不考虑其想象力和智力基础。当然，演员的个性会消逝不见，而艺术赖以存在的令人愉悦的力量也随之消逝。然而，一位伟大演员的艺术方法仍然存在。它活在传统中，并成为学校科学的一部分。艺术拥有原则所具有的一切理性的生命力。目

---

[*] 原载于《妇女世界》，1888年1月，评《学习与回忆》，里斯托里夫人著，保罗·奥伦多夫出版社出版。

前，在英国，加里克对我们演员的影响远大于雷诺兹对我们肖像画家的影响，如果我们转向法国，很容易发现塔尔马的传统，但大卫的传统在哪里？

因而，里斯托里夫人的回忆录不仅具有才华横溢的美丽女子的自传始终具有的那种魅力，而且具有明确而鲜明的艺术价值。例如，她对麦克白夫人性格的分析就充满了心理学的趣味，她向我们表明，莎士比亚的精妙批评，并不一定只局限于那些对莎士比亚戏剧的结尾和韵律特色评头论足的批评家，也可能是由表演艺术本身呈现出来的。《附言》的作者试图否认演员具有任何批判性洞察力和文学鉴赏力。他告诉我们，演员是艺术的奴隶，而不是她的孩子，并且完全生活在文学之外，"他嘴上永远挂着台词，他的心里没有任何真理"。但在我看来，这种概括似乎过于苛刻和草率。实际上，我绝不同意这种观点，我更倾向于认为，单纯的表演艺术过程，文学作品重新回归生活，在表演的条件下呈现思想，这些本身就是一种非常高级的批判性方法。我也并不认为，研究我们伟大的英国演员的职业生涯就会发现，我们被指责缺乏文学欣赏能力，此言不虚。演员为了获得能赋予形式美和色彩的感觉，就迅速脱离了形式，这可能是真的，在文学评论家研究语言的地方，演员只是在寻找生活。然而，伟大的演员们多么欣赏文字的美妙乐感啊，无论如何，在莎士比亚戏剧中，乐感是诗歌力量的一个关键元素，尽管这并不适用于所有堪称真正诗人的人。"诗的感性生活从基恩之

口涌出温暖之流，"济慈在《战士》上发表的戏剧评论中说，
"对于一个学过莎士比亚象形文字般的诗句，学过基恩附加
上了宏伟感觉的诗句中的精神元素的人而言，他的舌头似乎
抢自海布拉蜜蜂，让它们粒蜜不剩。"济慈所说的这种特殊
感受，所有听过萨尔维尼、莎拉·伯恩哈特、里斯托里或当
今任何伟大艺术家表演的人都熟悉，而我认为，这种感觉不
会仅仅靠阅读原著就能获得。就我自己而言，我必须承认，
直到我听到莎拉·伯恩哈特在《费德尔》中的演出，我才完
全认识到了拉辛音乐的甜美。比雷尔先生说：演员嘴上永远
挂着文学语言，但心上没有铭刻任何真理，对此，我们只能
说，如果确是如此，那也是演员与大多数文学评论家共同的
缺陷。

　　里斯托里夫人对自己的奋斗、航行和冒险的叙述，读起
来确实很愉快。她是一个穷演员的孩子，三个月大时第一次
出演，被装进一只篮子里，作为新年礼物送给了一个自私的
老绅士，这位老绅士不原谅自己女儿为爱而结婚。然而，由
于她早在篮子打开之前就开始哭了，这部喜剧变成了一场闹
剧，让观众快乐不已。她出演的第二部戏剧是一部中世纪的
情节剧，当时她才3岁，她被恶棍的阴谋吓坏了，在最关键
的时刻逃跑了。然而，她似乎不再怯场了，我们还发现，她
15岁时出演了西尔维奥·佩利科的《弗朗西斯卡·达里米
尼》，18岁时首次出演玛丽·斯图亚特。此时，法国表演方
法的自然主义正在逐渐取代虚假的演说和意大利表演学派的

矫揉造作。里斯托里夫人似乎想将简约与风格相结合，将大自然的热情与艺术家的自我约束相结合。"我想两者兼而有之，"她告诉我们，"因为我觉得万物皆可进步，戏剧艺术也应进行变革。"然而，意大利戏剧的自然发展几乎被当时奥地利或教皇统治下的戏剧审查制度遏止了，这种荒谬的制度在每个城镇都存在。任何关于民族情感或自由精神的暗示都被禁止了。甚至"祖国"这个词也被认为是叛国的，里斯托里夫人给我们讲了一个有趣的故事。一位戏剧审查员被要求许可一出戏的演出，这出戏讲的是一个哑巴离家多年后回到家，他一登台就做了个手势，表达看到祖国的喜悦。审查员生气了，说"这种手势显然非常具有革命性倾向，不能允许。我能想到的唯一允许做的手势，是哑巴喜欢风景时一般会做出的手势"。舞台的方向相应进行了改变，"风景"一词取代了"祖国"！另一位审查员对一位不幸诗人极为严厉，因为诗人使用了"美丽的意大利天空"这句话，他向诗人解释说，"美丽的伦巴多－威尼斯天空"才是可以使用的正确的官方表达方式。《罗密欧与朱丽叶》中可怜的格雷戈里必须重新命名，因为格雷戈里是教皇们喜爱的名字;《麦克白》中第一个女巫的预言:

> 这里是一只舵手的拇指，
>
> 他在归途中船出了事，

被无情地从剧中删掉了，因为她的预言明显暗指圣彼得帆船上的舵手。最终，因为当时的政治和神学蠢货的困扰和无聊，因为无法忍受他们愚蠢的偏见，一本正经的愚蠢，对健全的艺术成长所必需条件的全然无知，里斯托里夫人决定离开舞台。然而，她仍非常渴望出现在巴黎观众面前一次，因为当时巴黎是戏剧活动的中心，经过一番考虑，她于1855年离开意大利前往法国。在法国，她似乎大获成功，尤其是扮演的密耳拉[1]这个角色；古典而不冷漠，艺术而不学究，她为阐释阿尔菲里的伟大女主人公的性格增添了激情的色彩元素，风格的形式元素。朱尔斯·贾宁高声称赞他，皇帝也请求里斯托里加入法国喜剧团，而雷切尔因为自己奇怪的狭隘嫉妒的天性，为她获得的桂冠而颤抖。密耳拉之后是玛丽·斯图尔特，玛丽·斯图尔特之后是美狄亚。在扮演美狄亚时，里斯托里夫人爆发出最热烈的激情。阿里·谢弗为她设计了服装；站在佛罗伦萨乌菲齐美术馆里的尼俄伯[2]则启发了里斯托里夫人与孩子们在一起的场景中的著名姿势。然而，她不同意留在法国，我们发现，她随后几乎在世界上每个国家都演过戏，从埃及到墨西哥，从丹麦到檀香山。她对古典戏剧的演绎似乎一直备受推崇。当她在雅典演出时，国

---

1 字面意思为"没药"（Myrrha），希腊神话中的塞浦路斯公主，著名的美少年阿多尼斯的母亲。——译者

2 古希腊神话女性人物之一，因育有14个孩子而向仅有两子的勒托女神炫耀，于是勒托派阿波罗和阿尔忒弥斯尽杀其子女，其后化为石头，乌菲齐美术馆展有大理石雕刻《尼俄伯的惩罚》。——译者

王主动提出安排在美丽的狄俄尼索斯老剧院演出，而她在葡萄牙巡回演出期间，则在科英布拉大学前演出了《美狄亚》。她对后一次演出的描述非常有趣。她一到大学，就受到了全体本科生的欢迎，他们都穿着几乎是中世纪人物的服装。他们中有些人参加了演出，在戏剧演出过程中，扮作克瑞乌萨[1]的侍女上台，都用厚厚的面纱遮掩住黑胡须，一演完就回到观众席中庄严就位，让里斯托里夫人感到恐惧的是，他们都仍穿着希腊式的衣服，但都把面纱向后撩开，抽着长长的雪茄。"这不是第一次了，"她说，"我不得不竭尽全力，防止悲剧以闹剧收场。"此外，她描述了蒙塔内利的《卡玛》的演出，也非常有趣，她讲了一个有趣的故事，即法国警方以谋杀罪逮捕了作者，原因是她发给他的一封电报中出现了"受害者的尸体"字样。的确，整本书充满了诸如此类写得很巧妙的故事，以及对戏剧艺术所做的值得钦佩的批评。我引用了法语版中的内容，恰好是摆在我面前的那本，但无论是法语版还是意大利语版，这本书在一段时间内，甚至在我们这样的时代，即文学利己主义已经发展到如此精致、完美的时代，也都是最引人入胜的自传之一。

1　古希腊神话女性人物之一，与阿波罗结合，生下儿子伊翁。——译者

优秀作品才会众说纷纭[*]

福楼拜并没有写过法国散文，而是一位恰好是法国人的伟大艺术家写了散文。至于批评你的人，当你的作品富有生活气息又极具美感时，它就必然对不同气质的人产生不同的魅力。

形式之美不只产生一种效果，而是多种效果。可以肯定，你不会认为批评就像数学答案一样吧？艺术作品内涵越丰富，真正的诠释也就越多样化。答案不止一个，而是有很多。若评论家的评论众口一词，那么对这样的书我深表同情。那一定是非常浅显和浅薄的作品。祝贺你的作品引起了各种各样的评论。留给后人的若只有一种声音，那是最糟糕的。

---

* 致 W. E. 亨利的信，写于大约 1888 年 12 月。

英国女诗人 *

英国献给世界一位伟大的女诗人伊丽莎白·巴雷特·勃朗宁。斯温伯恩先生将克里斯蒂娜·罗塞蒂小姐与她相提并论，他称她的新年赞美诗是最崇高的英语圣诗，无有可与之媲美之诗。"这是一首赞美诗，"他告诉我们，"犹如触到一团火，犹如沐浴在阳光下，犹如竖琴和管风琴无法企及的、起伏不定的海洋音乐的和弦和节奏，犹如宁静而铿锵的天籁之声的巨大回声。"虽然我很欣赏罗塞蒂小姐的作品，她微妙的遣词造句、丰富的意象、艺术的天真，她的诗中，奇异和简单的奇怪音符奇妙地融合在一起，但我不得不认为，斯温伯恩先生以高贵和自然的忠诚，将她置于至高无上的宝座上，对她来说，这太高了。对我来说，她只是一个非常讨人喜欢的诗歌艺术家。她的诗确实罕见，我们一见就会钟情，但她的诗不是一切。在其之上，再往上，是更高远、更阳光灿烂的诗歌高峰，是更广阔的视野，更充沛的空气，一种更加热情和深刻的音乐，一种源于精神的创造力，一种源于灵

1　原载于《女王》，1888年12月8日。

魂的张开翅膀的狂喜，一种纯粹话语的力量和热情：拥有预言的一切奇妙和牧师的一切牺牲精神。

自从伟大的埃奥利亚的女诗人时代以来，任何拨弄过竖琴或吹过芦笛的女人都无法企及勃朗宁夫人。但萨福，她是古代世界的一根火柱，对我们来说只是一根阴影之柱。她的诗，以及其他珍贵无比的作品，都被拜占庭皇帝和罗马教皇一起焚烧了，只剩下了一些残片。它们可能正躺在芬芳、黑暗的埃及坟墓中腐烂着，或攥在某个死去已久的情人干枯的手中。阿托斯的一些希腊修道士甚至现在都可能正在仔细研究一份古老的手稿，上面镌刻的文字隐藏了她的田园诗或颂歌，希腊人称她为"女诗人"，就像他们称荷马为"诗人"一样，对他们来说，荷马是第十位缪斯、美惠之花、厄洛斯之子、希腊的骄傲——萨福、嗓音甜美、眼睛明亮而美丽、头发就像黑风信子。但实际上，莱斯博斯岛美妙歌手的作品我们全忘了。

我们只有她花园里的几片玫瑰叶，仅此而已。文学作品如今我们只能在大理石和青铜上看到了，但在过去，尽管罗马诗人自吹高贵，但事实并非如此。希腊人易碎的陶花瓶仍然为我们保存着希腊的骄傲的图片，用黑色、红色和白色精心绘制；至于她的歌，我们只有回声的回声。

在历史上的所有女人中，只有勃朗宁夫人可能与萨福联系起来，尽管拐弯抹角，或缥缈难以捉摸。萨福无疑是一位更完美无瑕的艺术家。她搅动了整个古代世界，勃朗宁曾搅动了我们的现代世界，但力度小多了。从来没有像她这样充满爱的歌手。即使残存的几行诗笺，激情似乎也在燃烧。但是，不公正的时代给她戴上了贫弱的名誉桂冠，把被遗忘的、愚钝的罂粟花缠在了桂冠周围，让我们从对一位女诗人的单纯记忆，转向一个她的歌作为英国文学不朽的荣耀，仍留在我们心中的女诗人吧；她听到了黑暗矿井和拥挤工厂里的孩子们的哭声，并让英格兰为它的孩子们哭泣；她用虚拟的葡萄牙语十四行诗，歌唱爱的精神奥秘，以及爱带给灵魂的思想启迪；她相信一切有价值的东西，对一切伟大的事物充满热情，对一切受苦的事物充满同情；她写了《诗人的想象》《加萨古伊迪之窗》和《奥罗拉·莉》。

我对诗歌的爱不亚于对祖国的爱，这源于她。我这样谈到过她：

　　　　我们耳边，还萦绕着

　　　　女人口中清澈之音："再美一些吧"，

　　　　响彻亚平宁山脉，虽然

　　　　女人眉头，隐含着死亡的苍白和冰冷，

　　　　就像佛罗伦萨巨大的大理石，死气沉沉，

　　　　因为，伟大的歌儿仍让人心旌激荡，

　　　　传遍世界，声声饱畅，

　　　　犹如涟漪，不断扩展，直达

　　　　上帝的宝座，歌声变成祈祷，

祈祷迎来解放的力量，

英雄的事迹点燃祖国全疆，

她活着——具有伟大灵魂的女诗人，

自由黎明，闪耀在加萨古伊迪之窗，

荣耀回归意大利，

旭日赞美全人类！

她确实活着，不仅活在莎士比亚的英格兰心中，而且也活在但丁的意大利心中。希腊文学赋予她学术文化，但现代意大利创造了她作为人对自由的激情。当她越过阿尔卑斯山时，她充满了新的热情，从她优美、雄辩的唇中——我们在她的画像中仍可以看到——爆发出两千多年来我们从未从女人口中听到的那种高贵雄伟的抒情歌曲。一位英国女诗人，在某种程度上是促成意大利统一——但丁所梦想的那种统一——的真正因素，想到这一点令人愉快，如果佛罗伦萨将她伟大的歌手驱逐出境，她至少在自己的围墙内欢迎了英国送给她的这后一位歌者。

如果你问一个人，勃朗宁夫人的作品有什么突出特性，那他可像斯温伯恩先生谈到拜伦作品时所说的那样，是它的真诚和力量。当然，它也有缺点。"她会将月亮与餐桌押韵"，过去人们常开她这个玩笑。当然，在勃朗宁夫人的诗歌中，我们发现有一些在所有文学作品中都找不到的可怕的押韵。但她的粗犷绝不是粗心大意的结果，而是经过深思熟虑的，这在她给霍恩先生的信中表达得很清楚。她拒绝打磨自己的缪斯女神。她不喜欢轻率的润色光洁和人为的抛光雕琢。在对艺术的拒绝中，她成了一名艺术家。她意图通过某种方式产生某种效果，她成功了；在韵律方面，她对押韵一致的漠不关心，常常使她的诗句变得异常丰富，并为诗歌注入一种让人愉悦、惊喜的元素。在哲学上，她是柏拉图主义者；在政治上，她是机会主义者。她不依附于任何特定的党派。她爱像国王一样的人民，也爱表现得像人一样的国王。关于诗歌的真正价值和动机，她有一个无比崇高的观点。"诗歌，"她在一本诗集的"序言"中说，"对我来说，就像生活本身一样严肃；生活是一件非常严肃的事情。我在生活中也从未玩过九柱戏。我从没把快乐误作为诗歌的最终原因，也从未把闲暇误认为是诗人的时光。到目前为止，我所做的工作都不是脱离个人存在的手和脑的工作，而是作为我可以得到的那种存在的完整表达。"这当然是她完整的表达，通过这种表达，她才意识到自己最充分的完美。"诗人，"她在别处说，"比他从前更富有也更穷。他的粗布服比过去更好了；但他不再讲神谕之语。"

这些话让我们理解了其诗人使命观的基调。他要宣讲神谕，既是受到启发的先知，也是神圣的祭司；毫不夸张地说，我认为我们就是把她想成了这样的人。她是向世界传达信息的西比尔[1]，有时通过结结巴巴之口，至少也曾通过

1　古罗马帝国的女预言家。——译者

那双瞎眼，但总是带着崇高和坚定不移的真正的信仰之火和热情，总是带着精神本性的巨大狂喜，热情洋溢的灵魂的狂热。当我们读到她最好的诗歌时，我们感到，尽管阿波罗的神殿空无一人，青铜三脚祭坛也被推倒在地，德尔菲山谷一片荒凉，但皮提亚人还没死。在我们这个时代，她为我们歌唱，这片土地给了她新生。的确，勃朗宁夫人是最睿智的西比尔，甚至比米开朗琪罗在罗马西斯廷教堂屋顶上描绘的那个强大的人物还要睿智，她仔细研究了神秘的卷轴，试图破译命运的秘密。因为她意识到，若知识就是力量，苦难也是知识的一部分。

受她影响，几乎与对女性接受较高教育的影响一样，我倾向于将女性诗歌真正明显的觉醒也归因于她，而这是本世纪下半叶英格兰的突出特征。没有哪个国家曾同时拥有这么多女诗人。的确，当人想到希腊也只有九位缪斯时，他有时会倾向于认为我们的缪斯太多了。女性在诗歌领域所做的工作确实具有很高的卓越标准。在英格兰，我们一直倾向于低估文学传统的价值。在我们渴望发现一种新声音和新音乐模式的过程中，我们忘记了回声多么美。我们首先寻找特性和个性，这些确实是我们文学杰作的主要特征，无论是散文还是诗歌，都是如此。但深邃的文化和对最杰出典型代表的研究，如果能与艺术气质和对精美印象敏感的天性结合起来，可能会产生更多值得赞美的作品。我们根本不可能列出自勃朗宁夫人以来尝试过竖琴和芦笛的女性的完整名录。菲佛夫人、汉密尔顿·金夫人、奥古斯塔·韦伯斯特、格雷厄姆·汤姆森、玛丽·罗宾逊小姐、让·英格洛、梅·肯德尔小姐、内斯比特小姐、梅·普罗宾小姐、克雷格夫人、梅内尔夫人、查普曼小姐，以及其他许多在诗歌方面卓有建树的女性，既有充满思想和智慧的严肃的多利安式诗歌，也有古代法国那种形式轻松优美的歌曲，或者浪漫风格的古代民谣，还有罗塞蒂称作"瞬间的纪念碑"的强烈而凝练的十四行诗。有时人们会突发奇想，认为无疑女性才拥有的敏锐艺术才能可以在散文中稍微多一些发展，而在诗歌中稍微少一些发展。诗歌是为了表达我们最高级的情绪，当我们希望与神同在时，只有最好的诗歌才能满足我们。但散文是我们日用的面包，缺乏好的散文是我们文化中的主要污点之一。法国散文，即使出自最普通的作家之手，也总是可读的，但英国散文却让人厌恶。我们有一些散文大师，真正的大师，只是非常少。我们有卡莱尔，他是不可模仿的；还有佩特先生，他作品的形式精妙绝伦，绝对无与伦比；还有实用的弗劳德先生；还有马修·阿诺德，是个模仿的样板；还有乔治·梅瑞狄斯先生，他总是谆谆教诲；还有朗格先生，他是神圣的业余爱好者；史蒂文森先生，他是位人文艺术家；还有罗斯金先生，他的节奏和色彩、优美的修辞和美妙的乐词，他人完全无法企及。但人们在杂志和报纸上读到的一般散文非常沉闷和笨拙，节奏迟缓，表达不合时宜或夸张。也许有一天，我们的作家们会更明确地从事散文写作。

他们轻巧的触感、精致的耳朵、细腻的平衡感和比例感，使我们受惠良多。我可以想象得出，女性正给我们的文学带来一种新的方式。

然而，我们在这里不得不参照女诗人来谈女性；有趣的是，我们注意到，虽然勃朗宁夫人的影响无疑对这一诗歌运动的发展做出了很大的贡献，如果我可以这样说的话，在过去的二百年里，当这个王国的女人不再提高自己的诗歌创作修养时——即使不是在艺术方面，那至少也应在习惯方面——她们似乎再也不会有属于自己的时代。

谁是英国的第一位女诗人，我说不出来。我相信是朱莉安娜·伯纳斯修道院院长，她生活在15世纪；但我毫不怀疑，弗里曼先生能立刻向我们展示出一些出色的撒克逊或诺曼女诗人，而她们的作品若没有词汇表就无法阅读，即使借助于词汇表也完全无法理解。对我本人而言，我对朱莉安娜院长很满意，她热情洋溢地写了叫卖声；在她之后，我要提到安妮·哈斯丘，她曾入过狱，在火刑殉难的前夜写了一首民谣，无论如何，这首民谣都具有哀婉动人的历史意蕴。伊丽莎白女王称赞玛丽·斯图亚特的诗歌为"最甜蜜和最简洁的小曲调"，这被当代评论家普特纳姆高度赞扬为"文学中的狂喜，或华彩"的典型，这种称号似乎非常适合这样一位伟大女王的诗歌。她称不幸的苏格兰女王为"争论之女"，这个术语早已进入文学界。彭布罗克伯爵夫人，菲利普·西德尼爵士的妹妹，在她那个时代，也作为女诗人备受推崇。

　　1613年，"博学、贤惠、真正高贵的女士"伊丽莎白·卡鲁，出版了《犹太人的女王玛丽安的悲剧》，几年后，"贵族夫人黛安娜·普里姆罗斯"写了《珍珠链》，颂扬格洛丽亚娜的"绝世优雅"。玛丽·莫派斯，霍桑登的德拉蒙德的朋友和崇拜者；玛丽·沃思夫人，本·琼森曾将《炼金术士》题献给她；查理一世的妹妹伊丽莎白公主也值得一提。

　　王政复辟之后，妇女们更热衷于文学研究和诗歌创作。玛格丽特，即纽卡斯尔公爵夫人，是一位真正的女作家，她的一些诗句非常优美优雅。阿芙·贝恩是第一位将文学作为日常职业的英国女性。根据戈斯先生的说法，凯瑟琳·菲利普斯夫人发明了多愁善感；德莱顿赞扬她，考利为她而悲叹，我们希望人们能原谅她。济慈在牛津写《恩底弥翁》时偶然发现了她的诗，并在其中一首诗中发现了"弗莱彻式的微妙幻想"；但我恐怕现在没人读"无与伦比的奥琳达"的诗了。在谈到温切尔西夫人的《夜间遐思》时，华兹华斯说，除了蒲柏的《温莎森林》外，这是唯一一首介于《失乐园》和汤姆森的《季节》之间这一时期的诗，其中包含了外在自然的单一新形象。雷切尔·拉塞尔夫人，她可以说是英国书信体文学的开创者；伊丽莎·海伍德，因垃圾作品而永垂不朽，在《愚人志》[1]中占有一席之地；沃顿侯爵夫人（沃勒说钦佩她的诗）是非常杰出的女诗人类型，当然仅限其中

1　蒲柏的讽刺长诗。——译者

最优秀的诗，也是最初出名的那些诗，她是具有英雄气概的女性，具有最高贵的人性尊严。

的确，直到勃朗宁夫人的时代，英国女诗人都不能说创作出了什么表现出绝对天才的作品，她们当然都是有趣的人物，都是令人着迷的研究主题。在她们中间，我们发现了玛丽·沃特利·蒙塔古夫人，她任性如克利奥帕特拉，她的信读起来令人愉快。森特利弗夫人，她写了一部精彩的喜剧；安妮·巴纳德夫人，她的《奥尔德·罗宾·格雷》被沃尔特·司各特爵士形容为"与忒奥克里托斯[1]时代以来，科里登和菲利斯的所有对话"有同等价值，当然是非常美丽和感人的诗篇；埃丝特·范霍姆里和海丝特·约翰逊，她们是斯威夫特生活中的瓦内萨·斯特拉；斯雷勒夫人，伟大的词典编纂者的朋友；可敬的巴鲍德夫人；优秀的汉娜·莫尔小姐；勤劳的乔安娜·贝利；令人敬佩的查彭夫人，她的《孤独颂》总是让我对社会充满最狂野的热情，她至少会因为赞助建立了蓓基·夏泼接受教育的机构而为人所铭记；安娜·苏厄德小姐，她被称为"利奇菲尔德的天鹅"；可怜的L. E. L.，迪斯雷利在给姐姐的一封巧妙的信中，将其说成是"布朗普顿的化身——粉色缎面连衣裙、白色缎面鞋、红脸颊、塌鼻子和萨福式的发型"；拉特克利夫太太，引入了

---

1 忒奥克里托斯（Theocritus，公元前310—前245年），西方田园诗的创始人。——译者

浪漫小说，因此后续有很多要回答的问题；美丽的德文郡公爵夫人，吉本说她"生来就不该做公爵夫人"；优秀两姐妹，达弗林女士和诺顿夫人；泰格夫人，她的《普赛克》济慈读得很快乐；康斯坦蒂亚·格里尔森，她那个时代杰出的女才子；赫曼斯夫人；漂亮迷人的"珀迪塔"，时而与诗歌调情，时而与摄政王调情，在《冬天的故事》中的表演出神入化，她遭到吉福德的野蛮攻击，给我们留下了一首咏"雪花莲"的悲凉小诗；还有艾米莉·勃朗特，她的诗天然具有悲剧力量，且常常似乎处于伟大的边缘。

文学中的旧时尚不如服饰中的旧时尚那么招人喜欢。相比而言，我更喜欢火药时代的服饰，而不是蒲柏时代的诗。但是，如果你采用历史的立场——的确，只有基于这种立场，我们才能公平评价并非绝对是最高水平的作品——我们也才能看到，勃朗宁夫人之前的许多英国女诗人都具有非凡的天赋，如果她们中的大多数只将诗歌简单地视为"美丽的文学"中的一个分支，那么在大多数情况下，她们的同时代人也都这样看。自勃朗宁夫人的时代以来，我们的树林里到处都是歌唱的小鸟，如果我胆敢请求他们多写散文少写诗歌，那也不是因为我喜欢诗意的散文，而是因为我喜欢诗人的散文。

"维纳斯"或"胜利女神像"*

　　考古学中的某些问题似乎具有一种真正的浪漫趣味，首要问题就是所谓的"米洛斯的维纳斯"问题。她是谁，这个戈蒂耶所爱，海涅屈膝的残缺大理石女雕像？哪位雕塑家雕刻的她，为哪座神殿雕刻的？谁的手将她砌围在那样一个简陋的壁龛内？米洛斯岛的农夫就是在那儿发现了她。她象征着什么神性？是金苹果还是铜盾？她的城邦在哪里，她在众神和人类中的名字叫什么？最近一位研究这个迷人主题的作者是斯蒂尔曼先生，他最近在美国出版了一部极其有趣的书，他在书中说，这件艺术作品所表现的并非海生和泡沫所生的阿芙洛狄忒，而是原本立在雅典卫城大门外的小教堂里的雕像"无翼的胜利女神像"。早在1826年，也就是发现雕像六年后，维纳斯假说遭到米林根的猛烈抨击，从那时到现在，考古学家的战斗就从未停止过。当然，在米林根的旗帜下战斗的斯蒂尔曼指出，这座雕像根本不是维纳斯的类型，

＊　原载于《帕尔摩报》，1888年2月24日，评《尤利西斯之旅，兼及"米洛斯的维纳斯探踪"》，W. J. 斯蒂尔曼著，霍顿米夫林公司出版。

其性格过于英勇，与希腊艺术发展的任何时期关于阿芙洛狄忒的概念都难以对应，但它明显符合一些著名的胜利雕像，如著名的《布雷西亚的胜利》。后者是青铜雕像，年代较晚，有翅膀，但类型无误，虽然不是复制品，但肯定是米洛斯岛的收藏品。

阿加索克勒斯硬币上的"胜利女神"形象显然也是米洛斯风格的，在那不勒斯的博物馆里，有一尊赤土陶制成的胜利女神像，形体姿态和服饰样式几乎相同。根据杜蒙·德·乌尔维尔的说法，雕像被人发现时，一只手里拿着一个苹果，另一只手则隐在服饰的褶皱里，后者明显是一个错误，有关这个主题的全部证据都矛盾重重，以至于法国领事和法国海军军官发表的声明都让人难以信服，他们似乎都没有费心去确认一下，现在卢浮宫中的"维纳斯"的手臂和手是否确实是与雕像在同一个壁龛中发现的。无论如何，这些断片似乎做工极差，如此不完美，以至于将它们作为衡量或评价的标准毫无价值。到目前为止，斯蒂尔曼先生仍坚持旧立场。这也是他真正的艺术发现。几年前，在研究雅典卫城时，他拍摄了各种雕塑，其中包括胜利神庙中的残缺的"胜利女神"雕塑，即《无翼胜利女神》，立在一座爱奥尼亚小神庙里，据说"雅典人制造没有翅膀的胜利女神雕像，是为了她永远不会离开雅典"。乍一看，第一印象是：这些雕像尺寸相对较小，但再回头看时，人们就会震惊于这些雕像与米洛斯岛雕像之间的相似性。现在，这种相似性太惊人了，任何有形式感的人都不会提出任何质疑。它们的比例都同样体现出宏伟的英雄气概、身体发育都同样充分、服饰褶皱处理方式都一样，彼此之间有完美的精神血缘关系，对任何真正的古文物研究者而言，都是最有价值的证据之一。现在争论双方一致承认，米洛斯雕像最初很可能是放在阁楼里的，肯定属于菲迪亚斯和普拉克西特勒斯之间的时期，也就是说，属于斯科帕斯时代，即使这些雕塑并不能确定是斯科帕斯本人的作品；因为这些浅浮雕作品一直归于斯科帕斯名下，根据斯蒂尔曼先生的假设，它们之间风格的相似性就很容易得到解释了。

至于雕像为什么出现在米洛斯，斯蒂尔曼先生指出，米洛斯在效忠希腊之前属于雅典，雕像很可能是在遭到外敌围攻或入侵时被送到雅典隐藏的。此事何时发生的，斯蒂尔曼先生并没有妄下任何信誓旦旦的结论，但很明显，此事一定发生在罗马霸权建立之后，因为放雕像的壁龛显然用的就是罗马风格的砖砌工艺，在保萨尼亚斯和普林尼时代之前，因为古物研究者都没有提到这尊雕像。于是，那时的人们就将这尊"无翼胜利女神"雕像当成"维纳斯"接受了下来，在这个问题上，斯蒂尔曼先生与米林根看法一致，认为她左手应拿着青铜盾牌，盾牌下缘搁在左膝上，因为雕像左膝上的搁痕仍易于辨认出来，而她的右手正在查找或刚刚查找完那些伟大的雅典英雄的名字。瓦伦丁对此表示反对，他的看法是：如果真是这样的话，那么雕像的左大腿就会外倾以确保平衡，斯蒂尔曼先生的结论需要满足的条件，部分是通过与 "布雷西亚胜利女神" 进行类比获得，部分是通过自然本身的证据获得。因为他给一个模特拍照时，就把模特摆成与雕像相同的姿势，并按照他的修复建议，让雕像手里拿着盾牌。结果与瓦伦丁的假设完全相反。当然，不必视斯蒂尔曼先生对整个问题的解释为绝对科学的论证。这只是一种心理感应，其中起了最大作用的是一种艺术本能，而这种本能是不可言传的，对所有人来说也不具备同等价值，但这种解释方式，作为一个阶级的考古学家却过于漠不关心了；可以肯定的是，在目前情况下，这种解释给我们提供了一个最富有成果和启发性的理论。

正如斯蒂尔曼先生提醒我们的那样，胜利神庙中的小神殿的命运独一无二。就像帕特农神庙一样，两百多年它仍屹立不倒，但在土耳其占领期间，它被夷为平地，它的石头全部用来建造覆盖雅典卫城前部的巨大堡垒，并封锁了通往卫城山门的楼梯。在奥托统治期间，两位德国建筑师将这些石头逐一挖出，逐一修复，几乎每块石头都复归原处，正如保萨尼亚斯描述的那样，神庙再次屹立在老埃吉斯等待修斯从克里特岛归来的伫立之处。远处是萨拉米斯和埃吉娜，紫色的群山后面是马拉松。如果米洛斯的雕像真是《无翼胜利女神》，她就配享所有神殿。

在斯蒂尔曼先生的书中，其他所有文章也都很有趣，谈的是《奥德赛》中表现出来的对伊萨卡地形地貌的奇妙认知，只要不将荷马描绘成一个普通的文学家，这种讨论总是很有趣的；但关于米洛斯雕像的文章是迄今为止最重要和最使人愉快的。毫无疑问，有些人会因为其旧名可能消失而感到遗憾，但即使不再作为"胜利女神"，作为"维纳斯"仍会被敬尊为庄严的女神，但也有一些人会乐于在她身上看到那种精神热情的形象和理想，雅典就是凭此获得了自由，只有依靠她才能赢得自由。

卡罗先生论乔治·桑[*]

　　一位大家闺秀一样的作家撰写的一位伟人的传记——这是我们能对卡罗先生的《乔治·桑传》的最好评价了。这位已故索邦大学教授可以优雅地谈论文化，并且拥有功成名就的遣词造句者的所有迷人的虚伪。作为一个极具优越感的人，他极度蔑视民主及其所作所为，但他在巴黎郊区的公爵夫人们中却备受欢迎，因为他对历史或文学无所不通，可以熏陶她们；因为从未做过什么非凡之事，所以他自然而然地被选为研究院院士，并始终忠于那个极受人尊敬，也完全自命不凡的机构的传统。实际上，他就是那种永远不应该尝试写《乔治·桑传》或解读乔治·桑的天才的人。他太女性化了，无法欣赏乔治·桑这种伟大女性的天性的壮伟；他太"外行"，无法体会乔治·桑那种坚强而热情的头脑中的男性力量。他从不了解乔治·桑的秘密，也从不引领我们接近她美妙的个性。他只是把她看成一个文学家，一个写作有

*　原载于《帕尔摩报》，1888年4月14日，评《乔治·桑传》，埃尔梅·玛丽·卡罗著，劳特利奇父子出版社出版。

点夸张的美丽乡村故事和迷人浪漫故事的作家。但乔治·桑远不止于此。她的《康素爱萝》《莫普拉》《弃儿弗朗索瓦》和《魔沼》等作品都堪称杰作，但她充分表现出的美，她充分揭示出的美，在卡罗先生的书中一点也没得到体现。正如马修·阿诺德先生多年前所说："我们若感受不到贯穿乔治·桑所有作品的精神，我们就无法了解她。"然而，对于这种精神，卡罗先生并不同情。他告诉我们，桑夫人的观念属于洪荒时代，她的哲学已死，她的社会改革思想只是乌托邦式的、支离破碎的、荒谬不堪的，我们最好忘记这些愚蠢的梦想，读读《泰韦里诺》和《贴身秘书》。可怜的卡罗先生！他如此轻率对待的这种精神，恰正是现代生活的发酵剂。这种精神正在为我们重塑世界，重新塑造我们的时代。如果它属于洪荒时代，那也是因为洪水还没到来；如果它是乌托邦，那么乌托邦就一定得添加于我们的领土中。激烈的偏见将卡罗先生驱使到何种奇怪的偏狭境地，我们可以通过这样一个事实来予以衡量：他将乔治·桑的小说与古老的武功歌，原始文学典型的冒险故事相提并论；虽然乔治·桑将小说作为思想的载体，将浪漫作为影响她那个时代的社会理想的手段，但她只是在继承伏尔泰和卢梭、狄德罗和夏多布里昂的传统。卡罗先生说，小说必须与诗歌或科学结合在一起。他似乎从没想到，小说在哲学中找到了自己最强大的联合。在一位英国评论家看来，这种观点可能情有可原。我们最伟大的小说家，如菲尔丁、司各特和萨克雷，都很少关心他们那个时代的哲学。但这种观点若出自一位法国评论家之口，则似乎表明他缺乏对法国小说一个最重要元素的认识。即使在他强加于自己的狭隘限制内，卡罗先生也不能说是一位非常幸运或幸福的批评家。例子很多，仅举其一，他丝毫没提及乔治·桑对艺术和艺术家生活的愉快描写。然而，她是多么精妙地分析了每一种独立的艺术，并把它与生活的关系呈现给我们！在《康素爱萝》中，她给我们讲音乐；在《贺拉斯》中，她给我们讲哲学；在《废弃的城堡》中，她给我们讲表演；在《镶嵌大师》中，她给我们讲镶嵌技艺；在《皮克多杜的城堡》中，她给我们讲肖像画；在《丹妮拉》中，她给我们讲风景画。她为法国所做的一切，就是罗斯金先生和勃朗宁先生为英国所做的一切。她发明了一种艺术文学。然而，我们没必要讨论卡罗先生的任何小错误，因为这本书的整体效果，就它试图为我们描绘乔治·桑天才的范围和性格而言，完全被他从一开始就采取的错误态度破坏掉了，尽管在许多人看来这句断言可能严厉而排他，但我们会情不自禁地感到，绝对没有能力欣赏一位伟大作家的精神的人，没有资格写有关这一主题的论文。

至于桑夫人的私生活，这与她的艺术息息相关（因为就像歌德一样，她只有经历浪漫生活，才能写出自己的浪漫史），卡罗先生对此几乎毫不涉及。他以一种几乎使人脸红的谦逊态度将此一笔带过，并且因为害怕伤害那些贵妇人的敏感神经——保罗·布尔热先生那么微妙地分析过她们的激情——他将她的母亲，一个典型的法国女工，变成了"一个非常和蔼可亲、精力充沛的女帽制造商"！必须承认，约瑟夫·瑟菲斯本人几乎也表现不出比她更伟大的机智和精细，虽然我们更喜欢桑夫人将自己描述成"巴黎老街巷里的孩子"，对此我们心存愧疚。

一部迷人的书 *

　　艾伦·科尔先生精心编译了莱弗比尔先生的《刺绣与饰边史》，这是有关这个愉快主题的最引人入胜的著作之一。莱弗比尔先生是巴黎装饰艺术博物馆的管理人员之一，除此之外还是一位饰边制造商。他的作品不仅具有重要的历史价值，而且可以作为一本技术指导手册，为所有做针线活的女性提供最有效的服务。的确，正如译者本人所指出的那样，莱弗比尔先生的书提出了一个问题，即女性在艺术领域的影响是否应该通过针和线轴，而不是通过刷子、雕刻机或凿子来体现。无论如何，在欧洲，女人是针线艺术领域的君王，几乎没有男人愿意与她争论使用那些与她纤细、灵巧的手指密切相关的精致工具的权利。就像艾伦·科尔先生所建议的那样，也没有任何理由不将刺绣制作与绘画、雕刻和雕塑制作相提并论，虽然那些崇尚纯粹的装饰艺术——所用材料本身就精美——和更具想象力的艺术——所用材料似乎消失不

* 　原载于《妇女世界》，1888年11月，评《刺绣和饰边史：从最遥远的古代到现在》，欧内斯特·莱弗比尔著，艾伦·科尔扩编翻译自法语版，格雷维尔公司出版。

见，被用于创作一种新的形式之中——之间始终差别很大。当然，我们必须承认，在装饰现代房屋时——的确，这一点应该得到更普遍的认可——即装饰在挂饰、窗帘、门廊、沙发等上面的丰富多彩的刺绣所产生的装饰效果和艺术效果，远胜于英国那种有些乏味的、用图片和雕刻覆盖在墙面上的做法；服饰上的刺绣几乎完全消失，这则剥夺了现代服装得以优雅和绚烂的主要元素。

然而，我认为，在过去的10年或15年中，英国刺绣有了很大进步，我认为这是不可否认的。它不仅表现在诸如霍利迪夫人、梅·莫里斯小姐等个人艺术家的作品中，而且表现在南肯辛顿刺绣学校（的确是最好的学校——也是南肯辛顿唯一真正的好学校）令人钦佩的作品中。一页页翻阅莱弗比尔先生的书，的确让人心情愉悦。在这本书中，我们只是在延续早期英国艺术的某些古老传统。在7世纪，圣埃塞丽达，伊利修道院第一任院长，向圣卡思伯特敬献了一件她用黄金和宝石制作的神圣装饰品，而保存在达勒姆的圣卡思伯特的斗篷式祭衣和手镯，则被认为是"英国作品"[1]的样本。公元800年，达勒姆主教将200英亩农场的收入分配给了一位名叫伊安斯维萨的刺绣女工，供其生活，因为她一直在修补他所辖教区神职人员的法衣。阿尔弗雷德国王的战旗由丹麦

1　原文为拉丁语 opus Anglicanum，这个词最早出现于13世纪，指的是当时英国流行的刺绣工艺，即用金银线在衣服、帷幔或其他纺织品上制作珍贵和奢华的刺绣，为欧洲教会和皇室所爱，普通人可望而不可即。——译者

公主刺绣；盎格鲁–撒克逊人古德里克送给阿尔库德一块土地，条件是她得教他女儿做针线活。玛蒂尔达王后将一件奥尔德雷特的妻子，在温彻斯特绣制的束腰外衣赠给了卡昂的圣三一修道院；黑斯廷斯战役后，威廉出现在英国贵族面前时，身穿一件覆盖着盎格鲁–撒克逊刺绣的斗篷，莱弗比尔先生表示，这件斗篷可能就是贝叶大教堂库存物品清单中提到的那件，在"刺绣征服"（代表英格兰的征服）后，贝叶教堂里发现了两件斗篷——一件属于威廉国王，"全金缝制，上面点缀着十字架和金色的花朵，下摆边缘是一组数字"。现存的"英国作品"中，最出色的例子当然是南肯辛顿博物馆的西恩斗篷。但"英国作品"似乎在整个欧洲大陆都一直深受欢迎。教皇英诺森四世非常歆美1246年英国神职人员身穿的灿烂绚丽的法衣，他就从英国的西多会修道院订购了类似的衣物。圣邓斯坦，英国艺术家僧侣，以刺绣设计师而闻名；圣托马斯·贝克特的圣带仍保存在桑斯大教堂，并向我们展示了盎格鲁–撒克逊女刺绣师所使用的交错卷轴形式。

当然，这种丰富而精致的刺绣艺术的现代复兴能取得多大成果，则几乎完全取决于女性准备投入到这项工作的精力和钻研；但我认为，我们必须承认，目前欧洲的所有装饰艺术至少都具有这种力量元素——它们与亚洲的装饰艺术直接相关。在欧洲历史上，无论何地发生过装饰艺术的复兴，我认为几乎都是源于东方的影响和与东方国家的接触。我们自己所有的敏锐思想艺术不止一次地准备牺牲真正的装饰美，以实现模仿性表现或某种理想的动机。它承担了表达的重任，并试图解释思想和激情的秘密。它在自己令人惊叹的真实呈现中，找到了自己的力量，但其优点也即其弱点。寻求反映生活的艺术就绝不会脱离生活。如果说真理会报复那些不追随自己的人，那她对自己的崇拜者往往也冷酷无情。在拜占庭，两种艺术相遇了——希腊艺术，具有思想的形式感和对人性的敏锐同情；东方艺术，具有华丽的唯物主义、对模仿的坦率拒绝，保有工艺和色彩的神奇秘密、华丽的质地、稀有的金属和珠宝、奇妙而无价的各种传统。他们确实以前见过面，但在拜占庭他们联姻了；波斯人的圣树，琐罗亚斯德的棕榈，都绣在了西方世界的服装下摆上。甚至偶像破坏者，神学历史上对艺术一窍不通的庸人，在欧洲爆发的一次愤怒反对美的风潮中——这样的运动不止一次，而且似乎只发生在欧洲国家之中——他们站出来反对新艺术的奇迹和壮丽，只是为了更广泛地传播它的秘密；在图书管理员阿塔纳修斯于687年写的《主教仪典书》中，我们读到，华丽的刺绣涌入罗马，这些刺绣的作者都来自君士坦丁堡和希腊。穆斯林人的胜利给欧洲的装饰艺术带来了新起点——他们的宗教教义禁止真实表现自然界中的任何物体，而这种教义恰能为他们的艺术提供最大的服务，尽管这种教义并没有严格执行，这是肯定的。撒拉逊人将编织丝绸和金色织物的艺术引入到西西里岛；从西西里岛开始，精品制造艺术传播到了意大利北部，并在热那亚、佛罗伦萨、威尼斯和其他城市实现了本土化。在摩尔人和撒拉逊人的领导下，西班牙发生了一场规模更大的艺术运动，他们从波斯带来了工人，为他们制作漂亮的东西。莱弗比尔先生告诉我们，波斯刺绣一直远播进安达卢西亚。和巴勒莫一样，阿尔梅里亚也有"特拉孜酒店"，堪与巴格达的"特拉孜酒店"相媲美，"特拉孜"是用波斯刺绣制成的装饰锦巾和服装的通用名称。闪光的饰片（那些漂亮的金、银或抛光钢制的小圆盘，用到某些刺绣上，以产生亮闪闪的效果）是撒拉逊人的发明；阿拉伯字母经常代替罗马字符中的字母，绣在绣花长袍和中世纪挂毯上，它们的装饰价值要大得多。埃蒂安·布瓦洛于1258—1268年担任巴黎商会会长，他在自己的《工艺手册》一书中，奇奇怪怪地列举了巴黎不同的工艺行会，其中包括地毯师或撒拉逊地毯（或撒拉逊布）师或制造商，他说，他们的手艺只为教堂服务，或为国王和伯爵等伟人服务；事实上，即使在今天，我们几乎所有描述装饰质地和装饰方法的词语都指向东方根源。伊斯兰教的入侵为西西里岛和西班牙做了什么，十字军的回归为欧洲其他国家做了什么。那些身披盔甲前往巴勒斯坦的贵族，也带回了东方富丽堂皇的东西；他们的服饰、钱袋（撒拉逊钱袋）和披肩激起了西方针线工的崇拜。马修·帕里斯说，在1098年洗劫安提阿时，十字军平均分配了金、银和无价的服饰，结果，许多前一天晚上还饥肠辘辘并恳求救济的人，突然发现自己被财富淹没了；罗伯特·德·克莱尔向我们讲述了君士坦丁堡被攻占后的精彩盛宴。正如莱弗比尔先生指出的那样，13世纪的西方对刺绣的需求显著增加。许多十字军战士将从巴勒斯坦掠夺的祭品供奉教会；圣路易斯首次从十字军东征回来后，为了感恩上帝在他离家外出征伐的六年间恩赐于他的仁慈，在圣丹尼斯向上帝敬献了一些刺绣华丽的东西，在重大场合用来覆盖圣物盒，盒里是殉教者的遗物。欧洲刺绣因此掌握了新的材料和精妙的方法，并沿着自己的知性和模仿性的路线发展起来，逐渐趋向纯绘画式样，力求与绘画相媲美，用复杂的透视和微妙的空间效果，制作出精美的风景和人物主题的刺绣作品。然而，一股新鲜的东方影响，遍吹荷兰和葡萄牙，以及著名的"大印度公司"；莱弗比尔先生向我们展示了一幅现存克鲁尼博物馆的门帘插图，我们在图中发现了法国的百合花与印度的装饰品的混合。德·曼特农夫人在枫丹白露的住所里的挂饰，是在圣西尔刺绣的，表现的是中国黄土地上的风景。

衣服裁剪好后，就准备送到东方去刺绣，路易十五和路易十六时期有许多可爱的外套，它们精致的装饰都归功于中国艺术家的针线。在我们这个时代，东方的影响非常明显。波斯给我们送来地毯用作图案，克什米尔羊绒给我们送来了她可爱的披肩，印度给我们送来了她精致的平纹细布——用掌状金线精心制作，并用闪光的织布机翼针针缝合起来。我们现在开始用东方的方法染色，中国和日本的丝绸长袍教会了我们色彩组合的新奇迹，以及精致设计的新奥妙。我们是否还没有学会明智地运用我们所获得的东西，这就不太确定了。如果书籍能产生效果，莱弗比尔先生的这本书，肯定会让我们以更大的兴趣来整体研究刺绣问题，而那些已经用绣针工作的人则会发现，书中充满了最富有成效和最令人钦佩的建议。

甚至读读过去时代流行的那些关于刺绣的奇妙著作，也心情愉快。时间为我们保存了一些公元前4世纪的希腊刺绣碎片。莱弗比尔先生的书中有其中一片的插图——以桑葚色精纺面料为底，以链式针法，刺出黄色亚麻刺绣，上面带有优美的螺旋纹和棕榈叶图案；还有一张挂毯布，上面粉绣着鸭子，几个月前在《妇女世界》上转载过，是在艾伦·科尔的一篇文章里。我们不时会在某个死去的埃及人的坟墓中发现一件精美的作品。拉蒂斯邦的宝藏中，保存着一幅拜占庭刺绣样本，上面描绘了君士坦丁皇帝骑着一匹白马，接受东方和西方的敬意。梅斯有一件针编着几只大鹰的红色丝斗篷，这是查理曼大帝的礼物，还有贝叶大教堂的斗篷，上面是玛蒂尔达女王的针编织史诗。但那件为雅典娜编织的、描绘众神与巨人作战的深红色斗篷在哪里呢？尼禄横展在罗马斗兽场上的巨大遮日蓬上面表现的是满天星斗的天空，阿波罗驾驶着一辆骏马拉着的战车，它在哪里？人们多想看看为赫利奥加巴卢斯[1]编织的那些奇怪的餐桌布，上面摆放着盛

---

1 即马可·奥利里乌斯，罗马皇帝，以残忍放荡著称，最后被禁卫军杀死。
——译者

宴上的珍馐佳肴，应有尽有；或者是奇尔佩里克国王的裹尸布，上面绣着300只金蜜蜂；或者让蓬蒂斯主教愤慨不已的华美长袍，上面绣着"狮子、黑豹、熊、狗、森林、岩石、猎人——事实上，绣着画家们可以从大自然中模仿的一切"。奥尔良的查尔斯有一件外套，两只袖子上绣着一首歌曲的词，开头是"夫人，我满心欢喜"，歌曲的曲调，则用金线绣成，在当时，每个音符都用四颗珍珠构成。在兰斯宫为勃艮第的琼女王准备的房间里，装饰着"1321只刺绣鹦鹉"，上面雕饰着国王的手臂，还有561只蝴蝶，翅膀上同样饰有王后的手臂——这一切都用纯金制成。凯瑟琳·德·美第奇为她准备的灵柩上，覆着"黑色天鹅绒，上面绣有珍珠，粉色新月和太阳"。房间的窗帘是锦缎，"金、银色的地板上，点缀着叶状的花冠和花环，边缘饰有珍珠刺绣"，房间里挂着一排排在银色底布上裁切的黑色天鹅绒装饰的女王用品。路易十四的居室里有一个15英尺高的金绣女像柱。波兰国王索别斯基的龙床用士麦那的金织锦制成，上面绣有绿松石和珍珠，以及《古兰经》的诗句；床脚镀银，雕刻精美，并镶嵌着大量珐琅和宝石徽章。此床按照穆罕默德的睡床标准制成，是他从维也纳前的土耳其营地获得的；德·拉·费尔特公爵夫人穿过一件红褐色天鹅绒连衣裙，裙摆收尾处是优美的褶皱，用德累斯顿瓷器制成的大蝴蝶托起；裙前是一块银色布制成的围裙，上面绣着以金字塔形排列的管弦乐队，演奏者分成六排，乐器都是用凸起的针线编织而成。就如亨利先生在他迷人的《归天演员之歌》中所唱的："人皆归于暗夜"。

莱弗比尔先生所讲的许多有关刺绣行会的事实也非常有趣。我上面已经提到过，埃蒂安·布瓦洛在他谈工艺的书中告诉我们，行会成员禁止使用价格低于"8苏（约6先令）的黄金；他必须使用最好的丝，绝不将线与丝混在一起，因为那会制作出假冒伪劣作品"。按照规定，若是刺绣大师的儿子，要求他完成的测试作品或试片的标准是："单个形象，自然尺寸的六分之一，暗金色"；而若不是大师的儿子，则被要求制作"包含许多人像的一个完整的事件"。工艺手册还提到了刺绣行业中使用的"切割机、模板机和照明器"。1551年，巴黎刺绣公司发布公告称："在未来，裸体人物和面孔的上色，应配染上三到四个层次的康乃馨色丝，而不是像以前那样只使用白丝。"在15世纪，任何家庭，不论处于何种社会地位，都要按年度提供刺绣工服务。莱弗比尔先生指出，无论是用于绘画还是用于染线和织物，中世纪艺术家都密切关注颜色的准备。许多人长途跋涉去寻得最有名的配方，按方染色，然后再根据经验进行补充和修正。伟大的艺术家也没抽身于刺绣制作和提供刺绣设计之外。拉斐尔为弗朗西斯一世做过设计，布歇为路易十五做过设计。在维也纳的安布拉斯系列中，有一套精美的教士长袍，就是凡·艾克兄弟和他们的学生设计的。早在16世纪，就有刺绣设计书籍出版，并且取得了巨大的成功，以至于在数年之内，法国、德国、意大利、佛兰德和英国的出版商就广泛传播了由他们最好的雕刻师制作的设计类书籍。在同一世纪，为了让设计师有机会直接研究自然，让·罗宾开垦了一个温室花园，种植了各种当时在我们的纬度鲜为人知的奇怪植物。当时华贵的织锦和锦缎的特点，就是引入了大花朵图案，并带有叶面细腻的石榴和其他水果。

莱弗比尔先生在书的第二部分专门讲述了饰边的历史，尽管有人可能觉得这部分没前面章节那么有趣，但它需要更仔细阅读；那些仍在从事这种精致而奇特的艺术工作的人，会在这一部分找到许多有价值的建议，以及大量精美绝伦的设计。与刺绣相比，饰边显得相对现代。莱弗比尔先生和艾伦·科尔先生告诉我们，在15世纪之前，饰边是否存在，没有什么可靠的或书面的证据可以证明。当然，在东方，轻薄质地的织物，如纱布、平纹细布、网眼布等，很早就制作出来了，并按照后来的饰边方式，用作面纱和围巾，而女性则用某种刺绣工艺使它们式样更丰富，或者在某个位置将线头扯出，结成各种不同的褶皱边。流苏线似乎也被编织、打结，罗马长袍的诸多时尚中，其中之一就是袍边有开放式的网状波纹。卢浮宫的埃及博物馆里有一张精美网状织物，上面装饰着许多玻璃珠；12世纪参与发掘达勒姆的圣卡斯伯特墓的教士雷金纳德写到，圣徒的裹尸布上有一英寸长的亚麻线流苏，连缀着一条饰边，"用丝线制作"，编织成鸟和成对的野兽，每对野兽之间都有一棵分叉的树，这是我之前提到过的琐罗亚斯德棕榈的遗存物。然而，我们的作者在这个案例中并没有认出饰边，其制作需要更精致和更艺术化的方法，并主张将技巧和多样化实施手段相结合，以达到更高级、更完美的程度。就我们所知，饰边似乎起源于亚麻布刺绣的习惯。莱弗比尔评述说，亚麻布上的白色刺绣具有清冷、单调的效果，而用上丝线就会产生更明亮、更鲜艳的效果，但经常洗的话就容易褪色。不过因为空间开放或裁剪成各种形状，所以白色刺绣在亚麻布面上的色泽有所淡化，也就具有了一种全新的魅力。从这个意义上说，饰边的诞生可以追溯到一种艺术的诞生，其结果是在装饰细节方面，纹理紧密的织物和其他镂空作品之间构成了令人愉快的对比。

很快，也有人提出这样的想法，即与其费力地从粗麻布上拉出线，不如在镂空的网状布面上直接引入针制图案更方便，这种图案称为饰边。这种刺绣的许多样本都还在。克鲁尼博物馆有一顶亚麻帽，据说曾属于查理五世；还有一卷亚麻拉线作品，应该是波希米亚的安妮（1527年）制作的，现在保存在布拉格的大教堂里。凯瑟琳·德·梅迪西斯的一张床上，盖着一块正方形的网状或刺有饰边的床罩，据记载，"她家的姑娘们和仆人花了大量时间制作正方形的网罩"。1527年，科隆的皮埃尔·昆蒂出版了第一本有趣的关于白底板刺绣的图案书，为我们提供了追溯从白线刺绣到针刺饰边过渡的各个阶段的方法。我们从中发现了一种针刺风格，这种技艺不同于刺绣，因为它不是基于材料制作的。事实上，它是真正的饰边，可以说是"在空中"完成的，底板和图案是完全由饰边制造商生产出来的。

当然，服装上饰边的精巧使用，很大程度上是受到了带领口及与其配套的袖口或袖子这一时尚的刺激。凯瑟琳·德·美第奇劝诱弗雷德里克·文乔洛从意大利来到法国，为她制作褶边和圆领，她在法国开创了这种时尚。亨利三世对自己的领口非常挑剔，甚至亲自熨烫袖口和衣领，而不是看着它们的褶裥起皱走样。图案书也给艺术带来了巨大的推动力。莱弗比尔先生提到了一些德国书籍，书里带有鹰图案、纹章标志、狩猎场景以及属于北方植被的植物和树叶；还有一些意大利书籍，书的主题包括夹竹桃花、优雅的花环和卷轴、神话场景的风景和狩猎情节，但都不像北方书籍里的图案那样逼真，后者的图案是农牧神、仙女或射箭的阿莫里尼。关于这些图案，莱弗比尔先生注意到一个奇怪的事实。1523年左右去世的卡尔帕乔为一位女士画的画像最早描绘了饰边。画像中女士的袖口饰有窄饰边，这幅图案又出现在韦切利奥的《花冠》一书中，这本书直到1591年才出版。因此，在与其他已出版的图案一起流通之前，这种特殊的图案至少已经使用了80年。

然而，直到17世纪，饰边才获得了真正独立的特征和个性，杜普莱西斯先生指出，更值得一提的早期饰边的制作，更多应归功于男性的影响，而不是女性。路易十四统治时期见证了最庄严的针刺饰边的制作、威尼斯针法的转变，以及阿朗松针法、阿尔让唐针法、布鲁塞尔针法和英国针法的发展。

在科尔伯特的帮助下，法国国王决心尽可能让法国成为饰边生产的中心，并为此将工人们送往威尼斯和佛兰德斯。哥白林的工作室提供设计。花花公子们于是有了大披肩领子或长带子——可垂到下巴下，直到胸部，还有博苏埃特和费内隆那样的大主教，身穿奇妙的圣服和法衣。这与在威尼斯为路易十四制作的领子有关。那些饰边工人因为找不到足够细的马毛，就用他们自己的头发代替，以确保他们生产出这种奇妙的精致作品。

在18世纪，因为发现质地较轻的饰边受追捧，威尼斯着手打造玫瑰饰边；在路易十五的宫廷上，选择饰边有更精细的标准和礼仪限制。然而，革命毁掉了许多制造商。阿朗松幸免于难，拿破仑予以鼓励，并努力更新旧规则，要求在宫廷招待会上必须穿有针绣饰边的服装。他订购了一条精美的饰边，上面绣满了蜜蜂图案，价值40 000法郎。饰边最初是为约瑟芬皇后订制的，但在制作过程中，她的纹章盾牌被玛丽·路易丝的纹章盾牌所取代。

莱弗比尔先生非常清楚地说明了他对机制饰边的态度，以此结束他有趣的历史书。"如果手工制作饰边的技术消失了，那也将是艺术的明显损失"，他说，因为机器设计尽管会很精致，但代替不了手工饰边。它可以给我们"处理过程的结果，而不是手工艺品的创造"。因为机器制造是以"形式推算妄图代情感"，艺术是缺席的；艺术缺席，"就找不到智慧引导手工技艺的踪迹了，而手工技艺哪怕犹豫不决的产物，也具有奇特的魅力……就非绝对必需品而言，廉价永远不值得称赞；它降低了艺术标准"。我们且以这些妙论，告别这本引人入胜的书吧，还有它令人愉快的插图、迷人的趣闻逸事、绝佳的建议。所有对艺术感兴趣的人都应该感谢艾伦·科尔先生，因为他以如此吸引人且非常便宜的形式将本书呈现在了公众面前。

亨利的诗 *

"如果我是国王，"亨利先生在其一首最温润的二韵叠句短诗中说：

> 使丑也亲爱，艺术诚渴望；
>
> 美之箭，应插上智慧的翅膀；
>
> 而爱，甜蜜的爱，永远不应枯萎无望，
>
> 如果我是国王。

这些诗句，即使不是对他自己作品的最好批评，也一定非常完整地说明了他作为诗人的目标和动机。他的小《诗集》向我们展现的是一位正在寻求新的表达方式的艺术家，他不仅具有细腻的美感和出色的奇思妙想，而且对可怕、丑陋或怪诞的事物也抱有真正的热情。毫无疑问，值得存在之物，亦皆值得艺术表现——至少人们愿意这样想——但是，

---

* 原载于《妇女世界》，1888年12月，评《诗集》，威廉·欧内斯特·亨利著，大卫·纳特出版社出版。

虽然回声或镜子可以再现美丽的东西，但要艺术地呈现丑陋的东西则需要最精致的形式炼金术和最精妙的变形魔法。在我看来，在亨利诗集中的早期诗歌里，如《在医院：韵律和节奏》，玛息阿[1]的哭声要多于阿波罗的歌声，他也是这样说的。但不可能否认这些诗的力量。其中一些诗就像鲜艳、生动的粉彩；其他一些则像炭笔画，用暗黑色和浊白色勾勒而成；还有些则像蚀刻版画，有着深刻的线条、鲜明的对比和巧妙的色彩暗示。事实上，它们什么都像，一切都像，就是不像完整的诗歌——它们当然不是。它们仍处在朦胧不明状态。它们是前奏曲、是实验、是笔记本上的灵感随笔，应该只是预示了"画素描的天才"的设计。韵律之于建筑一如旋律之于诗句，它给人一种令人愉悦的局限感，而局限在所有艺术中都非常令人愉悦，而且确实是完美的秘诀之一，正如一位法国评论家所说，它会轻声细语，说出"意想不到的迷人万物，彼此之间有着奇怪而遥远关系的事物"，并以不可分割的美感将它们结合在一起。亨利先生一直拒绝韵律，在我看来，他似乎放弃了自己一半的权力。他是一位流亡的国王，他已经扔掉了一些琵琶的弦；一个已忘记自己的王国里何为最美的诗人。

然而，一切作品都是自我批评。这里是亨利先生的灵感笔记之一。根据读者的气质，它要么可作为模板，要么相反：

---

1 玛息阿，希腊神话中的山林之神，喜爱吹笛。——译者

漆红色的东西，闪亮发光，

　从他头上滴落；他双脚硬僵；

　站起，又硬挺挺地坐下，侧向一旁：

　你可以看出，他的痛，在脊椎上。

他从引擎盖上掉落，

　车拖着他滑行。

　没救了，他们知道。

　于是把他盖好，他们离开。

他躺在地上，半睡半醒，

　气若游丝，

　穿长袜的双脚

　从毛毯下伸出，清晰而尴尬，

一个女人来到他床边，

　站着看了看，微微叹了口气，

　一言未发，离开，

　后来这几个小时，就他一人。

有人告诉我，她是他的心上人。

　他们就要结婚了。

　她安静得像一尊雕像，

　　　但她的嘴唇灰白，还撅着。

　　在这首诗中，节奏和音乐是显而易见的，就像它已有的那样——也许有点太明显了。在下面这首诗中，我只看到了巧妙印刷的散文。这是描述——对医院病房场景的描述——也是非常准确的描述。医学生们应该正簇拥在医生周围。我引用的只是一个片段，但诗本身就只是一个片段：

　　　于是，从后面看到一圈人

　　　在围着一个魔术师，

　　　他在街上正在招徕生意。

　　　高肩，低肩，宽肩，窄肩，

　　　圆形、方形和三角形，拥挤着，推搡着；

　　　喧闹声中，

　　　响起一个流利声音，

　　　严肃而庄重；然后停止；突然

　　　（看着肩膀在相互挤压！）

　　　从一阵寂静的颤动中，

　　　在一阵喷雾般的嘶嘶声中，

　　　传来低沉的哭声，

　　　从紧咬的牙缝里

　　　传来急促低抑的呼吸声。

　　　大师从人群中挣脱，擦着手，

来到下一张床位，他的学生们
紧随其后，窃窃私语。

现在可以看到了。
病例一
坐着（脸色非常苍白），睡衣
已脱掉，露出脚，
（唉，这就是上帝的形象！）
裹在潮湿的白棉衣里，
红闪闪的丑。

泰奥菲尔·戈蒂耶曾经说过，福楼拜的风格是用来读的，他自己的风格是用来看的。从排版的角度看，亨利先生的无韵韵律诗构成了非常精致的设计。从文学的角度看，它们是一系列生动、集中的印象，对事实的把握非常敏锐，可怕的现实，以及堪称高超的鲜明呈现现实的力量。但诗歌形式——那又何妨？

好吧，我们来看看他后来的诗，十四行回旋诗，二韵叠句短诗，十四行诗和四行诗，回文诗和民谣。这是何等的辉煌和奇妙！豊国[1]式的彩印再好不过了。它似乎保留了原作

1　歌川豊国（Utagawa loyokuni, 1769—1825年），日本浮世绘画家、版画家。
　　——译者

所有那种随心所欲的奇幻魅力：

> 我可是功勋卓著的武士？
>
> 双剑在手，凶猛攻击，能持巨弓。
>
> 我是一个棱角分明、思想深邃的历史学家？
>
> 还是牧师？或搬运工？——孩子啊，虽然
>
> 我忘了洗干净，但我知道
>
> 在富士山的树荫下，
>
> 樱桃园何时盛开，
>
> 在古老的日本，我曾爱过你！

> 当你在此闲逛，长袍飘逸，
>
> 巨大的腰带，缀着一排排钉，
>
> 戴上火焰般的王冠，你头显古风，
>
> 娴雅、诱人——即便如此，
>
> 宫古岛的快乐女仆
>
> 感受着新年伊始的甜美，
>
> 花园绿色满溢，
>
> 在古老的日本，我曾爱过你！

> 山峦闪烁着清光；稻田圆圆方方
>
> 双鹤在盘旋；倦懒而缓慢，
>
> 运河与湖，蓝蓝相连

在竹桥处激荡；瞧！
夕阳的精神和光芒，触动我心房，
你转身，我看见了，扇子攫人魂，
暴雪迎梅开。
在古老的日本，我曾爱过你！

尾诗。

亲爱的，时光已过十二年，
但我是个幸运儿
丰国在这儿将现身：
我爱你——曾经——在古老的日本！

下面这首十四行回旋诗也是——多么轻盈，多么优雅！——

我们到树林里，收集五月
脚印里遗落的雨水。
我们到树林里，从每一个叶脉
汲取一天的精神。

春风游戏尽情，
春天所需，存之于大脑与心灵。
我们到树林，从脚印里

收集五月清净的雨水。

你说世界离她的尽头太近？

听黑鸟狂吟迭歌！

空洞无垠，在等着她？

那么，姑娘们，路上帮帮她，

我们去树林里，收集五月。

这本小诗集里，精美的诗句散见各处，有些写得很有力量，请看：

我走出笼罩我的黑夜，

　黑暗层层无底，

我感谢一切的神

　赐我不可征服的灵魂。

任凭大门逼窄，

　任凭严惩绵延，

我都掌管着自己的命运：

　我是我灵魂的主宰。

其他诗则带有一种真正的浪漫色彩，如：

或者骑士时代已经一去不复返

> 已随着旧世界走向坟墓，
>
> 我是巴比伦的国王，
>
> 而你是一个基督徒奴隶。

我们不时还会遇到这样快乐的短句：

> 在沙漠里
>
> 金色的狮鹫俯冲，紧抓猎物

或者

> 尖顶
>
> 熠熠闪光，变幻着色彩

以及许多其他优美或华美的诗句，在这部充满自然气息的诗集中，甚至"三分之一的绿色天空"这样的句子也都在其恰如其分的位置，而且非常令人耳目一新。

　　然而，亨利先生不能作为样板进行评判。的确，本书最吸引人的不是其中某一首诗，而是完美无瑕的作品背后所隐含的强烈的人性，透过许多面具看过去，有的美好，有的怪诞，不少畸形。就我们大多数现代诗人来说，当我们将他们作为一个形容词进行分析时，我们可以更进一步，或者我们不想继续更进一步；但这本书则不同。透过这些芦笛和管乐器，吹动着生命的气息。你似乎可以把手放在歌手的心脏上，数着脉动。这个人的灵魂有种健康、阳刚和理智的东西。任何人都可以明理，但能保持理智的人并不常见；理智的诗人就像蓝百合一样稀有，尽管他们可能并不那么令人愉快。

> 让大风最猛烈、最狂野地吹吧，
>
> 或我们周围黄金般的天气渐渐醇厚；
>
> 我们自我成就，我们勇往向前，
>
> 虽然我们可能无缘参与，但我们能去征服，
>
> 在余晖的沉静里，
>
> 什么会来临。

　　这是最后一首双韵短诗的最后一节——事实上，也是诗集中最后一首诗的最后一节，这些诗句中表现出的高尚、平静的气韵既是本书的基调，又是基石。这么多的作品表现出的轻快、细腻，非常轻巧，那种漫不经心的情绪和随心随意的幻想，似乎暗示了一种兴趣并不在艺术的天性——一种索德洛[1]式的天性，对生活充满热情的天性，对七弦琴和琵琶却无动于衷。这种单纯的生活乐趣，这种为体验而体验的坦率享受，这种崇高的冷漠和一时无悔的热情，本书的所有缺

1　13世纪意大利民间诗人。——译者

点和所有美，皆源于此。但两者之间有区别——缺点都是有意为之，是大量研究的结果；而美则散发出迷人的即兴创作的气息。亨利先生对生命的多种启示充满信心（即使有时会误用），这使其魅力无穷。他是在阳光大道上唱歌，而不是坐下来写作。如果他对自己再严肃些，他的工作就会变得微不足道了。

几位女文学家 *

　　在最近一篇《论英国女诗人》的文章中，我斗胆建议我们的女作家应该把注意力更多地转向散文，而不是诗歌。在我看来，女性拥有的，正是我们的文学所需要的东西——轻松的笔调、纤巧的手法、优雅的处理方式和不拘一格的措辞。我们的散文领域，需要一个像法国散文领域里的塞维涅夫人[1]那样的女作家。乔治·艾略特的风格过于笨拙，夏洛特·勃朗特的风格过于夸张。然而，我们不能忘记，在英国的女性中，有一些魅力四射的书信体作家，可以肯定，没有哪本书比罗斯夫人最近出版的《英国三代女性》读起来更令人愉快了。罗斯夫人精心编辑了三位英国女性的回忆录和信件，分别是泰勒夫人、莎拉·奥斯汀夫人和达夫·戈登夫人，她们都有杰出的个性，其中包括两位才华横溢、在欧洲

---

* 原载于《妇女世界》，1889年1月，《三代英国女性：苏珊娜·泰勒、莎拉·奥斯汀和达夫·戈登夫人的回忆录和通信》，珍妮特·罗斯编，T.费希尔·昂温出版社出版。

1 德·塞维涅夫人（Madame de Sévigné，1626—1696年），法国作家，出身贵族，著有《书简集》，反映法国宫廷和上层贵族的生活，成为17世纪法国古典主义散文的代表作，被誉为"法国文学的瑰宝"。——译者

享有盛誉的女性。泰勒夫人属于伟大的诺里奇家族，苏塞克斯公爵说过，正是这个家族颠覆了传统的说法，即九个裁缝才能造就一个男人，多年来，泰勒夫人是其家乡名流社会里最杰出的人物之一。她唯一的女儿嫁给了法理学界的大权威约翰·奥斯汀，她在巴黎的沙龙是她那个时代的思想和文化中心。露西·达夫·戈登是约翰和莎拉·奥斯汀的独生子，她继承了父母的天赋。她是一位美女、一位精神女性、一位旅行爱好者、一位聪明的作家，她让自己的时代魅力无穷，也迷醉了这个时代，她在埃及英年早逝，对我们的文学来说是一个巨大的损失。正是因为她的女儿，我们才有了这本令人愉快的回忆录。

首先，我们认识了罗斯夫人的曾祖母泰勒夫人，她的亲密朋友称她为"诺里奇的罗兰夫人"，因为她与这位漂亮而不幸的法国女人的肖像相像。我们听说，当她第一次听到巴士底狱陷落的消息时，她正缝补着儿子的灰色绒线袜，同时还拿着自己的、索西的以及布鲁厄姆的袜子，消息传来，她和帕尔博士一起围着自由之树跳起舞来。她的朋友中，詹姆斯·麦金托什爵士当时最受欢迎，德·斯塔尔夫人曾写信给他说："没有你，吃饭很无聊；你不在，社会很糟糕"。另外还有植物学家詹姆斯·史密斯爵士、克拉布·罗宾逊、格尼斯、巴巴尔德夫人、奥尔德森博士和他迷人的女儿阿米莉亚·奥皮，以及其他许多知名人士。她的信极其知性和深思熟虑。"目前没有什么，"她在其中一封信中说，"苏珊的拉丁语课和她关于古达哲学大师的课更合我胃口……当我们谈到西塞罗关于灵魂本质的讨论，或者维吉尔的精彩描述时，我的大脑里就充实了。生活要么是吃、喝、睡的沉闷循环，要么是刚刚点燃的精神之火。女孩们的性格既取决于她们与谁为伴，也取决于她们读的什么书。而女人们呢，除了从扎实的知识中获得内心的快乐外，还应将其视为对抗贫困的最佳资源。"这句格言有点刻薄："浪漫的女人是麻烦的朋友，因为她希望你像她本人一样放肆不羁，并对她所谓的冷漠和麻木不仁感到羞愧。"这句话令人钦佩："生活的艺术是不疏离社会，而又不为之付出太高的代价。"这句话也很好："虚荣心，就像好奇心，人们需要，是因为它是努力的动力；而懒惰，如果不是因为这两个强有力的原则，必定会战胜我们。"下面这句话则带有一丝敏锐的幽默色彩："美德和慈善正在成为时尚，想到这一点最令人欣慰。"詹姆斯·马蒂诺博士在给罗斯夫人的一封信中，描述了老妇人从市场回来时的欢乐画面："大篮子压得她喘不过气来，一只羊腿从篮子里突出来，暴露了里面装的东西。"她神采奕奕地谈论哲学、诗人、政治和当时思想界的所有话题。那天，她是一个可敬的理智型女人、典型的罗马主妇，和所有罗马主妇一样，小心翼翼地维护着母语的纯洁。

然而，泰勒夫人或多或少局限于诺维奇了。奥斯汀太太则是为世界所生。在伦敦、巴黎和德国，她统治和支配着社会，所有认识她的人都爱她。"对杰弗里勋爵来说，她'最优秀、最聪明'；对悉尼·史密斯来说，她'可亲、公平、明智'；詹姆斯·斯蒂芬爵士称她为'我的伟大盟友'；对托马斯·卡莱尔（当他需要她帮助时）来说，她是'穿透乱糟糟的垃圾堆的阳光'；对迈克尔·舍瓦利埃来说，她是'人类的小母亲'；对约翰·斯图尔特·米尔来说，她是'亲爱的小妈妈'；对查尔斯·布勒来说，她是'我的教授'，她教他德语，还有詹姆斯·米尔先生的儿子们。"杰里米·边沁[1]在临终时给了她一枚戒指，他的一张肖像画，画框里放着一些头发。"嗨，亲爱的，"他说，"这是我唯一一枚送给女人的戒指。"她与基佐特、巴泰勒米·德·圣伊莱尔、格罗特斯、三一学院院长惠威尔博士、纳索·西尼尔、奥尔良公爵夫人、维克多·考辛，以及其他许多名人通信。她翻译的兰克的《教皇史》令人钦佩；的确，她所有的文学作品都写得非常好，她所编辑的其丈夫的《法理学范围之确定》被怎样称誉都不过分。很难找到像她和丈夫这样两个不同的人。他通常严肃而沮丧。而她非常漂亮，喜欢社交，在社会上她光彩照人，"精力充沛，血气磅礴，力量几乎用不完"，罗斯夫人告诉我们。她嫁给他，是因为她认为他完美，但他的作品从来没有与他的完美相匹配，而她也知道他能创作出完美的作品。在《法理学范围之确定》的前言中，她对他的评价非

1　杰里米·边沁（Jeremy Bentham，1748—1832年），英国法理学家、哲学家、经济学家和社会改革者，被公认为伦敦大学学院的"精神之父"。——译者

常简单，但极其感人。"他从不乐观。他不能容忍任何不完美。他总是受制于对真理的强烈热爱。他生前和死后都一贫如洗。"她对他极度失望，但她爱他。他去世几年后，她写信给基佐特先生说：

我在研究他作品的间隙，又读了他写给我的信——45年的情书，最后一封和第一封同样温柔多情。何等充沛的高尚感情啊！我们生活的正午阴云密布，风雨交加，充满忧虑和失望；但是日落却明媚而宁静——像早晨一样明媚，而且更加宁静。现在我与夜晚相伴了，并必须一直如此，直到另一个黎明到来。我总是孤身一人——也就是说，我和他住在一起。

书中最有趣的信当然是写给基佐特的那些，她与他保持着最亲密的思想友谊；但几乎每一篇都包含着某些聪明、深邃或机智的东西，而反过来，基佐特给她的回信也很有趣。卡莱尔写给她的信充满悲叹，是提坦在痛苦中的哀号，为了文学效果而极度夸张：

文学，人唯一的谋生手段和生活支柱，已支离破碎，搁置一旁；在无数蠢驴的嘶叫声和无数磨着牙等着吃驴肉的鬣狗的嚎叫声中，哪里还有音乐容身之地呢？唉，这可真一言难尽！这是一个病态的破碎的时代；我们也不曾修补它；充其量我们只希望它能自我修复。我公开声明，我有时想彻底扔掉手中的笔，因为那是一文不值的武器；我要带领这些贫穷、饥饿的苦工离开殖民地，回到他们古老的地球母亲的不毛之地，那时，他们额头上的汗水才会换来他们的面包；在这样的时刻，我们的旧世界所能做的最有价值之事，或许是为新世界打开大门。在他们最终必到之地，"滔滔辩才"将无济于事；人们正在挨饿，他们在死前想做很多事情。但可怜的我，天啊！我不是亨吉斯特或阿拉里克；我只是一个用垃圾文字写文章的人；你坚持到最后吧，噢，我的导师；笔并非一文不值，对那些有信仰的人来说，笔是万能的。

伟大的亨利·贝尔（司汤达），我常常情不自禁想到的最伟大的法国小说家，给她写了一封迷人的信谈"细微差别"。"在我看来，"他说，"除非英国人读过莎士比亚、拜伦或斯特恩，否则没人能理解'细微差别'；我崇拜这些作家。一个傻瓜对女人说'我爱你'，这句话没任何意义，他还不如说'奥利·巴塔乔'；表意的力量来自'细微差别'。"1839年，奥斯汀夫人写信给维克多·考辛："我见过年轻的格莱斯顿，他是一位杰出的托利党党员，他想以完全天主教的形式重建以教会为基础的教育"；我们发现她与格莱斯顿先生就教育问题有通信交流。"如果你足够强大到既能提供动力也能制衡,"她对他说,"你可以做两件有益之事——改革你的神职人员和教导你的人民。"事实上,他们中很少有人能想到拿什么教育人民!格莱斯顿先生在许多信中都详细地回答了,我们可以从中引用下面这段:

你在强迫和敦促人们违背自己的爱好来谋取利益:我也是。你不重视一切纯技术性的指导,不重视所有不能触及人的内在本质的东西:我也是。我在这方面找到了与你联合的广泛而深厚的基础……

你认为,只有借助古老的基督教,才能提升人的社会满足度和道德,这是否可以实现,我极表怀疑;……或者说,折中主义的原则是否能合法地适用于"福音";或者说,如果我们发现自己处于无法通过教会工作的状态,我们是否可以通过采用与其原则相反的原则来弥补这一缺陷,这些我都非常怀疑……

但我确实是最不适合继续深究这个话题的人,因为我最近刚与格琳小姐订婚,我的这种个人情况使我无法关注公共事务,我希望你的回忆能让你在某种程度上原谅我。

杰弗里勋爵有一封非常奇怪和意味深长的信,谈的是大众教育,他在信中否认了,或至少怀疑这种教育对道德的影响。然而,他支持教育的理由是"教育将增加个人的乐趣",

这当然是一种非常明智的主张。洪堡给她写信，谈到了一种靠鹦鹉保存下来的古老的印度语言，说这种语言的部落已经被灭绝，还谈及刚刚出版了自己的第一本书的"年轻的达尔文"。下面摘录几段她信中的话：

两三天前我收到了兰斯当勋爵的来信……我认为他是"我们绝无仅有的好人"。他只想要雄心壮志带来的能量。他说，"我们将拥有一个由铁路之王们组成的议会"……还有什么比这更坏的呢？——整个民族集体金钱崇拜了。正如布鲁厄姆勋爵所说，我们没有权利装腔作势。我必须得给你讲一个听来的故事。哈德森太太，铁路女王，在威斯敏斯特勋爵处，有人拿给她看马库斯·奥勒留的半身像，她看到后说："我想这不是现在的马奎斯。"要理解这一点，你就得知道，英国极端粗俗无知的人（出租马车夫等等）读"马奎斯"（Marquis）时的发音很像Marcus。

12月17日——去了萨维尼家。除了W.格林先生和他妻子以及几个男人，就没别人了。格林告诉我，他收到了两卷挪威童话集，很有趣。谈到童话，我说："你的孩子们似乎是世界上最幸福的；他们生活在童话里。""啊，"他说，"我得把这件事告诉你。我们在哥廷根时，有人给我的小儿子谈起他父亲的童话。他读过这些书，但从没想过是我写的。他跑到我跟前，怒气冲冲地说：'父亲，他们说那些童话是你写的；你肯定从来没编造过这种愚蠢的垃圾吧？'他认为这些童话有损我的尊严。"

萨维尼也讲了一个民间故事：

圣安塞尔姆年老体弱，躺在荆棘蒺藜间的地上。慈爱的上帝对他说："你所居之地糟糕至极；你为何不给自己造所房子？""在我找这个麻烦前，"安塞尔姆说，"我想知道我还能活多久。""大约30年。"慈爱的上帝说。"哦，如此短暂，"他回答，"那就不值得。"他在蓟丛中转了个身。

弗兰克博士给我讲了一个我以前从未听说过的故事。

伏尔泰出于某种原因对先知哈巴谷怀恨在心，并假装在他的作品里发现了他从未写过的东西。

有人拿出《圣经》，开始向他证明，他弄错了。"这无所谓，"他不耐烦地说，"哈巴谷什么都写得出来！"（1853年10月30日）

我不喜欢我们现代小说家的方向（倾向）。人才辈出；但今天我们的作家们最想不到的事，是写一篇漂亮、优雅、感人而又令人愉悦的故事。他们的小说都是党派宣传册，谈的都是政治或社会问题，如《西比尔》，或《奥尔顿·洛克》，或《玛丽·巴顿》，或《汤姆叔叔的小屋》；或者对我们本性中最不让人舒服和最不美好的部分进行最细微和最痛苦的剖析，就像勃朗特小姐的《简·爱》和《维莱特》；或者宣扬殉道，如马什夫人的《艾米莉亚·温德姆》，这部作品让你几乎怀疑，女主人公因调皮受到的任何折磨，是否可能超过了她因美德而受到的折磨。

哦！《韦克菲尔德牧师》拥有的那种迷人、人道、温和的精神，一种包含了人类的所有弱点和悲哀的精神——歌德公正地称之为调和（和解）精神——在哪里，在哪里呢？……你读过萨克雷的《埃斯蒙德》吗？这部小说尝试模仿我们前辈小说家的风格，一种奇特且非常成功的尝试……戈尔夫人的哪部小说被翻译过来了？它们都非常聪明，生动，世俗，悲惨，可厌和有趣……奥斯汀小姐的小说——翻译过来了吗？它们并不新鲜，都是荷兰人的日常生活画面——非常聪明，非常真实，非常不美观，但都有趣。我没读过盖斯凯尔夫人的《露丝》。我听说它备受崇拜和指责。它是女性现在不得不误解有争议的话题，和提出无法解决的道德问题的众多证明之一。乔治·桑把她们引向了那个方向。我认为，菲尔丁小说中一些广阔的场景或爽朗的笑话相比之下非常无害。它们什么都没混淆……

《雷德克利夫的继承人》，我没读过……我不配拥有超人高尚的美德——在小说中。我想看看，像我这样认为没事就是好事的人是如何行动和受苦的。然后，我就有罪恶的借口取乐了，而我们所有的小说家都想改造我们，向我们展示这个世界是一个多么可怕的地方：好吧，没有他们的帮助，我也知道得清清楚楚。

《一家之主》有一些优点……但也有太多的痛苦、悲哀和疯狂。女主人公是现在那种特别普遍的生物之一（在小说中），她让我想到了将可怜的鸟绑在木桩上的行为（这曾经是男孩们玩的残忍运动），被"吓"（即"投掷"）至死；最后只有我们温柔的女作家解开了这只可怜的受虐鸟，并向我们保证，它以后再也不会遭到这样可怕的打击了——是的，只会更好——现在，它的翅膀折断了，羽毛撕裂了，身体伤痕累累，它将非常快乐。不，美丽的女士们，你们知道事实并非如此——"我是无路可走"，如果你愿意这样说的话，但不要让我假装从这些苦难中获得幸福。

在政治上，奥斯汀夫人属于哲思型托利党。她憎恶激进主义，她和她的大多数朋友似乎已经认为激进主义已经死了。"激进党显然软弱无力，"她写信给维克多·考辛先生。可能的"保守党领袖"是格莱斯顿先生。"人民必须被教育，受引导，简言之，必须得治理。"她在别的地方写道；给惠威尔博士的一封信中，她说法国的情况"有一点让我忧虑最深——这一点事关我们的制度和我们作为一个国家得到拯救的方向。我们的高层阶级能继续领导其他阶级吗？如果能，那我们就是安全的；如果不能，我同意可怜可爱的查尔斯·布勒的观点——必须我们上了。现在剑桥和牛津都必须真正关注这一点"。相信大学的力量能推动民主潮流，这让人着迷。她逐渐将卡莱尔视为"这个时代的溶剂之一——就像他的奢侈会让他变成的那种害人虫一样"；她说金斯利和莫里斯"有害"；称约翰·斯图尔特·米尔为"煽动者"。她不是教条主义者。"一盎司教育需求，抵得上强征一磅税。不饿给肉没有用。"她很高兴收到圣希拉尔的信，希拉尔在信中说："我们有一个体系，但没有结果；你有结果，但没有体系。"但她对人民的需求深表同情。巴贝奇告诉她，在一些以制造业为主的城镇，人还未到30岁就已被淘汰出局，这让她感到害怕。"但我确信补救措施不会，也不可能来自人民。"她补充说。她的许多信都与女性高等教育问题有关。她讨论了巴克尔的演讲，即"女性对知识进步的影响"，她向基佐特先生承认，女性的智力生活具有浓郁的感情色彩，但又补充说："人的观点受到感情的极大影响，但不能因此就说他就是一个傻瓜。"惠威尔博士向她咨询关于女性论柏拉图的演讲问题，他有点担心，害怕人们会认为这很荒谬；孔德给她写信，详尽谈了妇女与进步的关系；格莱斯顿先生承诺，格莱斯顿夫人将在哈瓦登实施她一本小册子里的建议。她总是很务实，对简单的缝纫始终心怀敬意。

遍阅全书，我们遇到了许多有趣和好玩的事。她让圣希莱尔在巴黎为她订购一顶朴素实用的大帽子，此帽立刻被命名为"亚里士多德式帽"，而且应该是英格兰唯一有用的帽子。格罗特在政变后不得不离开巴黎，他告诉她，因为看到建立希腊暴政，他无法忍受。阿尔弗雷德·德·维尼、麦考利、约翰·斯特林、骚塞、亚历克西斯·德·托克维尔、哈勒姆和让·雅克·安培乐，都为这些愉快的书页做出了贡献。这些认识她的人似乎激发出了她身上最温暖的友谊之情。基佐特给她写信说："斯塔尔夫人曾经说过，世界上最好的东西是一个严肃的法国人。我将这句恭维话转送给你，要说世界上最好的东西是一个深情的英国人。一个英国女人更是如此！"即使是同养的品质，女人也总是比男人更迷人。

露西·奥斯汀，后来的达夫·戈登夫人，出生于1821年。她的主要玩伴是约翰·斯图尔特·米尔，杰里米·边沁的花园是她的游乐场。她是一个可爱、浪漫的孩子，总是想让花儿和她说话，并且经常编出一些最精彩的动物故事，她狂热地喜欢这些动物。1834年，奥斯汀夫人决定离开英格兰，西尼·史密斯给这个小女孩写了一封不朽的信：

　　露西，露西，我亲爱的孩子，不要撕破连衣裙：撕破连衣裙并不能证明你是天才。但要像你母亲那样写作，像你母亲那样行事：坦率、忠诚、深情、简单、诚实，那么连衣裙完整还是撕破就都无关紧要了。露西，亲爱的孩子，用心学好算术。你知道，我在你的第一次运算中就见过一个错误。你进位2（就像计程车允许的进位法），亲爱的露西，你应该进位1。这是小事吗？如果没有算术，生活会怎样呢？会是一片恐怖的场景。你要去布洛涅，那个债务之城，那里住着的都是些从来不懂算术的人。等你回来时，我可能已经中了第一次风，对你的一切回忆将都会消失。因此，我现在就给你我的临终遗言——不要嫁给任何一个没有可容忍的理解力和一年能见上一千次的人。上帝保佑你，亲爱的孩子。

在布洛涅，她吃套餐时坐在海涅旁边。"他听到我用德语给妈妈讲话，很快就开始跟我说起话来，后来说：'等你回到英国，你可以告诉你的朋友们，说你见过海因里希·海涅。'我回答说：'海因里希·海涅是谁？'他开怀大笑，并不以我的无知为意；我们常常一起在码头的尽头闲逛，他就在那儿给我讲故事，其中包括鱼啊，美人鱼啊，水精灵和一个非常有趣的法国老提琴手和一只贵宾犬的故事，这些都以最奇特的方式混合在一起，有时很幽默，但通常很可悲，尤其是当水精灵给他带来'北海'的问候时。他对……我真是好，而对其他人则是冷嘲热讽……"20年后，那个海涅曾在自己迷人的诗《当我走近你的小屋》中称赞过有一双"棕色的眼睛"的小女孩，常常去巴黎看望这位垂死的诗人。"这是一件好事，"他对她说，"看到一个女人没带着一颗破碎之心，任由各种各样的男人修补，就像这里的女人一样，她们没有看出，完全失去心，才是她们真正的失败。"在另外一个地方，他又对她说："我现在已经与整个世界和解，最后也将与上帝和解，上帝将你作为美丽的死亡天使送到我身边：我肯定很快就会死去。"达夫·戈登夫人对他说："可怜的诗人，你还保留着如此美妙的幻想，你要将一个旅居的英国女人变成死亡天使吗？以前可不是这样啊，因为你一直不喜欢我们。"他回答说："是的，我不知道是什么让我不喜欢英国人。……这真只是一种任性；事实上，我从来没有恨过他们，我从来不认识他们。我只去过英国一次，但一个人都不认识，我觉得伦敦很沉闷，人们和街道都面目可憎。但英国已经狠狠地报复了自己；她给我送来了最杰出的朋友——你本人和米尔恩斯，那个好人米尔恩斯。"

这儿还有迪基·道尔的令人愉快的来信，信里还有趣味横生的图画，与当前有关的一张，画的是罗伯特·皮尔爵士在众议院首次发表演讲，非常出色；而对哈桑各种表现的诸多描述也极其有趣。哈桑是一位黑人男孩，他因为渐趋失明，被主人赶了出来，有天晚上，达夫·戈登夫人发现他坐在自己家门口。她照顾他，治好了他的眼睛，他似乎给每个人都带去源源不断的快乐。有一次，当不速之客路易·拿破仑亲王（法国已故皇帝）进来时，他认真地说："求你了，夫人，我跑出去买价值两便士的鲱鱼给亲王吃，以保家族荣誉。"这是诺顿夫人一封有趣的来信：

亲爱的露西，我们还从没谢过你送来的红瓶，早期的基督徒都有这些，它们在我们领地的辉煌上增添了最后一笔，在那么理性的时代，这些都是凭空想象出来的。我们现在有了一个温暖的庞贝式外观，对这些古物不断沉思有利于面部线条的美感；因为从在所有古代国家都显而易见的伟大事实中可以推断出，直鼻子是古代的习俗，但合乎逻辑的假设是：面对不雅观的物体，会经常耸鼻子，这是一种习惯——比如国家美术馆和其他冒犯性的、突兀的东西——这是否已经导致现代人失去了真实和适当的轮廓线？我欣悦地想到，我们都豁免于此。我将此归功于我们对庞贝瓶的热爱（考虑到这只瓶的形状之美和与众不同，我用了一个大写的P拼写），这使我们能在一个弯弯曲曲的世界中始终笔直。在困难重重中追求个人外表——这比追求知识可少得太多了！比在我们孩子面前谈树立好榜样也少得多！呸！让我们把精美的庞贝瓶摆在我们孩子面前，当他们长大成人时，他们就不会离开它们了。

达夫·戈登夫人的《海角来信》和她精彩的译本《琥珀女巫》当然已众所周知。后一本书，以及王尔德夫人翻译的《女巫西多尼亚》，都是我小时候最喜欢看的浪漫读物。她从埃及寄来的信鲜活生动，栩栩如生。这是一段有趣的艺术批评：

谢赫·优素福看到一份画报上印着一张希尔顿画册中的插图《利百加在井边》时，开怀大笑起来，"西迪·易卜拉欣"（亚伯拉罕的仆人总管）的老"韦基尔"跪在他被派去接的女孩面前，就像一个没戴头巾的老傻瓜，利百加和其他女孩都身穿奇装异服，还有长着猪一样鼻子的骆驼。"如果画家不到'沙姆'去看看阿拉伯人的真实面貌，"谢赫·优素福说，"他为什么不在英格兰画一口井，再画上像英国农民一样的女孩——至少在英国人看来这还是自然的？如果韦基尔摘下帽子，他看起来就不会像个疯子了！"我发自内心地同意优素福的艺术批评。凭臆想画出东方事物的图片，荒谬得无可救药。

罗斯夫人无疑出版了一本最有魅力的书，编辑用心了，也有理智的判断。该书是本季畅销书之一。

生活与艺术 *

　　我们这个时代的文学表现出奇怪的平庸性，造成这一结果的主要原因之一，无疑是作为一种艺术、一种科学和社会欢乐的说谎能力的衰退。古代的历史学家以事实为我们提供令人愉悦的虚构作品；现代小说家以虚构之伪名为我们提供乏味的事实。《蓝皮书》的方法和风格迅速成为作家们的理想。他用自己的显微镜凝视着自己冗长乏味的"人性文献"，他悲惨的小"创作之角"。他也出现在国家图书馆或大不列颠博物馆，不知羞耻地阅读着与自己的创作主题有关的东西。他甚至没有勇气接受他人的思想，但却坚持到生活中直接获得一切，最终，在百科全书式的知识和个人经验之间，他选择走到现实中来，从家庭圈子和每周来一次的洗衣女工中选择人物典型，获取大量有用的信息，而即使在他最深思熟虑的时刻，他也无法完全摆脱这些信息。

　　罗伯特·路易斯·斯蒂文森的散文妙思如泉、细腻如丝，堪称大师，给人带来快乐，但即使是他也沾染上了这

---

*　摘自《谎言的腐朽》，1889年。

种现代恶习，因为我们的确找不到其他更合适的词来称呼它
了。尽力使故事太过真实，却剥夺了故事的真实性，确有其
事。《黑箭》乏味至极，以至于没有一件不合时宜之事值得
夸耀，而杰克尔医生的变形，就像《柳叶刀》上所说的一种
实验，读起来让人毛骨悚然。至于里德·哈格德先生，他真
是或一度是一个不折不扣的杰出谎言家，现在却那么害怕自
己的天才被人怀疑，以至于当他确实要给我们讲什么奇妙之
事时，总觉得必须要虚构出一个个人的回忆，并且胆胆怯怯
地放在脚注里，以证其真。我们其他的小说家也好不到哪里
去。亨利·詹姆斯先生写小说，似乎在痛苦地尽义务，靠着
低劣的动机和难以察觉的"观点"，浪费着其简练的文学风
格、精巧的句子、敏锐而刻薄的讽刺。霍尔·凯恩先生确是
已瞄准宏大叙事，但随后写的确是高门大嗓的东西。声音大
得让人听不清他在说什么。詹姆斯·佩恩深谙隐藏之术，可
以把不值得发现的东西都藏起来。他以一个短视侦探的热
情，追踪着显而易见的东西。读者一页页翻读时，作者设置
的悬念就会变得几乎让人难以忍受。威廉·布莱克先生四轮
马车上的马并未朝着太阳飞奔。它们只是让夜晚的天空吓得
暴躁不安，从而产生石版画般的效果。农夫们一看见它们走
近，就会向方言求助。奥丽芬特太太开心地絮叨着，诸如副
牧师啦，草地网球比赛啦，家务啦，以及其他让人烦心的
事。马利翁·克洛弗德已将自己变成了具有地方色彩的祭坛
的祭品。他就像法国喜剧中那位不停谈着"意大利的美丽天

空"的女士。除此之外，他已经染上了满口陈腐不堪的道德说教的坏习惯。他总是告诉我们做善事就是做善人，做坏事就是做恶人。他有时几乎就是在道德说教。《罗伯特·埃尔斯米尔》当然是一部杰作———一部"可厌型"杰作，这是一种英国人似乎会绝对欣赏的文学类型。我们一位长于思考的年轻朋友曾经告诉我们：这种文学作品让他想到的是在一个严肃的、不信奉英国国教的家庭室内，吃茶点小餐时进行的那种谈话，我们对此可以确信不疑。的确，只有在英国才会出版这种书。英国是迷失思想之家。至于那个伟大的、日益扩展的小说家流派，对他们而言，太阳总是在东边升起，他们唯一值得称道之事，就是他们发现了生活是原生态的，并且任其原汁原味。

莫泊桑先生的讽刺尖锐辛辣，风格热烈生动，凭此他撕掉了仍遮盖着生活的那几块可怜的遮羞布，让我们看到了令人作呕的疤痕和正在溃烂的伤口。他写过俗套的小悲剧，其中的人物个个可笑；他写过苦涩的喜剧，人们看了却笑不出一滴眼泪。左拉先生恪守着他在自己的某一个文学宣言中所确定的崇高准则，"天才之人无才情"，他决心要表明，如果他没有天才，他至少可以乏味。他是多么成功地做到了这一点啊！他不是没有能力。实际上，就像在《萌芽》中一样，有时在他的作品中会出现几乎可以说是史诗一般的东西。但他的作品从头到尾都完全是错误的，不是基于道德标准的错误，而是基于艺术标准的错误。从任何伦理角度看，他的作品都是其应该有的样子。作者完全是忠实的，完全是按照事物本来的样子描写的，一个道德家还能渴望更多的东西吗？我们这个时代对左拉先生的道德愤怒，我们丝毫不表同情。这只是答尔丢夫被揭穿时的愤怒。但从艺术的角度看，对《小酒店》《娜娜》《家常琐事》的作者，我们能有何赞美之词呢？没有。罗斯金先生曾将乔治·艾略特小说中的人物，说成是彭顿维尔公共马车上扫成一堆的垃圾，但左拉先生的人物则更糟糕。他们的罪行枯燥乏味，他们的德行同样枯燥乏味。他们的生活实录绝对乏趣可陈。谁在乎他们的遭遇？在文学中，我们需要奇异、魅力、美和想象力。我们不想被对底层社会所作所为的描写而折磨、而生厌。都德先生更好一些。他有才智、轻快的格调和让人愉悦的风格。但他最近文学上寻了短见。没人可能会在意德罗贝尔的"为艺术而战"，或瓦尔马儒尔关于夜莺的永恒副歌，或《雅克》的残酷说辞，既然我们已经从《我的十年文学生涯》中了解到，这些人物都直接取自于生活。对我们而言，他们似乎突然失去了一切生命力，他们所仅有的一点点特质。唯一真实的人是从未存在的人，如果一个小说家低劣到要从生活中寻找自己人物原型的地步，他至少应该假装他们是创造出来的，而不要夸口说他们是复制于生活。小说中某个人物存在的正当理由，不是别的人物就是原有的样子，而是作者就是这个人物应有的样子。否则，小说就不是艺术作品了。至于心理小说大师保尔·布尔热先生，他错误地、想当然地以为，现代生活中的男男女女都能用无数的章节进行无限的分析。实事求是地说，上层社会人士的有趣之处——布尔热很少离开过圣日耳曼郊区，除了到伦敦外——在于每个人都戴着面具，而不是面具后面所隐藏的真实。承认这一点让人羞愧，但我们所有人都是同一种材料造成的。在福斯塔夫身上存在着某种哈姆雷特的东西，而在哈姆雷特身上，却有很多福斯塔夫的东西。胖骑士情绪忧郁，而年轻的王子也有情绪爆发的时刻。我们彼此之间的差异，纯粹只存在于细枝末节：服装、举止、语气、宗教观点、个人外表、习惯癖好等等。越分析人，所有分析的理由消失得越快。你迟早会遇到那种可怕的叫作人性的常见之物。实际上，任何曾在穷人中工作过的人都会非常清楚地知道，人与人之间的兄弟感情不纯粹是诗人的梦想，而是一种最让人失望、最让人羞愧的事实；如果一个作家坚持要分析上层阶级，他可能只须马上好好写写卖火柴的女孩和卖水果蔬菜的小贩。

梅瑞狄斯！谁能界定他呢？他的风格是那种一道道闪电照亮的混乱。作为一名作家，他掌握了语言以外的一切；作为一位小说家，他除了讲故事，其他一切都会；作为一位艺术家，除了清楚表达能力，他就是一切。莎士比亚的某个人物——我想是试金石[1]——谈到了一个总是在自己的才智方面碰断胫骨的人，在我看来，这或许可以作为批评梅瑞狄斯

---

1 莎士比亚喜剧《皆大欢喜》中的丑角。——译者

方法的基础。但无论他是何人，他就不是一个现实主义者。或者我更愿意说他是一个现实主义的孩子，他与自己的父亲话不投机。通过处心积虑的选择，他把自己变成了一个浪漫主义者。他拒绝向偶像屈膝，即使这个人的美好精神并不反对现实主义的嘈杂宣言，他的风格毕竟也足以成熟到可以与生活保持着敬而远之的距离。凭借这种风格，他在自己的园地里垦殖了一道荆棘篱，园内开满了灿烂的红玫瑰。至于巴尔扎克，他是艺术气质与科学精神的最卓越的结合。他将科学精神传给了自己的门徒，而艺术气质则完全为其独享。左拉先生的《小酒店》与巴尔扎克的《幻灭》这种书之间的区别，就是毫无想象力的现实主义与富有想象的现实之间的区别。波德莱尔说："巴尔扎克的所有人物都被赋予了与作者同样的、使其生机勃勃的生活热情。他的所有小说都笼罩着浓厚的梦想色彩。每一个心灵都是一把装满了可以随意发射的子弹的武器。连做粗活的人都有天才。"连续读巴尔扎克的小说，会使我们活着的朋友缩变为幽影，我们的熟人则会变成阴影的幽影。他的人物拥有一种热烈的、火焰般的存在感。他们支配着我们，蔑视怀疑主义。我人生中的最大悲剧就是吕西安·吕邦普瑞之死，由此造成的伤痛我至今未能完全修复。我快乐时也时常纠缠着我。我笑时就会想起它。但作为一个现实主义者，巴尔扎克并不比霍尔拜因更高明。他创造了生活，但并没有模仿生活。然而，我承认，他过于重视形式的现代性了，因此，作为一部艺术杰作，他没有一部作品能与《萨朗波》或《埃斯蒙德》，或《修道院炉边》，或《德·布拉热洛纳子爵》相提并论。

在整个文学史上，没有比查尔斯·里德[1]的艺术生涯更让人悲哀的了。他写了一部漂亮的书，名叫《修道院与壁炉》，这本书优于《罗慕拉》，就像《罗慕拉》优于《丹尼尔·德隆达》[2]。他荒废余生，愚蠢地试图做一个现代人，要将观众的注意力吸引到我们监狱罪犯的现状和私人疯人院的运营管理方面。平心而论，当查尔斯·狄更斯要唤起我们对济贫法实施过程中的受害者的同情时，他就让人极其失望；但查尔斯·里德作为一个艺术家、一位学者、一个具有真正美感的人，就像一个平常的小册子作者或喜欢耸人听闻的新闻记者一样，在混乱不堪的当代社会中狂怒咆哮，真是让天使睹之都会泪流。相信我，亲爱的希利尔，形式的现代性和主题的现代性是完全彻底错误的。我们误把普通的时代制服当成了缪斯的霓裳，当我们应该到山坡上与阿波罗同行时，我们却把时日都荒废在了罪恶之城的邪恶街道、藏污纳垢的郊区了。我们肯定是一个堕落的种族，为了一堆事实而出卖了我们天生的权利。

无疑，总会有一些批评家，就像《星期六评论》的某位

1　查尔斯·里德（Charles Reade，1814—1884年），英国小说家，《修道院与壁炉》（1861年）是一部历史浪漫剧。——译者

2　《罗慕拉》（1862—1863年）和《丹尼尔·德隆达》（1876年）都是英国作家乔治·艾略特的作品。——译者

作者那样，会严肃地指责童话故事的讲述者，批评他们缺乏自然史知识，并且因为自己缺乏任何想象能力而指责富有想象力的作品，一旦某个诚实的绅士，一位视野不比自家花园里的红豆杉远的绅士，像约翰·曼德维尔爵士[1]那样写了一部迷人的游记，或像伟大的雷利[2]那样写了一部完整的世界史却对过去完全一无所知，他就会惊恐地举起沾满墨迹的双手。为了给自己找借口，他们会想方设法为自己找到庇护的盾牌，即把普洛斯彼罗当成魔术师，并将卡利班和爱丽儿[3]送给他做仆人，即能听到美人鱼在魔法岛的珊瑚礁周围吹着号角，仙女们在雅典附近的树林里对唱的人，即带领幽灵国王排着灰暗的行列穿过迷蒙的苏格拉荒野，并将赫卡忒[4]和命运女神隐匿在洞穴里的人。他们会向莎士比亚求救——他们一贯如此——并且引用其中那段陈腔老调，即艺术是自然的镜子，而却忘了这种不幸的格言恰是哈姆雷特特意要让旁观者相信自己对所有的艺术问题都完全神志不清。

艺术的完美只存在于艺术自身而非艺术之外，不能以任何外在的相似标准判断艺术。她是一袭面纱，而非一面镜

1　约翰·曼德维尔（John Mandeville，？—1372年），中世纪英格兰骑士、旅行家，据说是《曼德维尔游记》的作者。——译者

2　沃尔特·雷利（Walter Raleigh，约1554—1618年），英国探险家、作家。——译者

3　普洛斯彼罗、卡利班和爱丽儿都是莎士比亚戏剧《暴风雨》中的人物。——译者

4　希腊神话中不可抗拒的死神，冥界的掌控者，象征世界的阴暗。——译者

子。她有鲜花，却无树林知道；她有鸟儿，却不属于树林。她创造也摧毁了很多世界，她能用一根红丝线牵着月亮在天上走。她的形式是"比活人更真实的形式"，她的原型是伟大的原型，世上存在的一切都只是这一原型未完成的复制品。在她眼里，自然没有法则，没有统一性。她可随心所欲创造出奇迹，当她一呼唤，深海中的怪物就会浮出海面。她能祷祝杏树在冬天盛开，让大雪覆盖成熟的玉米地。她可指令冰霜将其银色的手指放在6月燃烧的唇上，让会飞的狮子从吕底亚山的洞穴中爬出来。她经过时，森林女神藏在灌木丛里凝视着她，当她走近时，棕色的农牧神会奇怪地对她微笑。她身边有崇拜她的鹰脸神和半人半马的怪物在奔跑。

艺术只表现自己，除此无他。这是我新美学的原则。正是这种原则，而不是佩特先生所阐释的形式和本质之间的有机联系，使音乐成为所有艺术的典型。当然，民族和个人都有那种健康的、自然的虚荣心，这是存在的秘密，却总给人一种印象，即缪斯在谈的是他们，并且一直试图在想象艺术的平静肃穆中找到他们混乱激情的某种反映，总是忘记生活的歌者不是阿波罗，而是玛息阿[1]。艺术远离现实，也不关注洞穴的阴影，而只揭示自己的完美，惊讶的人群观赏着奇妙而多瓣的玫瑰绽开，以为这是玫瑰在按要求讲述自己的历史，其精神在一种新形式中发现了自己的表现形式。但并非

---

[1] 希腊神话中敢于向阿波罗挑战的神，善吹笛子，后被阿波罗杀死。——译者

如此。最高级的艺术拒绝人类精神的负担，她从一种新媒介或新物质中所获得的东西，要比任何艺术热情，或任何高贵激情，或任何人类意识的伟大觉醒都要多。她纯粹按照自己的路线发展。她不是任何时代的象征。而时代是她的象征。

艺术除了自己，从不表达任何东西。艺术有独立的生命，就像思想，并且纯粹沿着自己的路线发展。它在现实主义时代并不必然是现实主义的，在信仰时代也不一定是精神的。艺术也远非时代的创造，而是常常与时代直接对立，它为我们保存的唯一历史就是它自己的发展史。有时它会回过头去，沿着自己的足迹，复活某种古老的形式，就像希腊艺术晚期发生的拟古运动，我们今天的前拉斐尔主义运动。有时它完全先于自己的时代，在某一个世纪产生的作品，需要到另一个世纪才能理解、欣赏和享受。但艺术在任何情况下都不会重现自己的时代。从一个时代的艺术判断这个时代本身，这是所有历史学家都会犯的大错。

一切坏艺术都是因为回归生活与自然，并将之提升为理想。生活和自然有时可以用作艺术的一部分原材料，但在它们对艺术真正有用之前，它们必须被转化为艺术的惯例。一旦艺术舍弃了自己的想象媒介，它也就舍弃了一切。作为一种方法，现实主义是彻底的失败，每位艺术家都应避免两种东西，一是形式的现代性，二是题材的现代性。对生活在19世纪的我们而言，除了我们自己这个世纪之外，任何世纪都适合于艺术的主题。唯有的美好之物，都与我们无关。我有幸引述我自己的话说，恰是因为赫卡柏与我们无关，她的悲伤才如此适合作为悲剧的主旨。除此之外，只有现代才会变得过时。左拉先生坐下来，给我们描画了一张第二帝国的图片[1]。现在谁还在乎第二帝国？它已经过时了。生活远比现实主义发展更快，但浪漫主义总是引领着生活。

　　生活模仿艺术，而非艺术模仿生活。造成这种结果的不仅仅是生活的模仿本能，还源于这样一个事实：生活自觉到的目标就是寻求表现形式，而艺术为其提供了美的形式，使其可借以实现那种能量的释放。这种理论以前从未有人提出过，但其极其有效，为艺术史提供了全新的阐释视角。

1　左拉的小说《卢贡·马卡尔家族》的副标题就是"第二帝国时代的一个家族的自然史和社会史"。

诗歌与监禁 *

　　监狱对作为诗人的威尔弗里德·布朗特先生产生了值得赞誉的影响。这部《普洛透斯的爱情十四行诗》，尽管具有聪明的缪塞式的现代性和敏捷的聪明才智，但也是最富有感染力或最具有幻想色彩的作品。它们都只是转瞬即逝的情绪和瞬间的记录，有的悲伤，有的甜蜜，也有不少可耻。它们的主题并不高尚或具有严肃的意义。它们包含许多任性和软弱的东西。《在文库利斯》是一本书，其目的的赤诚、崇高和热情的思想、深厚和热烈的强烈感情，都让人感动。"监禁，"布朗特先生在前言中直截了当地说，"是对现代灵魂最有用的现实磨炼，因为它限制了身体的懒惰和自我放纵。就像疾病或精神静修一样，它可以使人净化和高贵；灵魂从中涌出，更加强大和自足。"对他来说，这当然是一种净化方式。开头的十四行诗，创作于高尔韦监狱凄凉的牢房，写在囚犯祈祷书的空白处，充满了高贵的构思和高贵的表达，这

---

* 原载于《帕尔摩报》，1889年1月3日，评《在文库利斯》，威尔弗里德·斯卡文·布朗特著，基根·保罗出版社出版。

表明，尽管巴尔福先生可以凭借他的监狱规定强制囚犯们过"朴素生活"，但他无法阻止"高尚思想"或以任何方式限制或约束一个人灵魂的自由。当然，这些诗的表达方式具有强烈的个人色彩。它们不能不是这样的。但它们所揭示出的个性并没有任何琐碎或猥琐的东西。《普洛透斯的爱情十四行诗》的主要特征是浅薄的利己主义者的狂叫，但在这些诗里找不到。取而代之的是狂躁的悲痛和可怕的嘲讽，激烈的愤怒和火焰般的激情。下面这首十四行诗就来自心灵和大脑的烈火：

> 天知道，事先没周密计划
>
> 　　我就离开了安逸平静的居所，
>
> 去寻求与不虔敬之人的这场战斗，
>
> 　　生命不息，战斗不止，
>
> 　　为权力斗，为领地斗。
>
> 我自然的灵魂，在这些斗争开始之前，
>
> 　　像勤劳的姐姐为人讨好，
>
> 爱所有人，爱大多数人的族群。
>
> 上天知道。他知道全世界的眼泪如何
>
> 　　感动了我。他见证了我的愤怒，
>
> 如何被点燃以对付凶手，
>
> 　　谁为黄金而死，我如何相遇于

他们行进途中。

从那一天起，世界陷于战火，
用愤怒和警报冲击我的生活。

这首十四行诗充满了那种绝望的奇怪力量，而这种绝望，只是更大希望的前奏：

我想行骑士侠义之事，

让人生能有价值，她可能这样认为，
她是我的情人，应该青史永垂。

我英勇战斗，

步履不稳，勇敢的男人现在脸色苍白，
转来转去，借机觅路逃命，

唯我站立，强大的敌人

可能将我残忍地压碎，剁烂。

后来，我爬到她脚下，

我冒险，只因爱她。"看哪，"我说，
"在战斗中，我为你伤痕累累。"

但她说："可怜的瘸子，现在的你，我怎能嫁？
四肢不全，只剩躯干。"说完笑着转身离开。
她是公平，她的名字叫"自由"。

他的十四行诗的开头是：

> 监狱是一座没有上帝的修道院——
>
> > 贫穷、贞洁、顺从。
>
> 它的戒律是：……

这开头很好；这是他刚进监狱时写的诗，非常感染人：

> 我赤身裸体，来到这个快乐的世界，
>
> > 我赤身裸体，来到这个痛苦的房子。
>
> 在大门口，我放下自己一生的宝藏，
>
> > 我的骄傲，衣服和我，一个男人的名字。
> >
> > 世界和我，从此冰火不容，
>
> 无论好坏，我的声音都不会刺穿
>
> > 这些悲伤的墙壁。我再也听不到
>
> 依然爱我的人虚伪的笑，泪水滴落。

> 里面有什么新生活在等着我！烦躁不安，
>
> > 冷漠的谎言，饥饿，无眠的长夜，
>
> 严苛的命令，不再有安抚或取悦，
>
> > 以可怜的窃贼为友，以无聊的狱规为书；
>
> 这是坟墓——不，是地狱。然而，万能之主啊，
>
> 我的灵魂，将仍沐浴于您的光辉。

但所有这些十四行诗都值得一读，确实如此，而诗集中最长的一首《奥赫里姆教规》，对爱尔兰农民的悲惨生活进行了最巧妙也最戏剧化的描述。巴尔福先生的《为哲学怀疑辩护》是一种诡辩，文学贡献不大，这是我们所知道的最乏味的书之一，但必须承认，通过将布朗特先生送进监狱，他把一个聪明的韵律诗人变成了一个认真而深思的诗人。牢房的狭窄局限似乎适合"十四行诗情节贫乏的场景"，将追求崇高事业的人不公正地关进牢房，强化并深化了本性。

沃尔特·惠特曼的福音书[*]

　　"若坚持将我的诗句视为文学创作，……或认为主要目的在于艺术和美学，这样的人不懂我的诗。""《草叶集》……主要是我自己的情感和其他个人本性的展露——自始至终都是尽力将'人类'，将一个人（生活在19世纪下半叶美国的我自己）自由地、完整地、真实地记录下来。从我当下的文学作品中，我找不到任何让我满意的类似的个人记录。"沃尔特·惠特曼用这些话告诉我们应该对他的作品采取的真正态度，事实上，他对这部作品的价值和意义的看法，要比他那些口若悬河的崇拜者，或聒噪的批评者夸夸其谈的所谓理解要清醒得多。他最后一本书，他称之为《十一月的树枝》，在老人生命的冬天面世，实际上，它向我们揭示的不是灵魂的悲剧——因为它最后一个音符代表了欢乐和希望，以及对一切美好且有价值的事物的崇高和坚定不移的信仰——但肯定是人类灵魂的戏剧，并以记录其精神发展的那

* 　原载于《帕尔摩报》，1889年1月25日，评《十一月的树枝》，沃尔特·惠特曼著，亚历山大·加德纳出版社出版。

种简单方式记录下来，既甜美又有力量，同时还记录了其作品的写作方式和内容的目的与动机。他这些作品表现出的奇怪表达方式，是深思熟虑和自觉选择的结果。许多年前，他在"世界屋脊"上发出"野性的叫喊"，迫使斯温伯恩先生在诗中挤出如此崇高的赞美，在散文中挤出如此喧闹的谴责，这对许多人来说是一种全新的视角。因为正是他对艺术的拒绝，使沃尔特·惠特曼成了艺术家。他试图通过某种方式产生某种效果，他成功了。其中有很多方法，许多人称之为疯狂，的确，更多的方法，有些人会倾向于认为是幻想。

正如他向我们讲述的那样，在他的生平故事中，我们发现，他在16岁时已开始对文学进行明确的哲学性研究：

夏、秋两季，我经常外出，有时会在乡下或长岛的海边度过一周——在那里，在户外风景的影响下，我彻底读完了《旧约》和《新约》，并如饥似渴地阅读了（对我来说，这可能比在任何图书馆或室内阅读都更有益处——在哪儿读书，差异巨大）莎士比亚、奥西恩、荷马、埃斯库罗斯、索福克勒斯、古代德国的《尼伯龙根之歌》、古代印度的诗歌，以及一两部其他杰作，包括但丁的作品。——都是我所能找到的最好译本。碰巧的是，我读但丁大多是在老树林里。《伊利亚特》……我第一次通读是在长岛东北端的东方半岛上，在一个周围都是岩石和沙子的隐蔽的洞穴里，四面都是大海。

（我一直想知道，为什么这些伟大的大师没有完全征服
我。可能是因为我完全是在大自然中、在阳光下、在辽
阔的风景和视野下，或者说是面对滚滚而来的海水读这
些书的。）

埃德加·爱伦·坡一句教条主义式的趣话——在我们这
个场合和我们这个时代听起来是趣话——"不可能有长诗这
种东西"，让他着迷。"以前我也有同样的想法，"他说，"但
坡的观点……是集大成者，并向我证明了这一点。"《圣经》
的英译本似乎向他暗示了一种诗歌形式的可能性，这种形式
在保留诗歌精神的同时，仍然不受押韵和明确的韵律体系的
束缚。在某种程度上，惠特曼主义的"技巧"就建立在这一
点上，他开始沉思那种赋予这种奇怪的形式以生命的精神的
本质。在他看来，未来诗歌的中心点必然是"肉体与精神同
一的人格"，事实上，他坦率地告诉我们，"经过多次深思熟
虑，我慎重决定，这应该是我自己"。然而，因为这种人格
的真正创造和表达起初只是一种模糊的感觉，所以需要一种
新的刺激。这种刺激来自内战。在描述了少年时代和成年初
期的许多梦想和激情之后，他接着说：

然而，如果这样一种突然的、巨大的、可怕的、直
接的和间接的刺激所促生的新的、雄辩家式的表达方式
没有向我显现的话，这些事情，以及更多的事情都可能

会继续延续下去并化为乌有（几乎可以肯定，都会化为乌有）。我要说的是，可以肯定，虽然我以前已经开始了，但只是从分裂战争爆发开始的，战争向我显现的闪电，响起和激起的感情深度（当然，我并不是说仅仅在我内心，而是也在其他人身上，在数以百万计的人身上也同样清楚地看到了这一点）——只有从那场战争的浓烈火焰，以及战争景象和场面的刺激下，才能出现一个土生土长的人和充满激情的歌曲存在的最终理由。

我去了弗吉尼亚战场……去了之后就住在营地里——目睹了随后发生的大大小小的战斗，度过了日日夜夜——经历了所有的波动、阴郁、绝望，重新唤醒希望、唤起勇气——随时都有死亡的危险——这也是原因——在那以后的几年，也伴随着、充斥着这些激动人心的可怕事件……真正的分娩岁月……这以后的统一联邦。没有那三四年以及其中的经历，《草叶集》就不会存在。

就这样，他获得了加快唤醒个人自我所必需的刺激，个人自我在某一日被赋予了普遍性，他努力寻找新的曲调，超越了单纯的表达热情，他首先针对的是"暗示性"。

即使有所创作，也写得很少，完成得也很少；总是偏离原定计划。读者们在其中扮演了他或她的角色，就像我也有我的角色要扮演一样。我不寻求表达或展示任何主题或思想，而是更多把你，即读者带入主题或思想的氛围中——在那里你追求自己的飞行。

另一个"刺激词"是同志，而其他"文字符号"是加油、满足和希望。他尤其追求的是个性：

> 我的诗从头到尾都强调并坚持美国人的个性——不仅因为这是大自然就其普遍法则给我们上的一堂大课，而且可以用于平衡民主的均衡趋势——以及其他原因。我公然反对肤浅的文学成规和其他传统，我公然高唱"人最值得骄傲的是自己"，并让这一**主题**或多或少贯穿于我几乎所有的诗歌。我认为这种自豪感对美国人来说是不可或缺的。我认为这与服从、谦逊、尊重和自我质疑并不矛盾。

他在两性关系中也发现了一个新主题，并孕育于一种自然、简单和健康的形式，他抗议可怜的威廉·罗塞蒂先生试图删改、删除他的诗。

> 从另一个角度看，《草叶集》是一部公然写性和爱，甚至动物性的诗集——尽管这些词的字面意义与隐含意义通常并不相符，但总会适时出现；一切都寻求被提升

到不同的光线和氛围之中。这一特征，作者仅用几行诗就故意表露出来了，我只想说的是，这些诗行所体现的原则使我的整个计划充满了生气，以至于如果省略这些诗行，大部分内容还不如不写……

　　普遍性是社会上的某些事实和症状的共同性……现代习俗太罕见了，诗歌都成了习俗的正式保证书了。文学总是在呼唤着问诊和忏悔的医生，总是用逃避和严厉的压制来代替"英雄裸体群像"——真正的诊断只有凭此……才能确定。至于即将出版的《草叶集》的版本（如果会这样的话），我现在借此机会，以30年形成的坚定信念和刻意创新，确认这些诗行，并特此禁止任何省略，只要我说的话还有用。

在所有这些音符、情绪和动机之外，还有一种崇高的精神，即对有存在价值的一切事物的宽宏而自由的接受。他说，他希望"创作一首诗，其中的每一种思想或事实，都应该直接或间接地成为或容纳一种内在的信仰，即相信每个过程、每个具体物体、每个人或其他存在物的智慧、健康、神秘和美，而且不仅从所有人的角度思考，还从每个人的角度思考"。他最后两句话是："真正伟大的诗歌总是……民族精神的结果"，而不是"精心挑选和打磨的少数人"的特权；还有，"最强烈、最甜美的歌还在等人歌唱"。

　　这就是他《回望走过的路》散文集的开篇文章包含的观

点。但在这本引人入胜的书中，还有许多其他文章，其中有论彭斯和丁尼生勋爵等诗人的文章，沃尔特·惠特曼对他们深表钦敬；还有论老演员和老歌手的文章，其中大布斯、福雷斯特、阿尔博尼和马里奥是他的最爱；另外还有论印第安人，论美国人中的西班牙人，论西方俚语，论《圣经》中的诗歌和论亚伯拉罕·林肯的文章。但沃尔特·惠特曼只有在分析自己的作品，并为未来的诗歌制订写作计划时才处于最佳状态。对他来说，文学具有明显的社会目标。他试图通过"建立伟大的个体"来建立群体。然而，文学之前必须先有高尚的生活形式。"最好的文学作品总是某种比它本身更伟大的事物的结果——不是英雄，而是英雄的肖像。在有可记录的历史或诗歌之前，一定有事情发生。"当然，在沃尔特·惠特曼眼中，有宽阔的视野、健康的理智和良好的道德目标。他不会被置于美国职业文学家、波士顿小说家、纽约诗人等之列。他与众不同，他作品的主要价值在于其预言性，而不是其表达形式。他开拓了更大主题的前奏。他是新时代的先驱。作为一个人，他是一个新类型的先驱。他是人类英雄主义和精神进化的一个因素。如果诗歌忽略了他，那么哲学会注意到他。

爱尔兰的童话[*]

　　W. B. 叶芝先生在他这本迷人的小书《爱尔兰童话故事与民间传说》中说，"爱尔兰民间故事的各种搜集者"，"从我们的角度来看，是一大好事；从其他人的角度来看，是一大错误"。

　　他们把自己的工作做成了文学工作而非科学工作，他们给我们讲的是爱尔兰农民而不是人类的原始宗教，或者民俗知识专家到处晃荡着所追求的其他什么东西。要将他们视为科学家，他们应该将所有的故事都以杂货店账单之类的形式列成表格——条目可分为仙王、仙后。他们不但没这样做，反而收集到了人民的真实声音，生命的真实脉搏，每个人都给出了自己所处时代最引人注目的东西。如克罗克和洛弗，满脑子都是那种鲁莽的爱尔兰绅士风度的想法，看到的一切都充满幽

[*]　原载于《妇女世界》，1889年2月，评《爱尔兰童话故事与民间传说》，W. B. 叶芝编选，沃尔特·司各特出版社出版。

默。他们那个时代的爱尔兰文学，动力来自一个不把民众当回事的阶级——主要是出于政治原因——他们把国家想象成一个幽默家的世外桃源；关于它的激情、它的阴郁、它的悲剧，他们一无所知。他们所作所为并非全错；他们只是将一种不负责任的类型，那种在船夫、车夫和绅士的仆人们中最常见的类型，放大并作为整个国家的类型，并创造了舞台上的爱尔兰人。1848年的作家们之间缺乏合作的一致性，使他们的希望成了泡影。他们的作品既有上流阶级的轻率，也有闲散阶层的浅薄，在克罗克的作品里，处处皆有美的气息——一种温和的阿卡迪亚式的美。卡尔顿，一个土生土长的农民，出现在他的许多故事里……尤其是在他的鬼故事中，他的态度更严肃，极尽其幽默才华进行描写。肯尼迪是都柏林的一位老书商……他似乎发自内心相信精灵们的存在，他是第二位作者，恰如其分。他更缺乏文学才能，但讲故事非常准确，常用故事化的语言讲故事……但自克罗克之后，该系列里最好的书是王尔德夫人的《古代传奇》。在这本书里，幽默完全为悲怆和温柔所取代。在凯尔特人经受过多年的迫害而逐渐滋生出爱那一刻，我们看到了他的内心最深处，此时此刻，他用梦想来抚慰自己，在暮色中聆听童话般的歌声，沉思着灵魂和死者。这就是凯尔特人，这是只有凯尔特人才会做的梦。

叶芝先生将最具特色的爱尔兰民间故事编选成册，按主题分类，体量极其适当，价格也极其适中。首先来看看《群居精灵》。农民们说，这些都是"堕落的天使，或是善不至极不值得救赎，或是恶不至极不值得救赎"；但爱尔兰古文物学家在他们身上看到了"爱尔兰异教徒的神"，它们"不再受人崇拜，人们不再为它们供奉祭品时，它们就在民众的想象中逐渐消失了，现在只有几拃高"。他们主要忙的都是宴乐、战斗、谈情说爱、演奏最美的音乐。"他们中间只有一个勤劳的人，小精灵——鞋匠。"他们跳舞磨损了鞋子，他就修。叶芝先生告诉我们："在巴利索代尔村附近，有一位小女人，她在他们中间生活了七年。当她回到家时，她的脚趾已没了——她跳舞跳掉了。"每隔七年的5月前夕，他们都会为收获、为得到最饱满的谷穗而战斗。一位老人告诉叶芝先生，他曾看见过他们打架，把房顶的茅草都掀掉了。"如果附近有人，他们也只会看到一股巨大的旋风，所经之处，所有东西都卷入空中。当风吹动前面的树叶和稻草时，'那就是精灵们，'农民会摘下帽子说，'上帝保佑她们。'"她们就会快活地唱歌。许多最优美的爱尔兰曲调"只是他们的音乐，而被偷听者记下了"。没有哪个谨慎的农民会在一位精灵附近哼唱《挤牛奶的漂亮姑娘》，"因为她们会嫉妒，并且不喜欢听愚笨的凡人唱她们的歌"。布莱克曾经看到过一位精灵的葬礼。但是，正如叶芝先生所指出的，死去的一定是位英国精灵，因为爱尔兰精灵永远不死。她们是不朽的。

　　然后是《孤独的精灵》，其中也有我们上面提到过的小精灵。他已变得非常富有，因为他占有了所有战时埋藏起来的宝箱。根据克罗克的说法，在本世纪初，他们曾在蒂珀雷展示过一只小精灵鞋匠遗忘的小鞋子。然后是两个声名狼藉的小精灵——一个是克鲁里考恩，常在绅士的酒窖里喝得酩酊大醉；另一个是"红人"，常玩恶作剧作弄人。恐怖戈尔塔（饥饿之人）是一个清瘦的幻影，他在饥荒时期穿越大地乞讨，并为施舍者带去好运。"水西里"是英国空心南瓜灯的自家兄弟。莱恩豪恩·希（情人妖精）寻求凡人之爱。如果他们拒绝，她一定做他们的奴隶；如果他们同意，他们就是她的奴隶，要想逃脱，就只能寻找替身。小精灵以他们的生命为生，他们慢慢死去。即使死了也无法摆脱她。她是盖尔特人的缪斯女神，因为她赋予自己所迫害的人以灵感。盖尔特诗人都英年早逝，因为她永不安分，不会让他们久留于世。恶精灵"普卡"本质上是一种动物精灵，有些人认为他是莎士比亚的"帕克"的祖先。他幽居孤山，在古老的废墟中"孤独地成长为怪物"，"是噩梦的一种"。"他变化多端——一会儿是马……一会儿是山羊，一会儿又是鹰。与所有精灵一样，在形式世界里，他只有一半身体。""猞女"不太关心我们的民主平等倾向；她只爱旧家庭，鄙视暴发户或新贵。若一群猞女在一起，她们会又哭又唱，这是因为某个圣人或伟人死了。有时伴随猞女的预兆是"……一辆巨大的黑色马车，装着一具棺材，杜拉汉驾驶，无头马牵拉"。杜拉汉是世界上最可怕的东西。1807年，驻扎在圣詹姆斯公园外的两个哨兵看到一个杜拉汉爬上栏杆，竟吓死了。叶芝先生暗示说，他们可能是"爱尔兰巨人的后裔，他咬着自己的头游过了海峡"。

然后是鬼故事、圣徒故事、牧师以及巨人故事。鬼魂生活在此世与彼世之间的某种空间状态。某种尘世的渴望或感情，或某种未完成的职责，或对生活的愤怒束缚着他们；他们是那些去地狱太好，去天堂又太坏的人。他们有时"以昆虫的形态出现，尤其是蝴蝶的形态"。《爱尔兰教区调查》的作者"听到一个女人对一个追逐蝴蝶的孩子说：'你怎么知道这不是你祖父的灵魂？'11月前夕，他们会出去与小妖精们共舞。"至于圣人和牧师，"故事中没有殉道者"。古代编年史作家吉拉尔德斯·坎布伦西斯"嘲弄卡舍尔大主教，因为爱尔兰没人接受过殉教之冠。'我们的人民可能很野蛮，'大主教回答说，'但他们绝不会举手反对上帝的圣徒；但现在我们中间已经出现了知道如何成为殉教者的人了（正好在英国入侵之后），我们将有大量的殉教者'"。巨人是古代爱尔兰的异教徒英雄，他们越来越大，就像众神越来越小一样。事实是：他们不是等待供奉，而是武力夺取。

其中一些最美丽的故事围绕提尔纳诺展开。这是年轻人的国度，"因为年龄和死亡没有发现这个国家；也没有眼泪和大笑靠近它"。"有个人去过又回来了。吟游诗人奥伊森骑着白马远行，与他的小妖精尼亚姆一起踏着海面上的泡沫行走，在那里生活了三百年，然后回来，寻找他的同伴。他双脚刚一触地，过去的三百年就在他身上得到了显现，他双膝佝偻跪地，胡须垂落扫地。他在死前向帕特里克描述了他在青春之地的旅居时光。"自那以后，据叶芝先生说："许多人在许多地方都见过这个国度；有些人在湖泊深处，听到从湖底升起模糊的钟声；更多的人从西部的悬崖上向远处张望时，在地平线上看见它。就在不到三年前，一位渔民还恍惚以为看到了它。"

叶芝先生的工作当然做得很好。他对故事的选择，表现出了很强的批判能力，他短小的引言写得很迷人。读到一系列纯粹想象性的作品，真让人愉快，叶芝先生有一种敏锐的直觉，发现了爱尔兰民间传说中最好、最美丽的作品。

我也很高兴地看到，他并没完全局限于只选散文，还包括了阿灵厄姆那首可爱的诗《仙女》：

爬上空灵之山，

　　走下长满灯芯草的峡谷，

我们不敢去狩猎，

　　因为害怕小矮人；

小人儿，好人儿，

　　我们都住在一起；

绿夹克，红帽子，

　　还有猫头鹰的白羽！

他们有的沿着

　　乱石遍布的海岸安居，

他们煎黄色泡沫为饼，

　　酥脆堪为生计；

有些住在芦苇丛中，

　　长在黑色山湖之滨，

驱使青蛙守门，

　　彻夜不眠不休。

老国王坐在

　　高高的山顶；

他现在衰老不堪，白发斑斑，

　　理智几乎完失。

桥上白雾弥漫，

　　哥伦布基尔他横穿，

从斯里文利哥山到罗塞斯山，

　　旅程无比庄严；

或者一路音乐相伴，

　　夜冷星寒，

与王后共进晚餐，

　　北极光快乐耀闪。

所有喜欢童话和民间故事的人都应该得到这本小书。

《长角的女儿》《牧师的灵魂》《泰格·奥凯恩》，都是非常奇妙的神话故事；事实上，几乎每一篇故事都值得阅读和认真思索。

W．B.叶芝先生[*]

我相信,《奥辛的漫游及其他诗歌》是叶芝先生出版的第一部诗集,肯定前景美好。必须承认,其中很多诗篇太零碎,太不完整。读起来就像未写完的剧本中的杂乱场景,就像只能记起一半,或充其量只能模模糊糊看到的东西。但诗歌结构的建构力量,建立和完善一个和谐整体的力量,几乎总是最新颖的力量,因为它肯定是艺术品质的最高发展。期待在他的早期作品中发现这一点有点不公平。叶芝先生的某种才能已达到相当程度,这种才能在我们的二流诗人的作品中并不常见,因此最受我们欢迎——我指的是其浪漫气质。他本质上是凯尔特人,他的诗,最好的诗,也是凯尔特人的诗。他深受济慈的影响,似乎在研究如何"用矿石装满每一条裂缝",但他更迷恋于文字之美而不是韵律之美。整本书贯穿始终的精神,也许比任何一首诗或某一特定段落都更有价值,但《奥辛的漫游》中的这段话值得引用。它描述了骑

---

* 原载于《妇女世界》,1889年3月,评《奥辛的漫游及其他诗歌》,W.B.叶芝著,基根·保罗出版社出版。

马前往遗忘岛的情景：

> 空洞的光线下，马的双耳渐渐隐没，
> 就像漂泊的水手，慢慢在世界和太阳的光辉中淹没，
> 阳光照射在我们手上、脸上，也照在榛树和橡树叶上，
> 星星点点，就在我们头上方，整个世界，融为一体。

> 终于，马发出嘶鸣；
> 因为冬青树、榛树、橡树的枝条累累羁绊，
> 它蹄下的山谷，淹没在山坡茂密的草丛，沉睡着人
> 群，睡姿可怕，
> 他们强壮，赤裸，身体闪闪发光，在沉睡之地，松
> 散地堆积。

> 镶嵌着银和金，比人力所能做的更美，
> 是箭、盾和战斧、箭、矛和刀，
> 还有露水泛白的号角，角孔里睡着三岁的孩童，
> 木板上铺着灯芯草，他们围在四周，将他环绕。

下面这首诗讲的是一个湖下之城的古老传说，既奇怪又有趣：

> 星星和世界的创造者
> 　坐在市场十字路口下方，

老人走着，踱着，

　　小男孩们在玩投硬币游戏。

星星和世界的道具，他说，

　　是耐心的人和好人所祈祷。

男孩、女人和老人，

　　听着，身影站立。

头发花白的教授路过，喊道：

　　"能控制思想放任的人何其少之又少！

对深刻的事物，却浅薄思考！

　　世界在变老，扮演傻瓜一角。"

市长来了，竖起左耳朵——

　　有人在谈着穷人——

冲他喊道："共产主义者！"

　　又匆匆走向警卫室的门。

主教来了，手拿一本打开的书，

　　沿着阳光明媚的小径轻声细语；

有人在谈着人类的上帝，

　　他的昏聩和愤怒之神。

主教喃喃自语："无神论者！

　恶意的嘲弄多么邪恶！"

　送老人上路，

　将男孩和女人赶走。

这个地方现在空无一人。

　一只公鸡走过，气扬趾高；

一匹老马在栅栏后张望，

　鼻子在栏杆上蹭摩。

星星和世界的创造者，

　他的房屋自己建造，

他在那座城市上空滴了一滴泪，

　现在那座城市成了一座湖。

　叶芝先生有大量的发明创造，他书中的一些诗，如《摩萨达》《嫉妒》《雕像之岛》等，构思都非常精巧。读过他现在这本书之后，我们毫不怀疑某一天他会再给我们带来更有意义的作品。到目前为止，他只是在试练自己的乐弦，轻轻抚弄一下琴键而已。

叶芝先生的《奥辛的漫游》[*]

年轻作家的诗集通常是从不兑现的期票。然而，人们时不时也会遇到一部远远高于平均水平的作品，使你几乎无法抗拒、不计后果地预言其作者拥有美好的未来，这是一种迷人的诱惑。叶芝先生的这部《奥辛的漫游》，肯定就属于这样的作品。在这部作品里，我们发现了题材的高贵和表达的高贵，诗意的细腻和想象力的丰富。我们也得承认，很多作品是不均等、不平衡的。但我们可以高兴地说，叶芝先生并没有试图摆脱华兹华斯的孩子气；但他偶尔会成功地像济慈一样"出类拔萃"，而且，在他的作品中，我们时常会遇到奇怪的粗陋和让人恼火的自负。但当他处于最佳状态时，他的诗就非常好，即使没有史诗那种宏大朴素的叙述方式，至少也有一些史诗性质的广阔视野。他并没有剥夺凯尔特神话中的伟大英雄们的声望。他非常天真，非常朴实，像个孩子般谈着巨人们。下面描写奥辛从遗忘岛归来的段落，就是典

---

* 原载于《帕尔摩报》，1889年7月12日，评《奥辛的漫游及其他诗歌》，W. B. 叶芝著，基根·保罗出版社出版。

型的叶芝风格：

我骑马走过海边的平原，那里荒芜而灰暗，
　草地上覆着灰沙，水滴从树上落下，
滴下，滴下，近地就蒸发，似乎急着回家，
　渴望在海洋的呻吟中休息，就像一群老人家。

我身边的泡沫早已消失，大风也已平息，
　隐藏的鸟儿被抓，一如我不知防护已失，
我身上的衣服冻结，就像牢牢钉住的盔甲，
　为了纪念她，我举起她瘦弱的肉身，哭泣着，在
我的心门。

晨风越来越大，新刈干草气息传来，
　我的额头低垂，眼泪迸飞，就像浆果掉落；
接着听到一个声音，半隐在远岸的声音中渐行
渐远，
　那是草丛中大黑雁的呼唤，渐渐地，海岸风更加
阴暗。

如果我仍一如既往，金蹄踩碎沙砾和贝壳，
　像晨曦从海中初升，红唇喃喃，唱着一首歌，
不要咳嗽，我的头靠在膝上，祈祷，随着铃声难抑

心潮，

　我不会将圣徒的头颅，留在他身上，尽管他的土地稳固又广袤。

我骑马穿过汹涌的波涛，马缰手中握，行走在马道，

　荆条扎篱笆，木器皆手造，惊奇可不少，

教堂顶上大钟在，神圣的石冢和大地，却没有守卫，

　一小群虚弱的民众，荷锄挥锹齐弯腰。

　此诗有一两处的乐调是错的，结构有时太拖沓，最后一行中的"民众"一词非常不恰当；但是，总而言之，你不可能感受不到这些诗节中存在着真正的诗意精神。

威廉·莫里斯先生的最后一本书[*]

　　莫里斯先生的最后一本书，自始至终都是一部纯粹的艺术作品，其风格与我们当今的共同语言和共同兴趣相去甚远，这使整个故事具有了一种奇异的美感和一种陌生化的魅力。作品是散文和诗歌的混合体，就像中世纪的"寓言"，讲述了"沃尔芬斯家族"的故事，他们与罗马军团战斗，随后进入德国北部。这是一部传奇，用的是可以称之为民间史诗的语言，这让人想起四个世纪前，我们英语的古老尊严和直截了当。从艺术的角度来看，这可以说是一种尝试，希望通过自觉的努力，回到更早、更新鲜的时代环境中去。这类尝试在艺术史上并不少见。我们今天的前拉斐尔运动和后来希腊雕塑的拟古运动，都部分源于这种感情。只要结果美，方法就合理，形式的绝对现代性必定优先于具有无与伦比的卓越风格的作品的价值，任何这类主张和假设，都不会再喧嚣着固执己见了。当然，莫里斯先生的作品具有这种卓

---

*　原载于《帕尔摩报》，1889年3月2日，评《沃尔芬斯家族和马克家族的故事》，威廉·莫里斯著，里夫斯和特纳出版社出版。

越性。他优美的和谐和丰富的韵律在读者心中创造出了一种精神，而只有这种精神才能解释其自身的精神，唤醒他的浪漫气质，使他超越自己的时代，在他与所有时代的伟大杰作之间建立一种更真实、更有活力的关系。一个时代若总在艺术中寻找自己的反映，这是坏事。好在我们时不时地会读到好作品：其方法具有高贵的想象力，其目的则纯粹是艺术性的。当我们读到莫里斯先生的故事时，其诗歌和散文的精妙交替，其装饰性和描述性的美，其对浪漫和冒险主题的出色阐发，都使我们不禁感到，我们远离了那些卑劣的小说，就像我们远离了生活中卑劣的事实一样。我们呼吸到了一种更纯净的空气，梦想着一个具有自己的简单、庄严、完整的诗意的时代。

《沃尔芬斯家族》的悲剧性围绕着这一部族的伟大英雄蒂奥多夫的形象展开。他与罗马人作战时，喜爱他的女神给了他一副神奇的锁甲，其中却寄寓着这样一种奇怪的命运：穿上锁甲之人将拯救自己的生命，却会摧毁他土地上的生命。蒂奥多夫发现了这个秘密，就将锁甲带回了人称木太阳国的地方，选择结束自己的生命，而不是毁灭自己的事业，故事就这样结束了。

但莫里斯先生一直更喜欢浪漫而不是悲剧，并将行动的发展置于激情的集中之上。他的故事就像一幅壮丽的老挂毯，上面饰满了庄严的形象，又充满了精致而令人愉悦的细节。它给我们留下的印象，不是一个单一的主宰整体的中心人物，而是一个宏大的设计，一切都从属于它，一切都因它而具有了持久的价值。真正让人迷醉的是其对原始生活的完整呈现。在其他人手中本来只是纯粹考古学的东西，经他敏锐的艺术才能加以转化，为我们、为人类创造出美妙的故事，充满了高尚的旨趣。为了让我们快乐，古代世界似乎又焕发了生机。

一部如此宏大、如此连贯、与构思完全一致的完美无瑕的作品，仅仅引用几段难以让人充分理解。然而，这可作为证明其叙事能力的一个例子。这段话描述了蒂奥多夫到木太阳国的情景：

月光倾泻在草地上，露水在夜里最冷的时候降落，大地散发出甜美的气息：整个栖居之地现在都陷入沉睡，万籁俱寂，只从远处的草地上传来一头失去小牛的母牛的低哞声，一只白色的猫头鹰绕着房子的屋檐飞来飞去，发出凛人的叫声，仿佛在嘲笑已经沉寂的欢乐。蒂奥多夫转向树林，径直穿过散落的榛树，随后走进茂密的山毛榉树林，这种树的树干光滑，呈银灰色，又高又密：就这样走啊走啊，就像走过一条出名的小路，虽然并没有小路，直到所有的月光都在山毛榉树叶的笼盖之下尽皆消失，虽然伸手不见五指，但无论是谁，只要走到那里，都能感觉到头顶上的屋顶是绿色的。尽管天黑如漆，他仍继续前行，直到眼前终于出现一丝微光，光越来越亮，直到他走到一个新长出草的林中小草坪上，虽然草稀稀拉拉，因为阳光几乎照射不到，四周紧挨着高大茂密的树木……当蒂奥多夫从稠密的山毛榉木林地大步走到长满稀疏青草的草坪上时，他既不仰望天空，也不正视树木，而是双眼直视着面前草坪的中央：这也难怪，因为那儿有一张石椅，上面坐着一个非常美丽的女人，她穿着闪闪发光的衣服，在月光下，她苍白的头发倾泻在灰石上，就像在八月之夜，还未被镰刀收割的麦田。她坐在那里，仿佛在等什么人，他没停下，也没迟疑，而是径直走到她身边，搂她入怀，亲吻她的嘴和眼睛，她也回吻了他，随后，他在她身边坐下。

我们可以将《木太阳之歌》中的这几行诗作为诗歌之美的例子。它至少表明了诗歌与散文可以如何完美协调，从一种形式到另一种形式可以过渡得多么自然：

厄运多栖之所，昼夜无眠不休：
当人间的国王，穿过木桥，快乐地去会新娘，
她亲吻着碗沿，幽室闪耀光芒，
没人说她在磨刀的锋芒，
房子建到一半时，她一天要虚掷很多时光；
她推船到水滨，他常从此地过，
步山地猎人之道，他的双脚以前从未走错过；

河岸上高高的堤岸终崩塌，那是她的居所：

她在磨刈草人的镰刀，还哄牧羊人进梦乡，

致命的灵虫在牧羊的沙漠中苏醒。

如今，我们这些神的姻亲，为了自己好，听了她的
忠告，

但她愿相伴的男人，命运结局我们不知道。

所以啊，我请你不要害怕她的行为和自己的末
日到。

但对我：我请你伸出援手若我需要。

否则——当你人生之花盛开时，你的荣耀和渴望在
天堂绽放时，

艺术使你生活快乐，还是诱你死翘翘？

这本书的最后一章给我们描述了为死者准备的盛宴，写
得极佳，我们禁不住想要引用这段话：

此时，大地苍茫，沉郁无光；但大厅内灿烂明亮，
恰如太阳向大厅承诺的那样。厅内存放着沃尔芬斯的宝
藏，墙上挂着精美的布料，柱子上挂着精美的刺绣服
饰；目光所及的每一个角落，都堆放着精美的铜鼎和雕
刻精致的盒箱，金银器皿摆满在宴会桌上。柱子上还缠
绕着鲜花，墙上挂着花环，缀饰在珍贵的帷幔上；香甜
的树胶和香料在精致的黄铜香炉中燃烧，屋顶下那么多

蜡烛在闪光，罗马人早晨出战匆忙燃起的柴火，也比不过这里的烛光亮。

然后他们坐下开始大吃大喝，胜利在握，得胜归来，渐入高潮，自视比神高：蒂奥多夫和奥特的尸体，穿着珍贵的服饰，发光闪耀，高置灵座，俯视着他们，亲属们向他们顶礼膜拜，兴高采烈；他们优先享用敬酒，其他人暂缓一旁，不管他们是神还是人。

在粗俗的现实主义和缺乏想象力的模仿时代，能读到这部作品真是极大的快乐。这是一部所有文学爱好者都无法不喜欢的作品。

文学札记[*]

"在现代生活中，"马修·阿诺德曾经说过，"你无法很顺利地进入一个修道院，但你可以进入华兹华斯学会。"我担心的是，对许多人来说，对这个令人钦佩且务实的团体的这种描述，会让很多人听起来有点不舒服，奈特教授最近以"华兹华斯的追随者"为名，收录了该团体成员的文章和作品。"简单生活，高尚思考"，这不是流行的理想。大多数人更喜欢奢侈的生活，并与大多数人一起思考。然而，华兹华斯学会的文章和演讲中，确实没有任何东西需要引起公众不必要的恐慌；我们欣慰地注意到，虽然学会仍处在最初的狂热之中，但还没有坚持让我们欣赏华兹华斯比较差的作品。它赞美值得赞美的，尊重应该尊重的，解释不需要解释的。其中一篇文章非常令人愉快，它出自罗恩斯利先生笔下，讲的是，在威斯特摩兰的农民中间，仍然流传着关于华兹华斯的回忆。他告诉我们，罗恩斯利先生就是在现任桂冠诗人位

---

[*] 原载于《妇女世界》，1889年4月，评《华兹华斯的追随者：华兹华斯学会文选》，威廉·奈特编选，麦克米伦公司出版。

于林肯郡的旧宅附近长大的，下面这种急促的诗歌曾让他深
受触动，

> 劳动者年复一年地耕作
>
> 他拥有的土地，或在林中修剪树枝，

索姆斯比·沃尔德对诗人的记忆已经"从群山环抱中消
失了"——确实，我们惊讶地注意到，人们对他或他的名声
的兴趣是那么小，在附近富人或穷人的房子里，那么不容易
遇到他的作品。因此，当罗恩斯利先生来到湖区住下时，他
试图找出山谷里的人还有哪些关于华兹华斯的回忆仍挥之不
去——他在多大程度上仍活动在他们中间——他的作品在山
谷的小屋和农舍里的影响到底有多深。他还试图发现，威斯
特摩兰和坎伯兰农民的种族——他称之为诗人的"马修们"
和"迈克尔们"——在多大程度上是真实的或幻想的人物，
或者自湖畔诗人安息以来的32年里，受到游客的影响，山谷
里的人们在多大程度上发生了任何明显的变化。

关于后一点，我们应该记得，罗斯金先生在1876年写
的"司各特和华兹华斯绝对忠实描绘的边境农民"，迄今为
止，还是一个几乎没有受到伤害的种族。在他科尼斯顿的田
野里，他手下可能有一些人曾在阿金库尔与亨利五世并肩作
战，与他的任何骑士都毫无差别；他可以花一千英镑听上商
人的一句话，且从不必锁上自家花园的大门；他不必担心自

己客人中的姑娘在树林里或荒野上遇到骚扰。然而，罗恩斯利先生发现，某种美已经消失了，就是50年前与华兹华斯一起生活的人们在那种古老山谷安居的简朴隐退的日子。"陌生人，"他说，"带着他们的黄金礼物，他们的粗俗和他们的要求，就是罪魁祸首。"至于他们对华兹华斯的印象，要了解他们所说的话，就得了解湖区的土话。"华兹华斯先生的个人形象看起来如何？"罗恩斯利先生曾经问过一位仍住在赖达尔山不远处的老仆人。他回答说："他是个丑陋的人，一个吝啬鬼"，但他真正的意思是说，他是一个五官特征明显的人，衣食起居非常简单。而另一位老人则相信华兹华斯的"大部分诗歌都出自哈特利之手"，他说诗人的妻子"非常令人讨厌，确实非常令人讨厌。一个吝啬的女人，她就是这样的"。然而，这似乎只是在赞美华兹华斯夫人持家有方，令人钦佩。罗恩斯利先生采访的第一个人是一位老妇人，她曾在赖达尔山做过事，1870年在格拉斯米尔经营一家出租屋。她不是一个很有想象力的人，这可以从下面这件逸事中看出来：罗恩斯利先生的姐姐傍晚散步回来，走进来时说："哦，德夫人——你看到美妙的夕阳景色吗？"这位善良的女士猛地转过身，挺直身子，仿佛受到了致命的冒犯，回答说："没有，小姐；我是一个爱整洁的厨娘，我知道，而且，'他们说'，女房东只需有体面的身材，但我对夕阳之类的东西一无所知，它们从来都不在我的人生计划里。"在她看来，她对华兹华斯的回忆与传统相符，可以解释华兹华斯创作的方法，说明他是在充满热情的姐姐的帮助下创作的。"嗯，你知道，"她说，"华兹华斯先生总是哼哼唧唧的，边走边'呸，呸'不断，而她，多萝西小姐，则紧跟在他身后，随时捡起他扔在地上的碎纸片，把它们收集起来，放在纸上给他。你可能非常确信，她根本不理解，也不明白这些纸片的意义，我怀疑他自己也不太了解这些纸片，不了解自己，但尽管如此，仍有很多人在这样做，我敢说是这样的。"华兹华斯创作时会大声吟诵，关于这一点，我们听到了很多。"华兹华斯先生善于交际吗？"罗恩斯利先生问一位赖达尔山谷的农民。"华兹华斯，他既不骄傲也不随随便便，"他回答，"他是一个自以为是的人，你知道。他不是我们看透的人，他也不理解我们。但还有另一件事使他与我们保持距离，他的声音很低沉，你每次看到他，都可能看到他脸拉得老长。我认识的乡民们，村里的小伙子和姑娘们，他们通过从格拉斯米尔到赖达尔的老路来到这里，从死亡之地来到这希望之门，就是想在寂静的夜晚听到呻吟声、低吟声和雷鸣。而他则静静地站在赖达尔山脚下小路边的岩石旁，人们会听到一种野兽嘶鸣般的声音从岩石处传来，孩子们几乎快被吓死了。"

华兹华斯对自己的描述不断重复如是：

身穿素雅的赤褐色长袍，

一脸谦和的他是谁？

> 他在奔流的小溪边低语着，
>
> 比小溪更甜美的音乐；
>
> 他像正午的露水一样消隐，
>
> 或像中午树林中的幽泉。

　　但华兹华斯着装奇特之事得到了佐证。罗恩斯利先生向一位山民询问华兹华斯的着装和习惯。答案是这样的："华兹华斯穿的是乌鸦装，我这辈子从没见他穿过短裤——总是一身乌鸦装，外加一件蓝色旧斗篷，而至于他的习惯，呃，他没有什么习惯；从未见他手中端过酒杯，嘴里叼过烟斗。但他是一位出色的滑冰手，因为——在这方面他再好不过了——他可以在冰上切滑出自己的名字，华兹华斯先生可以。"滑冰似乎一直是华兹华斯的一种消遣方式。他的手"无所事事"——不会开车或骑马——"他也一条鱼都钓不上来"，"根本不登山"。但他会滑冰。当他还是个孩子的时候，他曾在埃斯韦特结冰的湖面上健滑如飞，

> 像一匹不疲倦的马儿，骄傲和狂喜，
>
> 摆脱了家的绊羁，脚穿钢刀，
>
> 在光滑的冰面上，嘶嘶如飞。

　　罗恩斯利先生接着给我们讲华兹华斯的故事，一直持续到他成年后期；罗恩斯利先生发现了这位诗人获得技巧的许

多证据，当时

> 归隐后，他远离尘嚣，
> 安居寂静的海湾，或玩笑般地
> 瞟一眼路旁，让喧嚣的声浪
> 隔断星星的反光。

诸如此类的事情让与他为邻的当地人惊讶不已。有人回忆说，他曾经摔倒过，当时他的溜冰鞋被一块石头绊住了，但他仍在溜冰的地方徘徊不去。有人派一个男孩去为他清扫白苔湖上的积雪。"华兹华斯先生见到你了吗?"他干完活回来时有人问他。"没有，不过我看见他还在那儿!"他回答说。罗恩斯利先生的一位受访者说:"他是个可怕的爱嘲笑人的滑冰者，他就是华兹华斯。""他会一只手放在胸前（那段时间他穿着一件荷叶边衬衫），另一只手放在腰带上，就像牧羊人双手取暖那样，他站得笔直，走路摇摇摆摆，很气派。"

至于他的诗，他们思考不多，认为华兹华斯诗歌的所有优点都归功于他的妻子、他的妹妹和哈特利·柯勒律治。他写诗，他们说，"因为他情不自禁——因为那是他的爱好"——纯粹是为了爱，而不是为了钱。他们无法理解他写作"无所求"，并且对他的职业不屑一顾，因为这并没有给他口袋里带来"大笔真金白银"。"你读过他的诗吗?"罗恩斯利先生问道。答案很奇怪："读过，读过，读过一两次。但你知道除了诗还是诗。那些诗没给我们带来多少乐趣，有的诗让人发笑，有的诗是写给孩子们的，还有一些诗需要熟练精通才能理解，华兹华斯的很多逸事都是这样的，你知道的。你可以从人的脸上看出，他的诗根本没什么好笑的。他的诗与哈特利的诗完全不同。哈特利是边沿着小溪奔跑边写诗，打开第一道门就在纸上写下想好的诗。但华兹华斯的诗实在太难懂了，他会花很长时间构思，会在脑子里酝酿很久。嗯，但这很奇怪，与现在写诗的人方式不同……虽然华兹华斯先生的地位不是很高，但堪称一个口碑很好的人。"罗恩斯利先生所听到的对华兹华斯的最好批评是："他是一位户外诗人，也是一位伟大的树木批评家。"

奈特教授的书中有许多有用且写得很好的文章，但罗恩斯利先生的文章是其中最有趣的。它为我们描绘了一个栩栩如生的诗人形象，外表与举止就像他笔下的那些人一样，生动地出现在我们面前。

斯温伯恩先生的《诗与歌谣》*

斯温伯恩先生曾用一册非常完美、非常有毒的诗集点燃了他的时代。然后他就变成了一个革命者和泛神论者，大声嚷嚷着反对那些在天上和地上身处高位的人。然后他创作了《玛丽·斯图亚特》，并把《博思韦尔》的重担压在我们身上。随后他回到了托儿所，写了一些儿童诗，都是一些性格过于敏感的孩子。他现在是个极端的爱国主义者，并设法将自己的爱国主义与对保守党的强烈感情结合起来。他一直是一位伟大的诗人。但他也有自己的局限，而最奇怪的是，他完全没有任何局限感。他的诗歌就其主题而言总是言过其实。他的诗多辞藻华丽，但没有比现在摆在我们面前的这本书更华丽的了，与其说是揭示，不如说是隐藏。有人说他是语言大师，确实如此，但可能更真实的说法是，语言是他的大师。词语似乎支配了他。头韵主宰了他。纯粹的声音往往成了他的主人。他雄辩滔滔，以至于凡他所触及，皆为

* 原载于《帕尔摩报》，1889年6月27日，评《诗与歌谣》，阿尔加侬·查尔斯·斯温伯恩著，查托和温杜斯出版社出版。

虚幻。

让我们转到他关于"无敌舰队"的诗：

> 西南风张开了翅膀；他热烈的唇在呼吸，
>
> 比剑锋更锋利，比烈火更凶猛，都坠落在冲锋的船只。
>
> 他领航向北飞驰，支索、掌舵，都在他手里；
>
> 舵手以暴风雨为披，腰力强劲，大海可驾驭。
>
> 他们的首领在颤抖，害怕得紧紧抓住他的手，就像
> 一只苦厄的鸟儿：
>
> 因为他内心充满的愤怒和快乐，都比他所杀戮和掠
> 夺的人更大。
>
> 一切都是徒劳，心儿已碎裂，意志摇摆不定，
>
> 如果他们的星儿还会闪耀，他们首领的主人就会满
> 怀希望提出忠告。

不知何故，我们似乎以前听说过这一切。这是不是因为
这样一个事实，即在所有在世的诗人中，斯温伯恩先生的想
象力最有限？必须承认，他就是这样的。他的单调已使我们
厌倦。"火"和"海"是一直挂在他嘴边的两个词。我们还
必须得承认，这种尖利刺耳的歌声——尽管美妙无比——让
我们喘不过气来。下面是《随风而行》这首诗中的一段话：

> 无论阳光袒露还是蒙着面纱，无论天空壮丽还是云

雾笼罩，

水面都平静无波、无精打采、懒洋洋，

恼怒因失败、哀号而受挫，苍白而忍耐，披上火衣
或乌云密布，

他们的心在徒劳受折磨，或者像蛇，蜷缩睡觉。

他们寻找你，盲目而困惑，愤怒和疲倦让他们
虚弱，

风吹回的永远是石块和鸟儿：

风儿吹过胸膛，抚慰大海，祈告沉闷的波浪

消气息声，因为希望迟至，心儿会生病。

让号角从西边吹响，让南方信守承诺，

声音和光辉闪耀出你无比神威：

祈愿折断大地之风的宽翼，使大地欢欣，

祈愿大海得到安慰，祈愿世界属于你。

这种诗歌因其韵律结构的力量和活力持续增强而受到公正的赞扬。其纯粹的技术性卓越不同寻常。但它不只是一个巡回演讲吧？它真的传达了很多意蕴吗？它有魅力吗？我们可以一次又一次地重读一次又一次地获得新的快乐吗？我们认为不是。在我们看来它似乎空洞无物。

当然，我们一定不能指望从这些诗歌中寻找到任何对人类生活的揭示。斯温伯恩先生的目标似乎是与诗歌元素融为一体。他寻求用风和浪的呼吸表达。他耳边一直回响着火焰

的咆哮。他把自己的号角放在春天的嘴唇上，让她吹响，地球从梦中醒来，将自己的秘密告诉了他。

他是第一位尝试完全放弃自己个性的抒情诗人，他得偿所愿了。我们听过他的歌，但我们永远不知道谁是歌手。我们甚至从未靠近过他。一切都出自雷声和华丽的辞藻，他自己什么也没说。我们常有人对自然的解释；现在我们有了大自然对人的解释，奇怪的是，大自然也几乎什么都没说。力量和自由就是她模糊传达的信息。她叮当作响，声音把我们震聋。

但斯温伯恩先生并不总能驭风而行，从大海深处召唤出精灵。边境方言的浪漫民谣仍吸引着他，他这最后一部诗集就包含了一些这种奇怪的人造诗歌，非常精彩。人们从方言中能获得多大的快乐，这完全取决于个人气质。在许多人看来，说"mither"而不是"mother"似乎就是浪漫的极致了[1]。还有一些人不太愿意相信地方方言的哀婉之风。然而，毫无疑问，斯温伯恩先生掌握了形式，不管这种形式是否完全合理。《疲惫的婚礼》具有一部伟大戏剧的集中性和色彩，其风格的古朴赋予它某种怪诞的力量。歌谣《女巫妈妈》写的是中世纪的美狄亚，她因为丈夫不忠而杀死了自己的孩子，因其简单得可怕而值得一读。《新娘的悲剧》的副歌显得怪异：

---

1 mither 和 mother 均为"母亲"，mither 是苏格兰方言。——译者

进，进，出出进进

呜呜风吹似咽。

《詹姆斯二世党人的流放》——

卢瓦尔河和塞纳河流淌汤汤，

黑暗的囚牢声音响亮：

但泰恩河的胸膛

比法兰西的田野更闪亮；

提尔河的波浪，静静地吟唱，

他们看到的地方，比别的地方更闪亮。

《泰恩河畔的寡妇》和《抢掠者的免罪诗》都是富有精妙想象力的诗歌，其中一些充满着可怕、热烈、狂暴的激情。方言浪漫民谣都要压缩进有限的形式，英国诗歌不存在这样的危险。正是因为这对英国诗歌的发展起到了至关重要的作用，所以我们才可以欢迎斯温伯恩先生的精湛实验，并希望不可模仿之物不会被模仿。这部诗集的完整，有赖于几首儿童诗、一些十四行诗、一首关于约翰·威廉·英奇博德尔的哀歌和一首可爱的抒情诗，题为《解释者》：

在人的思想中，万物皆有栖身之所；

我们的时日。

嘲笑，贬损，轻视过去，找不到
　　停靠之地。
但思想和信仰是更强大的东西
　　时间也无法使它们冤屈，
以言语制造辉煌，或制造崇高
　　以歌曲。
回忆，虽然变化的浪潮翻滚向前
　　蜡一样苍白，
为了诗歌和灵魂，把大地和天空的荣耀，
　　赐予他们。

当然，"为了诗歌"，我们应该喜欢斯温伯恩先生的作品，确实会情不自禁喜欢上，他是一位杰出的乐曲制作人。但是灵魂呢？要找灵魂，我们得去别处寻。

一位中国圣人 *

一位著名的牛津神学家曾评论说，他反对现代进步的唯一一点，是它向前进步而不是向后进步——这一观点让某个艺术专业的本科生痴迷，致使他立即写了一篇文章，谈思想发展与常见的海蟹运动之间的一些不为人注意的类似性。我相信，即使是《演说家》最热心的读者朋友，也不会怀疑它持有这种危险的倒退论，这是一种异端邪说。但我得坦率地承认，我已得出的结论是，一段时间以来，对现代生活最苛刻的批评，就我所知，包含在博学多识的庄子的著作中，这本书最近由赫伯特·贾尔斯先生翻译成了粗俗的英语，他是女王陛下驻淡水的领事。

大众教育的普及无疑使公众对这位伟大思想家的名字耳熟能详，但为了极少数文化修养过度的人，我觉得自己有责任明确说明他是谁，并简述他的哲学特点。

庄子，他的名字必须得小心拼读，因为没法写出来，他

---

* 原载于《演说家》，1890年2月8日，评《庄子：神秘主义者，道德家和社会改革家》，赫伯特·A.贾尔斯译自中文，伯纳德·夸里奇出版社出版。

228

出生于公元前4世纪，在黄河岸边，鲜花盛开之地；在许多我们最可敬的郊区家庭里，在他们简朴的茶盘和可爱的屏风上，仍然可以找到坐在沉思飞龙上的伟大圣人的肖像。诚实的纳税人和他健康的家庭无疑经常嘲讽哲学家圆顶状的前额，并嘲笑圣人身后风景的奇怪视角。但如果他们真知道自己嘲笑的是谁，他们就会浑身颤抖。庄子毕生宣扬无为的伟大教义，指出"无用之用"。"无为而无不为"，这是他从自己的伟大导师老子那里继承下来的教义。将行动化为思想，将思想化为抽象，是他的超验目标。就像早期希腊默默无名的哲学家所思考的那样，他相信对立的同一性。和柏拉图一样，他是个唯心主义者，也像所有唯心主义者一样，蔑视功利主义思想体系；他和狄奥尼修斯、斯科特斯·埃里金纳和雅各布·伯姆一样，都是神秘主义者，同时也与菲罗一样，认为人生的目标是摆脱自我意识，成为更高级启示的无意识载体。事实上，庄子可以说是自赫拉克利特到黑格尔以来的几乎所有欧洲形而上学或神秘思想意识的集大成者。他身上也有某种清静无为者的特质。在他对"无"的崇拜中，可以说他在某种程度上预示了中世纪时代那些奇怪的梦想家的出现，比如陶勒和埃克哈特大师，他们都崇拜虚无和混沌。这个国家伟大的中产阶级，众所周知，我们的繁荣昌盛——如果不能说是我们的文明——完全归功于他们，而他们可能会对这一切耸耸肩，并问，他们所说的对立的同一是什么意思，为什么他们要摆脱作为自己主要特征的自我意识，这样问自有一定的道理。但庄子不仅仅是一个形而上学哲学家和启蒙者。他将卢梭的激情雄辩与赫伯特·斯宾塞的科学推理结合在了一起。他身上没有丝毫感伤主义者的色彩。他垂怜富人胜过可怜穷人，如果他有什么怜悯心的话，在他看来，繁荣就像苦难一样可悲。对失败，他没有那种现代人的同情，他也不主张总是基于道德原因奖励那些在赛跑中跑在最后的人。他反对的是赛跑本身；至于积极的同情——在我们这个时代，这已成为许多值得尊敬之人的职业——他认为，努力让别人向善，就像"建鼓而求亡子"一样愚蠢。这纯粹是浪费精力。如此而已。而至于充满同情心的人，在庄子眼里，只是一个总想成为别人的人，因此错失了自己存在的唯一可能的借口。

是的，这似乎不可思议，这位奇怪的思想家满怀遗憾地回顾某个黄金时代，在那个时代，没有竞争性考试，没有令人厌烦的教育体系，没有传教士，没有为民众提供的廉价餐食，没有既定的教会，没有人道主义学会，没有关于人对邻人之责的枯燥演讲，也没有关于任何主题的乏味布道。他告诉我们，在那些理想的日子里，人们彼此相爱，并没有意识到这是仁慈之举，也没在报纸上高谈阔论。他们正直无私，但他们从未出版过论利他主义的书。因为人人都自有智慧，世界也就摆脱了怀疑主义的诅咒。因为人人都自葆美德，也就没人事事干涉别人。他们过着简单而平静的生活，"甘其食，美其服，安其居，乐其俗"。"邻国相望，鸡犬之声相闻"，而"民至老死不相往来"。"绝圣弃智""不尚贤""道隐无名""善行无辙迹，善言无瑕谪""富贵而骄，自遗其咎"。

在一个邪恶的时刻，仁人出现了，并带来了"治理"这种恶作剧式思想。庄子说："闻在宥天下，不闻治天下也。"所有的治理模式都是错误的，都是非科学的，因为它们试图改变人类的自然环境；它们也是不道德的，因为它们通过干涉个人，导致最具侵略性的自我主义形式产生；他们是无知的，因为他们试图传播推广教育；它们具有自我毁灭性，因为它们造成了无政府状态。他告诉我们："昔者黄帝始以仁义撄人之心，尧、舜于是乎股无胈，胫无毛，以养天下之形，愁其五藏以为仁义，矜其血气以规法度。然犹有不胜也。"我们的哲学家继续说，人心"排下而进上"，在任何一种情况下，这个问题都是致命的。"昔尧之治天下也，使天下欣欣焉人乐其性，是不恬也；桀之治天下也，使天下瘁瘁焉人苦其性，是不愉也。"于是人人都开始争论何为补救社会的最佳方式。"显然得有所为了"，他们互相说，于是"天下好知，而百姓求竭矣"。结果惨不忍睹，"于是乎釿锯制焉，绳墨杀焉，椎凿决焉"。结果是"故贤者伏处大山嵁岩之下，而万乘之君忧栗乎庙堂之上"。然后，当一切都陷于混乱状态下，社会改革家登台了，开始宣扬将社会从他们和他们的制度造成的弊病中拯救出来。可怜的社会改革家！"噫，甚矣哉！其无愧而不知耻也甚矣！"这就是庄子对他们的裁决。

这位长着一双杏仁眼的圣人也详细讨论了经济问题，他像海德曼先生一样，雄辩滔滔地撰述了财富的诅咒。财富的积累对他来说就是罪恶之源。财富使强者盛气凌人，使弱者不诚实。有了财富才有了小贼，就把他关在竹笼里。有了财富才有了大盗，大盗窃国，安坐于白玉宝座。财富是竞争之父，而竞争是能量的浪费，也是毁灭。自然的秩序是休息、重复和平静。疲倦和战争是建立在资本之上的人为社会的结果；这个社会越富有，它实际上破产得就越彻底，因为它既没有充分褒赏善人，也没有充分惩罚恶人。还有一点需要记住——世界的奖赏和世界的惩罚一样羞辱人。这个时代因崇拜成功而腐朽。至于教育，真正的智慧既学不到，也无法传授。这是一种精神状态，与自然和谐相处的人才会达到这种状态。未知的知识浩如烟海，与之相比，已知的知识肤浅不值一提，只有未知的才有价值。社会产生无赖，教育则使无赖比另一个更聪明。这是教育委员会的唯一成果。此外，当教育只是为了使每个人都与邻人不同时，它在哲学上还可具有什么重要性？

我们最终会陷入思想混乱，怀疑一切，并陷入好争论的庸俗习惯；只有智障之人才嗜争论。我们看看惠子吧。他"惠施多方，其书五车，其道舛驳"。他说"卵有毛"，因为鸡身上有毛；"犬可以为羊"，因为所有名称都是随意的；"镞矢之疾而有不行不止之时"；"一尺之棰，日取其半，万世不竭。""黄马骊牛三"，因为分开看它们是二，合起来看它们是一，一加二等于三。"是穷响以声，形与影竞走也。""其犹一蚊一虻之劳者也。其于物也何庸？"

当然，道德是另一回事。庄子说，当人们开始道德说教时，道德就过时了。此时，人们不再自发行动，不再凭直觉行事。他们变得拘谨而矫揉造作，变得盲目，以至于失去了明确的生活目标。然后就出现了政府和仁者这两种时代的害虫。前者试图强迫人们向善，从而破坏了人本性的善；后者是一群咄咄逼人地制造混乱的人，他们走到哪里，混乱就出现在哪里。他们愚蠢到竟有原则，但不幸到根据这些原则采取行动。他们都结局悲惨，这表明普遍的利他主义与普遍的自我主义的结果一样糟糕。他们"蹩躠为仁，踶跂为义"，"澶漫为乐，摘僻为礼"，这一切导致世界失去了平衡，从此一直摇摇欲坠。

那么，在庄子看来，谁是"至人"呢？他的生活方式是什么？至人只凝望宇宙，不做其他事。他不采取绝对的立场。"其动若水，其静若镜，其应若响。"他顺从自然。没有任何物质的东西能伤害他；没有任何精神的东西能惩罚他。他的心理平衡给他提供了世界的帝国。他从来不做客观存在的奴隶。他知道"至言去言，至为去为"。他是被动的，接受了生命的法则。他安心于无为，静观世界自身变善。他不"刻意尚行"。他从不"形劳而不休"。他不为道德上的区别而烦恼。他知道凡事皆自有道，自有果。他的思想是"天地之鉴"，他永远"平易恬淡"。

这一切当然是极其危险的，但我们要记住，庄子生活在两千多年前，从来没机会看到过我们举世无双的文明。然而，如果他从地下复活并来拜访我们，那他可能就会与鲍尔弗先生谈谈，他在爱尔兰政府所干的一些强制胁迫和积极有为的恶政；他可能会嘲笑我们的一些慈善热情，并对我们许多有组织的慈善活动摇头；教育委员会可能不会给他留下深刻印象，我们的财富竞赛也不会激起他的钦佩；他可能会对我们的理想感到好奇，并对我们已经实现的东西感到伤心。或许庄子最好还是别回来了。

同时，由于贾尔斯先生和夸里奇先生的努力，我们才从他的书中获得安慰，当然，这是最引人入胜和让人愉快的一本书。庄子是达尔文之前的达尔文主义者之一。他将人的起源追踪到细菌，并看到了人与自然的统一。作为一名人类学家，他极其有趣，他描述了我们原始的树栖祖先，他们因为害怕比自己更强大的动物，所以都生活在树上，并且只认其母，不识其父，其准确性与皇家学会的演讲者一模一样。和柏拉图一样，他采用对话作为自己的表达方式，"以寓言为广"，他告诉我们。他是一个很有魅力的讲故事的人。对可敬的孔子拜访盗跖的描写最为生动、精彩，圣人最终一败涂地，令人忍俊不禁，成功的强盗无情地揭露了圣人关于道德的陈词滥调空洞无物。即使在他的玄学中，庄子也极其幽默。他将他的抽象拟人化，并让它们在我们面前表演。"云将东游，过扶摇之枝而适遭鸿蒙。鸿蒙方将拊脾雀跃而游。"

云将就问："叟何人邪？叟何为此？""鸿蒙拊脾雀跃不辍，对云将曰：游！"云将曰："朕愿有问也。""鸿蒙仰而视云将曰：吁！"接着是一段妙不可言的对话，这与福楼拜奇幻剧中的斯芬克斯与奇美拉之间的对话没什么不同。在庄子的寓言和故事中，会说话的动物也占有一席之地，通过神话和诗歌和幻想，他的奇特哲学找到了音乐化的表达方式。

当然，有意识地行善是不道德的，无论做什么，都是最坏的懒惰形式，有人这样告诉我们，这当然是可悲的。如果我们接受这样的观点，即任何人都不允许干涉与己无关之事，那么数以千计杰出的、真正热心的仁人绝对就得靠利率过活了。"人皆知有用之用，而莫知无用之用也"，这种学说不仅会危及我国的商业霸权，而且可能会损害许多生意兴隆、勤勉认真的小店主的声誉。我们受欢迎的传教士、埃克塞特大厅的演说家、客厅的布道家们，如果我们告诉他们庄子的这些话："蚊虻噆肤，则通昔不寐矣。夫仁义憯然乃愤吾心，乱莫大焉。吾子使天下无失其朴，吾子亦放风而动，总德而立矣，又奚杰杰然揭仁义？"他们会变成什么样子呢？如果我们得出结论"闻在宥天下，不闻治天下也"，政府和职业政治家的命运又会如何？显然，庄子是一个非常危险的作家，在他死后两千多年，其著作的英语版得以出版，显然还为时过早，可能会给许多完全值得尊敬和勤劳的人带去极大的痛苦。自我修养和自我发展的理想，这是其生活计划的目标，也是其哲学计划的基础，也许也是我们这个时代所需要的理想，这也许是对的。我们所生活的这种时代在某种程度上需要这种理想，在这个时代，大多数人都非常渴望教育自己的邻人，结果他们实际上都没有时间教育自己。但这样说明智吗？在我看来，如果我们一旦承认庄子的任何一种毁灭性批评的力量，我们就应该稍微控制一下我们自吹自擂的民族习惯；人们能从自己所做的蠢事中获得的唯一安慰，就是他总是赞美自己做蠢事。然而，可能有一些人已经厌倦了这种奇怪的现代趋向，即充满热情地从事智力工作。这些人，以及诸如此类的人，将欢迎庄子。但让他们只读庄子吧。不要让他们谈论他。他在晚宴上会惹人不安，在下午茶时则不可能谈到他，他的整个一生都在抗议在讲台上高谈阔论。"至人无己，神人无功，圣人无名。"这些就是庄子的行为准则。

佩特先生的《品鉴集》[*]

当我首次有幸见到沃尔特·佩特先生时——我深感荣幸，他微笑着对我说："你为什么总是写诗？你为什么不写散文？散文要难写得多。"

那时我还在牛津大学读本科；我当时对抒情诗情有独钟，也在勤奋地写着十四行诗；那时，人们喜欢民谣的精妙复杂和音乐的重复，喜欢维拉内尔连贯不绝的长长回声及其奇怪的完结；那时，人们认真探索发现以何种心情写作八行两韵诗；那是一段快乐时光，我很高兴这样说，那时韵律远多于理性。

我现在可以坦率地承认，当时我并没有很理解佩特先生的真正意思；直到我仔细研究了他关于文艺复兴的优美而含义丰富的文章，我才充分认识到，英语的散文写作艺术真是一种美妙无比的自我意识的艺术，或者可以成为这样的艺术。卡莱尔暴风雨般的修辞，罗斯金激情澎湃的雄辩，在我

---

[*] 原载于《演说家》，1890年3月22日，评《品鉴集，并论风格》，沃尔特·佩特著，麦克米伦公司出版。

看来，似乎都源自热情，而非艺术。我想我当时并不知道，即使是先知也会纠正自己的预言。至于詹姆斯一世时期的散文，我觉得过于夸张；安妮女王的散文在我看来非常空洞，理性得令人憋火。但佩特先生的散文当时则成了我的"精神与感官的金书，美的圣典"。对我来说它们现在仍然如此。当然，我可能夸大了它们的作用。我当然希望我夸张了；因为没有夸张就没有爱，没有爱就没有理解。只有对自己不感兴趣的事情，我才能给出真正公正的意见；毫无疑问，这也是为什么公正的意见总是毫无价值的原因。

但我绝不能让这篇关于佩特先生新书的短论沦为一篇自传。我记得在美国时有人告诉我，每当玛格丽特·富勒写了一篇关于爱默生的文章时，印刷商总要派人去额外借一些大写字母"我"，我觉得接受这个跨大西洋的警告是对的。

"品鉴"，这个优美的拉丁语意味的词语，是佩特先生给这本书起的书名，这是一本精美的散文集、精心打磨的艺术作品——其中一些篇章简明扼要、形式完美，几乎堪称希腊遗风，其他一些篇章色彩奇特，充满富有激情的暗示，堪称中世纪遗风，但所有这一切都绝对是现代的，这是就"现代"这个词的真正含义而言。因为对他来说，现在是唯一的存在，他对自己所处的时代一无所知。你要认识19世纪，就必须认识之前的每一个世纪，它们对19世纪的形成做出了贡献。你要完全了解自己，就得了解他人的一切。不存在无法报以同情的情绪，任何已经死亡的生活方式都可以创新唤醒。历史遗传下来的遗产可能使我们改变对道德责任的看法，但它们也一定会加强我们对批评价值的认识；因为真正的批评家内心都承载着无数代人的梦想、思想和感情，他熟悉每一种思想方式，对每一种情感冲动都了如指掌。

本书中最有趣，当然也是最不成功的文章也许是《论风格》。它最有趣，因为作者是大权威，所说皆出自对事物的高贵认知并精妙地构思表达出来。说它最不成功，是因为这个主题太抽象了。像佩特先生这样真正的艺术家，最适合处理具体问题，具体问题的局限性给了他更大的自由，因为它们需要更强烈的透视力。然而，就这几页纸，却包含了多么崇高的理想！当今时代重大众教育和肤浅的新闻报纸文章，佩特先生的书提醒我们，真正的学术知识对成为完美作家至关重要，这对我们来说多好啊。完美的作家"真心只爱词语本身，他时时刻刻、持续不断在观察词语的外观"，他将避免使用纯粹的华丽辞藻，或炫耀性的装饰，或粗心大意滥用术语，或无效的堆砌，并通过省略技巧，通过熟练的简约手段，通过选择和自我克制，也许最重要的是通过那种有意识的艺术结构——思想风格的表达——而闻名于世。我想，我说这个主题太抽象，是不对的。在佩特先生手中，这个主题实际上变得非常真实，他向我们展示了，在一个人的完美风格背后，一定隐藏着他灵魂的热情。

本书其他内容涉及华兹华斯和柯勒律治、查尔斯·兰姆和托马斯·布朗爵士、莎士比亚的一些剧作和莎士比亚塑造的英国国王、但丁·罗塞蒂和威廉·莫里斯。因为关于华兹华斯的文章似乎是佩特先生的最新作品，所以，他谈《为盖内维尔辩护》中的歌手这篇肯定是他最早的作品，或者可以说几乎是他最早的作品。我们可以关注一下他风格的变化，这很有趣。乍一看，这种变化可能并不十分明显。在1868年，我们发现佩特先生的写作同样精雕细琢，同样刻苦钻研音乐，同样的品味，同样的处理方式。但是，随着他写作的发展，其作品风格的架构变得更加丰富和复杂，所用形容词也更加精确和睿智。有时，人们可能会倾向于认为，他文章中这儿和那儿有个句子稍长，句子的变化可能有点沉重和笨拙——如果有人敢这么说的话。但即使是这样，那也是因为思想在发展过程中突然衍生出一些附带问题，并真正将思想更完美地揭示出来；或者是源于那些恰如其分的事后思考，因为有了这种思考，中心计划才得以更加充分地实现，并因而传达出某种偶然性产生的魅力；或者是因为希望通过暗示次要含义的色调及其累积性的效果，避免观点过于直白、粗粝所导致的粗鲁和生硬。因为无论如何，就艺术而言，思想必然带有感情色彩，因此是流动的而不是固定的，它认识到，自己要依赖于情绪和美好瞬间的激情，所以不会接受僵化的科学公式或神学教条。我们也一定不能忽视这种批评的乐趣，即从看似错综复杂的句子中追索建设性智慧的运用时获得的乐趣。一旦我们认识了整个设计，一切就都显得清晰而简单了。一段时间后，佩特先生的这些长句，就具有了一首精心创作的乐曲的魅力，以及这种乐曲的统一协调性。

我曾表示，关于华兹华斯的文章可能是本书中最晚写成的。如果要在这么多文章中优中选优的话，我应该倾向于说它也是最好的一篇。关于兰姆的文章具有奇怪的意蕴。确实，与人们一提《伊利亚随笔》的作者所想到的形象相比，这篇文章暗示了某种更悲惨、更阴沉的形象。这是理解兰姆的一个有趣的角度，但也许他本人在识别别人给自己描绘的肖像时会有些困难。毫无疑问，他有大悲大痛，或者说他有悲伤的动机，但只要给他读读一部对开本剧作，任何一部伊丽莎白时代的悲剧，他就随时都能得到安慰。关于托马斯·布朗爵士的文章让人愉悦，并且具有《医生的宗教》的作者特有的那种奇怪的、个人化的、天马行空的魅力，佩特先生能够捕捉到自己所谈及的任何艺术家或艺术作品的色彩、特征和色调。关于柯勒律治的那篇文章反对哲学和伦理学中的绝对精神，坚持培养相对性的必要性，并高度评价了诗人在英国文学中的真实地位，这篇文章的风格和实质性内容都无可指责。表达的优雅，思想和措辞的微妙巧妙，则是论莎士比亚一文的特点。但关于华兹华斯的文章自有一种精神之美。这篇文章不会吸引普通的华兹华斯的追随者，因为这种追随者总是不加辨别，总是将伦理和美学问题混为一谈，而是会吸引那些希望能从废渣中淘金的人，并通过大量乏味的、冠以其名的平淡无奇的作品真正理解华兹华斯的人，而这些作品常常使我们认不清华兹华斯的真面目。华兹华斯艺术中异域元素的存在，佩特先生当然予以认可，但他只是从心理学的角度触及这一点，并指出，这种时高时低的情绪特征是如何在他的诗歌中产生这样一种效果，即他的诗歌具有一种"不完全属于他自己，或不受他控制的力量"。这种力量随来随去，随心所欲，"因此，那种使诗人的艺术成为一种激情、一种神圣占有形式的古老幻想，对他来说几乎就是真事"。佩特先生早期的文章中有"辞藻华丽的段落"，特别适合引用，例如论蒙娜丽莎的著名段落，以及另一段波提切利关于圣母的奇怪概念，也被非常奇怪地提了出来。从目前这本书中，很难选出哪一段比其他段更能代表佩特先生典型的行文风格。然而，下面这段值得详细引用。它包含了一种特别适合我们这个时代的真理：

生命的终点不是行动，而是沉思——存在与行动不同——它是思想的某种倾向：它总是以这种或那种方式，成为所有更高道德的原则。在诗歌中，在艺术中，如果你完理解它们的真正精神，你就会在一定程度上触及这个原则；这些作品因为无用，所以只是一种仅为了注视的喜悦而注视的类型。以艺术的精神对待生活，就是要让生活的手段和目的统一：艺术和诗歌的真正道德意义，就是鼓励实现这种统一。华兹华斯，以及其他与他一样的诗人——古代的或近代的——就是这种热情沉思艺术的大师和专家。他们的作品不是载道传道，或强制实施规则，甚至不是为了激励我们实现崇高的目标，而是暂时地将思想从纯粹的生活机器中抽离出来，以适宜的情感将思想聚焦于那些伟大的现实场面中，使人的存在不受任何机器影响，"聚焦于人们伟大而普遍的激情，他们最普遍和最有趣的职业，以及整个自然世界"——"聚焦于元素的运行和客观世界的表象，聚焦于风暴和阳光，聚焦于季节的轮换，聚焦于寒冷和炎热，聚焦于失去朋友和亲人，聚焦于伤害和怨恨，聚焦于感激和希望，聚焦于恐惧和悲伤"。带着适当的情感目睹这种场景，这是所有文化的目标；而像华兹华斯这样的诗，就是一件伟大的容器，在其中滋养和刺激这些感情的生长；他充满感情地注视着大自然，兴奋不已；他将男人和女人视为大自然的一部分，看成一个个奇怪的组合，与自然世界的壮美融为一体，激情澎湃，激动不已——用他自己的话说，都是"身陷可怕的形式和力量之中的受苦人的形象"。

可以肯定，华兹华斯的真正秘密，没有比这段话表述得更好的了。在读过和重读了佩特先生的文章后——因为需要重读——读者会带着一种新的喜悦和惊奇感，满怀渴望和热烈期待，重读诗人的作品。也许这大致可以作为最好批评的测试纸或试金石。

最后，人们会不禁注意，这本悦人之书的简短后记中，已经包含了这种精致的才能。人们经常讨论并过分强调艺术中的古典精神与浪漫精神之间的区别。佩特先生写到这一点时是多么轻灵自信、举重若轻啊！他做出的区分多么精细和明确啊！如果说富有想象力的散文确是本世纪的特殊艺术，那么佩特先生就一定是本世纪最具特色的艺术家之一。在某些事情上，他几乎是孑然独立。这个时代已经产生了奇妙的散文风格，夹杂着个人主义的污浊，以及过度修辞的暴力。但在佩特先生身上，就像在红衣主教纽曼身上一样，我们发现了个性与完美的结合。他在自己的领域内没有竞争对手，他也没有门徒。这不是因为没人模仿他，而是因为，在他那么优秀的艺术作品中，有种东西，根本无法模仿。

为《道林·格雷的画像》辩护 *

一

我不想讨论它［指《道林·格雷的画像》］的优缺点，以及它的个性或没有个性。英国是一个自由的国度，一般的批评是绝对自由和不受约束的。此外，我必须承认，无论从气质或趣味上，或者从两者的角度，我都十分不能理解一个艺术作品怎么可以从道德的角度进行评论。艺术领域和道德

---

* 王尔德唯一一部小说《道林·格雷的画像》1890年6月20日首次出版，出版后受到很大关注，出现了许多评论文章。《圣詹姆斯报》在6月24日发表了一篇庸俗下流的文章，名为"狗的幼年时期研究"，并随后开专栏进行了长时间的争论。《苏格兰观察家》7月5日发表了一篇匿名文章，对王尔德和《道林·格雷的画像》进行了激烈抨击，说王尔德尽管聪明英俊，有才华，但却是一个堕落的高贵绅士；至于小说，则根本上是违反法律，违背人性的，是与道德背道而驰的，因为其主人公是一个恶魔。虽然王尔德有头脑、懂艺术，但若他照此下去，他很快就会发现自己不得不改操他业了。王尔德奋笔反击，基于自己的文学观进行了辩护。本篇中前四节为王尔德分别于1890年6月25日、26日、27日、28日致《圣詹姆斯报》编辑的信，后三节为他于1890年7月9日、31日和8月13日致《苏格兰观察家》编辑的信。——译者

伦理领域是绝对风马牛不相及的……

我想我可以毫不虚荣地说——尽管我不想显得虚荣——我是所有英国人中最不需要广告的人之一。我对广告宣传厌烦死了！看到自己的名字登在报上也感觉不到幸福。编年史家不再让我感兴趣。我撰写此书完全是供个人娱乐，撰写它给我带来了极大的乐趣，至于它是否畅销，与我没有任何关系。先生，我担心真正的广告宣传是你精心撰写的文章。英国公众总体来说对一件艺术品是不感兴趣的，除非他们被告知这件作品是不道德的，而我毫不怀疑，你的沽名钓誉之作，大大增加了杂志的销售量，但我却要遗憾地对你说，这样的销售量并没给我带来任何收益。

二

贵报称刊登的我的短信是我对关于《道林·格雷》的文章所能做的最好答复。情况不是这样。我不想在此充分讨论这一问题，但我觉得有必要指出的是，你的文章包含了多年来对一个作家所做过的最没有根据的攻击。文章的作者根本无力掩藏他个人的恶意，因而在某种程度上损害了他想要造成的效果。他看起来丝毫没有理解一件艺术品的能力。说像我这本书一样的书应该"被投进火里烧掉"是愚蠢的。只有对待报纸，人们才会这样。

关于伪伦理批评对阐释艺术作品的价值，我已经说过了。但是，既然你的作者敢冒险进入文学批评这一危险领域，我请求你允许我对他的批评方法说几句话，这不仅对我公平，也对所有将文学视为艺术的人公平。

他首先以可笑的恶毒攻击我，因为我故事中的主人公是"小狗"。他们就是小狗。当萨克雷写小狗时，他认为文学是为狗而写的吗？我认为，从艺术角度和心理角度来看，小狗是极其有趣的。在我看来，它们肯定比伪君子有趣得多。我认为，亨利·沃顿勋爵是对我们这个时代半神学小说中，所隐含的乏味理想的极好纠正。

随后，他对我的语法和博学做出了含糊而可怕的暗示。关于语法，我现在认为，在散文中，正确性无论如何都应该始终从属于艺术效果和音乐节奏；《道林·格雷》中可能出现的任何特殊句法都是有意为之，并被用来表明我们所讨论的艺术理论的价值。你的作者没有举出任何一个例子指出这种特殊性，对此我感到遗憾，因为我认为没有出现任何这种情况。

至于博学，即使我们中间最谦虚的人也总是很难记住，其他任何人对这个问题的了解都不如自己多。我自己也坦率地承认，我无法想象，我只是随便一提苏维托尼乌斯和风雅总裁佩特罗尼乌斯[1]，怎么就能被解释为是想表现出博学多识

---

[1] 盖厄斯·佩特罗尼乌斯（Alus Petronius，？—66年），罗马尼禄时代的执政官，尼禄的风雅顾问，其小说《萨蒂利孔》深受王尔德喜爱，并亲自将其从拉丁语翻译成英语，于1902年在巴黎正式出版，并在《道林·格雷的画像》中提及。——译者

而向无辜且愚昧的公众施加影响的证据。我应该能想到，最普通的学者也完全熟悉《罗马十二帝王传》和《萨蒂利孔》。无论如何，《罗马十二帝王传》是牛津大学为那些人文学科优等生所开设课程的一部分；至于《萨蒂利孔》，甚至路人也已皆知，尽管我断定他们只能读译本。

文章的作者然后评价说，我和那位伟大而高贵的艺术家托尔斯泰伯爵一样，都喜欢危险的主题。对于这样的评价，我要说的是：浪漫主义艺术以例外和个人为主题。好人，属于正常人类型，所以也属于平庸者类型，他们从艺术角度看是毫无趣味的。从艺术的角度来看，坏人是让人着迷的研究对象。它们代表色彩、多样性和奇异性。好人激发出人的理智；坏人激起人的想象。你的批评家——如果我必须给他这样一个荣耀头衔的话——说我的故事中的人们在生活中不存在；用他那充满活力但有点粗俗的话来说，他们"只是不存在之物的花言巧语的象征"。确实如此。如果他们存在，他们就不值得写了。艺术家的功能是发明创造，而不是编年记史。没有这样的人。如果有，我也不会写。现实主义的生活总是破坏艺术主题。文学的至高乐趣，则是领悟不存在之物之人。

让我最后再说几句。你以新闻形式复制了《无事生非》这出喜剧，当然，你在复制过程中破坏了它。可怜的公众，从你这样一位权高位重的权威这里听到说，这是一本应该由托利党政府胁迫和压制的邪恶书籍，毫无疑问，他们会一窝蜂去读这本书的。但是，啊哈！他们会发现，这是一部讲道德的故事。道德是这样的：所有的过度，以及所有的放弃，都会带来对自己的惩罚。就像大多数画家一样，画家巴兹尔·霍华德过于崇拜身体美，结果死于他所创造的人之手，他赋予这个人的灵魂以一种可怕而荒谬的虚荣心。道林·格雷过着纯粹的感官的和快乐的生活，他试图扼杀良知，并在杀死良知的同时也自杀了。亨利·沃顿勋爵只想做生活的旁观者。他发现，那些拒绝战斗的人比那些参加战斗的人受伤更深。是的，道林·格雷身上有一种强烈的道德——好色淫乱之徒从中是找不到道德的，它只向所有心灵健康的人显露出来。这是艺术错误吗？我想是的。这也是本书唯一的错误。

三

先生，既然你继续攻击我和我的书——虽然形式比以前稍温和了些——你就不仅赋予我答复的权利，而且强加给了我答复的义务。

你在今天的报纸上说，我歪曲了你的意思，因为我说你建议"托利党政府应该胁迫和压制"我写的那么邪恶的书。现在，你不这样建议了，但你确实建议过。当你声明你不知道政府是否会对我的书采取行动，并且说那些不那么邪恶的书的作者都受到了法律惩罚时，你的建议显而易见。

你抱怨我误解了你，先生，对我来说，这并非坦率之言。但是，就我而言，这个建议并不重要。重要的是，作为贵报的编辑，你会倾向于支持这样一种荒谬的理论，即一个国家的政府应该对富有想象力的文学作品进行审查。这是我和我认识的所有文人最强烈反对的理论。任何承认这种理论的合理性的批评家，都立即表明了自己完全没有能力理解文学是什么，以及文学拥有什么权利。政府就像试图干涉文学艺术家的风格、处理方式和题材一样，也不妨尝试教画家如何绘画或教雕塑家如何建模，任何作家，无论多么杰出或默默无闻，都不应该认可这样一种理论，这种理论比任何说教或所谓的不道德的书都更可能贬低文学。

你随后表达了你对"我这样一位如此有经验的文学绅士"的惊讶，说我竟然想象得出，说你的批评家受到了任何对他的个人恶意的感情的刺激。"文学绅士"是一个卑鄙的词，但让它成为过去吧。我时刻准备接受你的保证，即你的批评家只是在尽其所能地批评一部艺术作品，但我觉得我所形成的对他的看法是完全合理的，即他的文章一开头就对我进行了粗暴的人身攻击。几乎不用说，这是绝对不可原谅的批判品味方面的错误。除了个人恶意之外，没有任何其他解释；先生，您不应该准许发表它。批评家应该学会批评艺术作品时丝毫不应提及作者的个性。这实际上才是批评的开始。然而，让我认为他是出于恶意的原因，不仅仅是他对我的人身攻击。真正证明我这第一印象的，是他反复强调我的书乏味无聊。现在，如果我是在批评我的作品，我是想这么做的，我认为我有责任指出，它包含了太多耸人听闻的事件，而且风格太自相矛盾了，至少在对话时是这样。我觉得，从艺术角度看，这些都是作品的真正缺陷。但这本书并不乏味沉闷。你的批评家已经声明自己并无个人恶意，就此事而言，他的否认和你的否认已足够了；但他这样做只是默认了他对文学和文学作品确实没有批评才能，而这对于一个作家而言，几乎不用我说，是比任何一种恶意都更严重的错误。

先生，请允许我最后声明。你发表的这样一篇文章，真让我对英国存在着什么普遍文化的可能性感到绝望。如果我是一位法国作家，我的作品是在巴黎出版的，那么在法国就没有一位文学评论家，会稍一转念就在任何有声望的报纸上从伦理角度对其进行批评。如果他这样做了，他就是在自欺欺人，不仅在所有文人眼中是这样，而且在大多数公众眼中亦是如此。你本人经常反对清教主义。相信我，先生，清教主义从来没有像在处理艺术问题时那样具有攻击性和破坏性。正是在这个方面，它完全错了。正是你的批评家所表达的这种清教主义，一直在损害着英国人的艺术才能。你绝不应鼓励它，而是应反对它，并且应该尽量教会你的批评家辨别出艺术与生活之间的本质区别。批评我作品的那位先生对此完全一头雾水，你试图通过建议限制艺术主题来帮助他摆脱困境，这也是无济于事的。行动是可以限制的。对艺术加以限制则是不恰当的。一切存在和不存在的事物都属于艺术，即使伦敦报纸的编辑也无权限制艺术选择题材的自由。

先生，我现在相信，这些对我和我的作品的攻击将会停止。

四

先生，今晚贵报发表了一封一位"伦敦编辑"的信，在最后一段明确暗示，我以某种方式认同了《利平科特》杂志所有者发表的关于《道林·格雷的画像》的观点并听凭其流传，即认为我写的故事具有文学和艺术价值。

先生，请允许我声明，这种暗示是没有根据的。我不知道他们散发过任何此类材料；我已经写信给代理人沃德和洛克先生——我确信，他们不能对这种材料的出现负主要责任——要求他们立即收回来。任何出版商都不应该对自己出版物的价值发表意见。这完全是由文学评论家自己决定的事情。我必须承认，作为一直批评当代文学的人，能让我对一本书产生偏见的唯一原因是其缺乏文学风格。但我完全可以理解，任何普通的评论家都会对一部出版商过早且不必要赞美的作品产生强烈的偏见。出版商只是一位有用的中间人，不应由他预料批评的结果。

然而，在感谢"伦敦编辑"提醒我注意这一点的同时，我相信，按照纯粹的美国式的程序方法，我可能会冒险对他的批评之一表示异见。他说，他认为"完整"这种说法若应用于一个故事，就是"吹捧者滥用形容词"的典型。在我看来，他这种说法可悲地夸张了。我的故事是什么，这是一个有趣的问题。我的故事不是什么，不是"中篇小说"——你不止一次用这个词指代我的故事。英语中没有"中篇小说"这样的词。不应该使用这个词。它只是舰队街的一个俚语。

先生，在贵报的另一处，你说你向我保证过，说你的批评家没有恶意，而我"有点勉强"地相信了。事实并非如此。我坦率地说，我"非常欣然地"接受了这个保证，而且你自己和你的批评家的否认"足够了"。没有比这种保证更慷慨的了。我的感觉是，你让自己的批评家承认自己缺乏文学本能，承认这是不可饶恕的罪过，从而使他免于受到心怀恶意的指控。我仍然有这种感觉。称我的书在讽喻方面徒劳无益，在安斯蒂先生手中可能会引人注目，这种说法荒谬不堪。安斯蒂先生的文学领域和我的不同。

随后，你严肃地问我，我认为文学有什么权利。对于像贵报这样的报纸编辑来说，这个问题真是非同寻常。先生，文学的权利就是知识的权利。

我记得曾听勒南[1]先生说过，他宁愿生活在军事专制下，也不愿生活在教会专制下，因为前者只是限制了行动自由，

1　欧内斯特·勒南（Ernest Renan，1823—1892年），法国哲学家、历史学家，以历史观点研究宗教，主要著作有《基督教起源史》，尤以该书第一卷《耶稣传》最为著名。——译者

而后者则限制了思想自由。你说一部艺术作品就是一种行动形式。不是这样的。这是最高级的思想方式。

总之，先生们，请你不要迫使我因为每天的攻击而不得不写这些信了，因为对我来说这是件无聊的麻烦事。因为是你先攻击我的，所以我有权利结束这场无聊的游戏。就让现在这封信作结吧，我请求你让我的小说得到它应该得到的不朽声名吧。

五

先生，贵刊刚刚发表了一篇评论我的小说《道林·格雷的画像》的文章。因为这篇文章对我这样一个艺术家来说是不公正的，所以我要求你准许我保留在你的栏目里进行反驳的权利。

先生，你这个评论家一边承认我的小说"显然出自一位作家之手"，是一位"有头脑、艺术和风格"的作家的作品，一边又显然是别有用心地板着面孔，说我写这篇小说是给那些最腐化堕落的罪犯和最没有教养的人读的。先生，我并不是说罪犯和没有教养的人除了报纸之外就不读什么东西了。他们显然不可能理解我的什么作品。因此我们可以撇开他们不谈，且让我谈谈作家为什么写作这个更宽泛的问题。作家在创作艺术作品的过程中所得的愉悦是一种纯粹个人化的愉悦，他所创作的目的就是为了获得这种愉悦。艺术家关注的是对象，除此之外他对什么也不感兴趣，至于人们会有什么闲言碎语他更不在意。他手里的工作已把他牢牢吸引住了。他对别的人也很冷淡。我写作是因为写作最可能让我获得最大的艺术享受。如果我的作品能有几个读者喜欢，我也就心满意足了。如果没有一个人喜欢，我也不会感到有什么痛苦。至于群氓们，我根本就没想做流行小说家，而要做，那真是太容易了。

你的批评家试图把艺术家与他的话题硬扯到一起，这真是犯了一个绝对不可饶恕的罪行。对这一点，先生，你是根本没法辩解的。济慈是自希腊时代以来世界文学史上最伟大的作家之一，他曾说过：他在构思真善美的东西时所获得的快乐，与想到假恶丑的东西时所获得的快乐一样多[1]。先生们，让你们的批评家考虑考虑济慈所做的这种优秀批评的意义吧！因为艺术家就是在这种前提下工作的。作家总是与他要表达的话题保持一定的距离。一旦他创作了一件艺术作品，他就要对之深思熟虑。他离自己要表达的话题越远，他就越能更自由地工作。你的评论家暗示说，我没明确表示过我是喜爱罪恶厌恶美德呢，还是喜爱美德厌恶罪恶。美和丑之于他只是如画家调色板上的颜色之于画家，仅此而已。他知道只有依靠它们才会产生一定的艺术效果，并且确实做到

1　原话是："诗人……在构思伊阿古时和在构思伊摩琴时能获得同样的愉悦。使纯洁的哲学家感到震惊的东西却会让诗人兴奋不已。"见济慈1818年10月27日致理查德·渥得斯的信。

了。伊阿古在道德上可以说是可怕的，而伊摩琴[1]则是完美无瑕的。就如济慈所言，莎士比亚在创造某个恶人时所获得的快乐，是与他在创造好人时获得的快乐一样多的。

先生，这个故事必然会戏剧化地围绕着道林·格雷的道德堕落发展，否则这个故事就没有什么意义了，故事情节也就没什么主题了。保持这种暧昧不明而又奇妙无穷的气氛，就是杜撰出这个故事的艺术家创作的目的。我敢说，先生，他已取得了成功。每个人都在道林·格雷身上发现了自己的罪恶。而道林·格雷有什么罪恶倒没人知道了，因为他的罪恶是发现了他身上的罪恶的人强加给他的。

总之，先生，我真是非常遗憾这样一篇毫无价值可言的文章竟在你的报纸上发表了。人们说《圣詹姆斯报》的编辑应雇用卡利班作为他的资深批评家，我本认为这句话是玩笑，现在看倒可能是真的了。《苏格兰观察家》不应该准许瑟赛蒂兹[2]在评论中大做鬼脸，他不配谈一个如此杰出的作家。

六

先生们，你们的报纸刚刚发表了一封论艺术与道德的关

1　莎士比亚《辛白林》一剧中角色，是贞妇的典范。——译者
2　荷马史诗《伊利亚特》中的一名最丑陋、最会骂人的希腊士兵，在特洛伊战争中因嘲笑阿喀琉斯而被杀。——译者

系的信——这封信在我看来可以说有许多方面是可敬的，特别是它一再坚持认为艺术家有权利选择自己的主题——查尔斯·惠布利先生暗示说：当我发现《道林·格雷》的道德意义竟受到英美最重要的基督教报纸如此关注时，我一定会非常伤心，因为它们一度曾把我当作道德改革家而欢呼备至。

先生们，在这一点上，请允许我不仅再一次向查尔斯·惠布利先生本人，而且也向你们那些无疑已心急火燎的读者保证，我可以毫不犹豫地说：我历来把这种批评看成是对我小说的非常有益的补充。因为如果一部艺术作品内容是丰富的、有生命力的、完整的，那自然会引起不同的评价。有美感和艺术感觉的人会在其中发现美，而那些更关注道德而非美的人自然只看到其中包含的道德教训意义。它会让懦夫充满恐惧，让灵魂不洁之徒在其中看到自己的罪恶。每个人都会从中看见自己。艺术真正反映的不是生活，而是观众。

因此，就《道林·格雷》来说，真正的文学批评家，就像出现在《演说家》等上面的那些批评家那样，会把这部小说看作是"严肃而迷人"的艺术作品；而那些只关注艺术与行为的关系的批评家，像《基督教领袖》和《基督教世界》中的批评家，就会视之为道德寓言。《光明》据说是英国神秘主义者的喉舌，它则视之为"有很高的精神价值的作品"。《圣詹姆斯报》显然想成为好色之徒的喉舌，所以它就从中看到或假装看到各种各样可怕的事情。你们的查尔斯·惠布利先生温和地说，他在其中发现了"许多道德意义"。很自然，他接着就会说这部小说根本无艺术性可言。但我承认，若希望每一个批评家都能从各个角度看一部艺术作品也是不公平的。即使戈蒂耶也有自己的局限，狄德罗也不例外。在当前的英格兰，歌德是轻易见不到的。我只能向查尔斯·惠布利先生保证：对一个艺术家来说，他那种把道德极端化的手段是没有用的，艺术家不会因之而悲哀不已。

七

先生，我恐怕不会与惠布利先生就艺术问题在任何报纸上展开争论，这一方面是因为写信对我来说总是一种痛苦的事，另一方面也因为我很遗憾地发现自己不知道惠布利先生有什么资格来谈论这么重要的问题。我之所以注意到他的信，无论如何不是出于有意，而是因为他对我个人的评价是非常不准确的。他暗示说，一旦我发现以他为代表的某类公众和某些宗教杂志的批评家，坚持要在我的小说《道林·格雷的画像》中找出"许多道德含义"时，我一定非常伤心。

看了他的信，我自然希望能让你们的读者在这个一定会让历史学家很感兴趣的问题上形成正确的看法，所以我就利用这个机会在贵刊上表明我的态度，即我把所有这种批评都视作能增加我小说的伦理意义上的美的有益补充，对此我是心怀感激的。另外我还想补充一点：我从来都认为，要求一个平庸的批评家从各个角度评价一部艺术作品并不公平。我至今仍坚持这种观点。如果一个人能看到某种事物的艺术美，他就可能不注意它的道德含义。如果他的性情更易于受道德的影响而非美的影响，那他就不会关心什么风格啦、论述啦等诸如此类的问题。只有歌德才能充分全面、完善地看一部艺术作品。我完全同意惠布利先生的这样一句话，即他说他很遗憾歌德没有机会读到《道林·格雷的画像》。我敢肯定，这句话一定是他的得意之作。我只是希望某些幽灵般的出版商，即使现在都还在极乐世界里分发印得模糊不清的图书，并希望在歌德作品的封面上也点缀着金色的常春花。

先生，你或许要问我为什么想让自己小说的道德含义受到人们的注意，我的回答很简单，即因为它是客观存在的，因为事情是明摆着的。《包法利夫人》的主要价值并不是其中包含的道德教训，《萨朗波》的主要价值也不是其在考古学上的意义。但福楼拜却完全正确地揭示了那些称这个不道德又称那个不准确的人实际上是真正无知的人。他不仅正确地运用了这个词的本义，而且从这个词的艺术含义角度讲，他运用得也是正确的。这才是最重要的。批评家必须去教育大众，而艺术家必须去教育批评家。

请允许我再做一次纠正，先生，从此我就再不管什么惠布利先生了。他在信的末尾说我始终公开表示欣赏自己的作品。我毫不怀疑他说这种话的目的是赞美我，但他确实过高估计了我的能力以及我的工作热情。我必须坦言相告，从本性和选择能力方面来讲，我是非常懒惰的。在我看来，优雅的空虚才是男人合适的工作。我不喜欢任何形式的报纸讨论，已经有216篇关于《道林·格雷的画像》的批评文章被我从书桌上扫到废纸篓里去了。引起我注意的公开批评文章只有三篇：第一篇出现在《苏格兰观察家》上，我之所以对之青眼相加，是因为它谈到了作家创作的意图，而它的说法又是应该纠正的；第二篇文章发表在《圣詹姆斯报》上，这篇文章态度粗鲁，又写得暧昧不明，在我看是应该立刻受到严厉谴责的，其语气对所有的作家来说都是一种侮辱；第三篇文章对我的攻击相对温和一点，它发表在一份名叫《每日记事报》的报纸上。我认为自己给《每日记事报》写文章纯粹是由于固执。实际上我也相信就是这样。我已忘了他们说过什么了。[1]但我相信他们说《道林·格雷》是有害读物。我想，我应该好心提醒他们，不管我的作品如何，它无论如何是完美的，仅此而已。至于另外那213篇批评文章，我根本就没在意。实际上我连其中的一半都没读过。这真堪悲哀，但人甚至连赞美都会厌烦，更何况是批评呢！[2]

至于布朗先生的信，我感兴趣的只是它以实例解释了我对两种明显不同类的批评家的看法是对的。布朗先生坦率地

---

1 《每日记事报》上的这篇文章不但攻击了王尔德的小说，而且讽刺了发表这部小说的杂志。它抨击《道林·格雷的画像》是毒草，充满精神和道德的腐烂气息。

2 对《道林·格雷的画像》的赞美文章出现得较晚，代表者为佩特和叶芝。

说，他认为道德是我的小说的"重点"。布朗先生的意图很好，也算说对了一半，但当他从艺术角度继续谈论这部小说时，他当然是遗憾地偏离了小说的主旨。把《道林·格雷》归入左拉的《大地》一类，显然与把缪塞的《福尔图尼奥》与艾德菲的情节剧相提并论一样愚蠢。布朗先生应该满足于道德欣赏。在这方面他是坚定不移的。

科班的信一开头就充满恶意地称我的信是"厚颜无耻的谬论"。"厚颜无耻"这个词是毫无意义的，而"谬论"这个词则是用错了地方。恐怕常给报纸写文章会使人的文风堕落。一旦谁踏入了报纸这个奇怪的并总是最嘈杂的竞技场，他就会变得暴躁、爱骂人，并会丧失一切平衡感。"厚颜无耻的谬论"既不显得暴躁也不算是骂人的话，但它不应用于对我的信的评价方面。然而，他后来，也算为自己的错误行为将功补罪了，因为他把这几个词也用到自己身上了，并且还指出，就像我上面所说的，艺术家始终是从风格的美及叙述的美角度看待艺术作品的，那些没有美感或美感受制于道德顾虑的人，关注的只是诗歌或小说或绘画的主题，并总是将道德意义视为检验作品优劣的标准和试金石，他们看到的就是这些。而报纸上的批评家则有时采取这种标准，有时又采取那种标准，这要视他们是有教养的人还是没教养的人而定。其实，科班先生是把"厚颜无耻的谬论"这种说法转换成了一种陈词滥调，我敢说这样做是有好处的。英国民众喜欢冗长乏味的风格，喜欢有人采取这种沉闷的方式向他们说明一件事情。我毫不怀疑科班先生现在已经后悔自己初次露面就用了那种不幸的表达方式，对此我不想多说了。就我来说，他是很值得原谅的。

最后，在与《苏格兰观察家》作别的最后时刻，我觉得有必要向你坦诚进一言。我的一位伟人朋友——他是一位魅力四射的杰出作家[1]，你本人也并非不认识他——曾对我说，实际上只有两个人在参与这场可怕的争论，一个是《苏格兰观察家》的编辑，一个是《道林·格雷》的作者。在今天的晚餐桌上，我的朋友一边品尝着美妙的意大利红勤地酒，一边坚持说你们尽管花样百出，一会儿用假名，一会儿用一些神秘的名字，但实际上只不过戏剧化地充当了我们社会上那些半文盲阶层的代言人。署名"H"的那些信就是你自己耍的小花招，而那些无知之徒的尖酸刻薄的讽刺文章，实际上也确是名副其实的。我承认自己读到"H"的第一封信时确实是这样想的——在那封信里，他提出检验艺术的标准应是艺术家的政治观点，如果有人在"什么是治理爱尔兰的最差方式"这个问题上与艺术家意见不合，那他就会辱骂艺术家的作品。然而，平庸之辈们也有很大的区别，可以说是分成无限种类的。苏格兰人历来以严肃著称，所以我说过他们不适合做苏格兰报纸的编辑。现在我觉得自己恐怕想错了，你

---

1 根据斯图尔特·梅森收集的有关《道林·格雷的画像》的重要评论和通信辑成的《艺术与道德》（1912年）一书来看，这个人是罗伯特·罗斯。

一直在自得其乐地发明一些小傀儡并教会他们如何吹牛皮。好了，可敬的先生，如果真是这样的话——我的朋友对这一点深信不疑——那就请允许我最诚挚地祝贺你炮制出了什么缺乏文学风格的漂亮话，而文学风格据说又是塑造人物、塑造具有戏剧性的活生生的人物的关键。但我无法容忍蓄意的陷害，既然你一直在暗暗嘲笑我，那现在就让我公开与你一起大笑。虽然我并不因此而感到轻松一些。秘密一旦公开，喜剧也就闭幕了。拉上你的幕布，把你们的傀儡演员送回床上去吧。我喜爱堂吉诃德，但再不想与活动木偶开战了，不管牵动他们的主人的手多么灵巧，我都不会再上当了。[1]让他们去吧，先生，让他们回到橱架上去吧。橱架才是他们应待的地方。在将来的某个时候，你还可以重新给他们换上标签，再把他们拿出来供我们娱乐。他们是一群优秀的家伙，表演得很精彩，堪称技巧不凡。尽管他们的表演有点虚假，但我也不是反对艺术虚构的人。这个玩笑确实开得很好。我唯一不明白的是，你为什么要给你的木偶起那种不合时宜而又引人注目的名字。

1　在《堂吉诃德》第二部第26章，堂吉诃德在一家酒店看木偶戏，剧中情节让他大为生气，于是拔出剑阻止演出，并把木偶砍成碎片。

批评是一种创造性的艺术 *

英国公众可以原谅一切，除了天才。但我必须承认，所有的回忆录我都喜欢。我喜欢的是它们的形式，就像喜欢它们所写之事一样。在文学中，纯粹的自我主义是令人愉快的。这正是西塞罗和巴尔扎克、福楼拜和柏辽兹、拜伦和德·塞维涅夫人的表现出如此不同个性的书信让我们如此着迷的东西。

严肃地说，艺术批评有什么用呢？为什么不能让艺术家自由自在，如果他愿意，他就去创造一个新世界，或者，如果他不愿意，就去描绘我们已知的世界，这个世界，我想，如果艺术没有以其精致的选择精神和精巧的选择本能为我们加以精炼升华，并赋予它一时的完美，我们每个人都会感到厌倦。在我看来，想象力会在自己周围传播或应该传播一种孤独，而其在沉默和孤寂中发挥最好。艺术家为什么要被刺耳喧嚣的批评所困扰？为什么那些不能创造的人要去评估创造性作品的价值？他们能知道什么是艺术？如果一个人的作

---

* 摘自《作为艺术家的批评家》，1890年7月、9月。

264

品易于理解，那还何需解释。

如今，留给我们的神秘已经少得可怜，其中任何一种我们都不能失去了。勃朗宁学会的会员们，与广教会派的神学家，或沃尔特·司各特先生的"大作家书系"的作者们一样，在我看来似乎都是在试图通过解释作品而消解作品的神圣性。人们希望勃朗宁在哪些方面是一位神秘主义者，就千方百计要表明他只是表达不清楚而已。人们曾以为他要隐瞒什么东西，他们只证明了只是没什么要表达。但我只谈谈他条理不清的作品。总体来看，此人是伟大作家。他不属于奥林匹斯诸神之一，具有提坦神的所有缺点。他不评论，而且几乎不歌唱。他的作品毁于争斗、暴力和奋斗，他的作品不是从情感到形式，而是从思想到混乱，但他仍是伟人。他被称为思想家，而且肯定是一位始终在思考、一直在高声思考的人；但不是他的思想在运动。他喜欢的是机器，而不是机器制造的产品。对他而言，愚人达到愚蠢的方法和智者的终极智慧一样亲切可爱。……韵律，能把人的话变成神之语；韵律，是我们在希腊七弦琴上添加的一根弦，而在罗伯特·勃朗宁手中，则变成了一种怪诞、畸形的东西，有时使他在诗歌中伪装成一个蹩脚的喜剧演员，动辄骑着珀伽索斯[1]，说些假心假意的话。有些时候，他会用怪诞的音乐伤害

---

1 希腊神话中的希望之神，长有双翼的白色飞马，其足蹄踩过的地方有泉水涌出，诗人饮之可获灵感。——译者

我们。不但如此，如果他只能通过扯断自己的琴弦来获得音乐，他就会扯断琴弦，突然被扯断的琴弦一阵乱响，没有雅典的鸣蝉用颤动的双翅奏出旋律，象牙号角上的光亮使每一个动作都完美无瑕或音程不那么刺耳。然而，他是伟人：尽管他把语言变成了卑鄙的泥土，但他用泥土创造了活生生的男人和女人。他是莎士比亚之后最莎士比亚化的人物。如果莎士比亚能用一万张嘴歌唱，勃朗宁就能通过一千张嘴结结巴巴说话。即使是现在，当我在谈论他的时候，我也不是反对他，而是支持他。……是的，勃朗宁是伟大的。人们会记住他的什么？作为一位诗人？啊，不是作为一位诗人！他将作为一位小说家，可能是我们曾经拥有的最至高无上的小说家为人所铭记。他的戏剧情境感无人可匹敌，即使他不能回答自己的问题，他至少能够提出问题，一位艺术家除此之外还能做什么？从一个人物创造者的角度考虑，他仅次于哈姆雷特的作者。如果他口齿清楚，他或许能与莎士比亚比邻而坐。唯一能触及其衣服褶边的人是乔治·梅瑞狄斯。梅瑞狄斯是写散文的勃朗宁，勃朗宁就是写散文的。他将诗歌用作写散文的媒介。

至于现代新闻业，我没有义务为之辩护。它以最俗者适生存这一伟大的达尔文理论证明了自己存在的合理性。我只与文学相关。新闻不可读，文学没人读。不同就这些。

希腊是一个艺术评论家的民族。即使古希腊人或希腊时代的人没给我们传下来只言片语的艺术批评，也无损于这样一个事实，即希腊人是一个艺术批评家的民族，而且他们发明了艺术批评，就像他们发明了对其他一切的批评一样。因为归根结底，我们主要受益于希腊人的是什么？只有批评精神。他们将这种精神应用于宗教和科学、伦理学和形而上学、政治和教育问题上，也应用于艺术问题上，实际上应用于两种至高无上、最高级的艺术：生活与文学，生活与生活的完美表达形式。他们给我们留下了世人所曾见过的最完美的批评体系。

艺术的道德影响，艺术对文化的价值，艺术在人物性格形成中的地位，柏拉图已经一劳永逸地解释清楚了；但在这里，我们研究艺术不是从道德角度，而是从纯粹的审美角度。当然，柏拉图阐释过许多明确的艺术主题，例如艺术作品中统一性的重要性、色调与和谐的必要性、外观的审美价值、视觉艺术与外部世界的关系，以及虚构与事实的关系。也许是他第一次在人的灵魂中激起了我们尚未满足的渴望，即渴望了解美与真之间的联系，以及美在宇宙的道德和理智秩序中的位置。就如他所提出的理想主义和现实主义的问题，他将理想主义与现实主义置于抽象存在的形而上学领域内，在许多人看来，这似乎有些徒劳无功，但若将它们转移到艺术领域，你会发现它们仍然生机勃勃且意义丰富。可能柏拉图注定是作为美的批评家而生的，通过改变他思考领域的名称，我们将发现一种新的哲学。但是亚里士多德和歌德一样，主要从艺术的具体表现形式阐释艺术，以悲剧为例，他们研究悲剧运用的材料，即语言——悲剧的主题，即生活——悲剧的表现方法，即行动——悲剧展示自己的条件，即戏剧表演——悲剧的逻辑结构，即情节——悲剧最终的审美魅力，即通过怜悯和敬畏的激情实现的美感。他称之为卡塔西斯的人性的净化和升华，正如歌德所见，本质上是审美意义上的，而非莱辛所想象的那样是道德意义上的。亚里士多德本人首先考虑的是艺术作品产生的印象，他致力于分析这种印象，调查它的来源，弄清楚它是如何产生的。作为生理学家和心理学家，他知道机能的健康在于能量。有获得激情的能力而不去实现它，就是让自己变得不完整和有限。悲剧提供了模仿生活的场景，净化了心底的许多"危险东西"，并通过呈现大量高尚、有价值的对象，使人的感情净化，精神升华；不仅如此，它不只使他升华，还能激发出其高贵的情感，而若非如此，他可能对这种情感一无所知。

一切富有想象力的杰作都是自觉的、深思熟虑的。没有诗人歌唱是因为必须歌唱。至少伟大的诗人不会这样做。伟大的诗人歌唱，是因为他选择了歌唱。现在如此，而且一直如此。我们有时易于认为，萌芽时期的诗歌比我们这个时代的诗歌听起来声音更简洁、更清新、更自然，而早期诗人所观察和走过的世界，自身具有一种诗性，几乎不需改变就能转化成歌曲。奥林匹斯山上现在积雪很厚，其陡峭的悬崖边上则贫瘠荒芜，寸草不生，但在我们的想象中，清晨，缪斯女神白皙的双足曾经拂去银莲花上的露珠，而到了黄昏，阿波罗则会来到山谷，给牧羊人唱歌。但在这方面，我们只是将我们所渴望的，或认为是我们所渴望的自己时代的东西借用给了其他时代。我们的历史感是错的。迄今为止，每一个生产诗歌的世纪都是一个人造的世纪，而在我们看来，作为这样的时代的产物，似乎最自然、最简单的作品，都是最自觉努力的结果。没有自我意识就没有优秀的艺术，自我意识和批判精神是一体的。

大多数现代批评都毫无价值。大多数现代创意作品也是如此。平庸者评价平庸者，无能者为兄弟鼓掌——这就是英国艺术活动时不时给我们展现出来的奇观。然而，我觉得我在这件事上有点不公平。一般而言，批评者——当然，我说的是上层阶级，那些实际上为廉价报纸写作的人——比那些要求评价自己作品的人更有文化。这的确只是人们所期望的，因为批评永远比创作要求更多的修养。

谁都能写一部三卷本的小说。这只需要对生活和文学一无所知。我应该想到的是，评论者感到的困难是维持任何一种标准的困难。没有风格就不可能有标准。那些可怜的评论家显然已沦为文学警察法庭的记者，是艺术惯犯行为的记录员。有时，据说他们并没有通读自己被要求批评的作品。他们没有。或者至少他们不应该读。如果他们这样读了，他们就会成为坚定的厌世者，或者，如果我可以借用一位漂亮的纽纳姆学院毕业生的话说，他们的余生将成为坚定的厌恨女人者。他也没必要读。要了解葡萄酒的酿造日期和质量，并不需要喝掉整桶酒。读半小时后说一本书是否有价值，一定非常容易。如果一个人天生对形式敏感，十分钟就真的足够了。谁想读完一本枯燥乏味的书呢？对一本书而言，人品味一下，那就足够了——我想，也就绰绰有余了。我意识到，在文学与绘画领域，有很多诚实的工作者，他们完全反对批评。他们非常正确。他们的作品与他们的时代没有理智的联系。它没有给我们带来新的快乐元素。它没有暗示出新的思想，或感情，或美的新倾向。它不值一提。应该任由它埋没，这是其应得的结局。

创造性艺术家的地位越高，批评家的地位就必然越低。因为批评家能给予我们的最好东西只是华美音乐的回声，轮廓清晰的形式的暗影。的确，生活可能是混乱不堪的，正如你告诉我的那样；生活的殉难精神是卑微的，它的英雄主义也是可耻的；文学的功能是创造，即用实际存在的粗糙材料创造出一个新世界，一个比平凡的双眼所看到的世界更奇妙、更持久、更真实的世界，普通人性通过这个新世界寻求实现自己的完美。但可以肯定的是，如果这个新世界是由一位伟大艺术家的精神和笔触创造出来的，那么它将是一件极其完整和完美的事情，以至于评论家都将无用武之地。

批评是一种创造性的艺术。它处理材料，并赋予其一种既新颖又令人愉悦的形式。关于诗歌，人们还有更多的话可说吗？事实上，我要称批评为创作中的创作。伟大的艺术家们，从荷马和埃斯库罗斯，一直到莎士比亚和济慈，他们都不是直接从生活中获得主题，而是从神话、传说和古老的故事中寻找，因此，正像他们一样，批评家处理的都是他人在某种程度上已经为他提炼过的材料，并且已经添加了富有想象力的形式和色彩。不仅如此，我还要说，最高级的批评，作为个人印象的最纯粹形式，其方式比创作更具创造性，因为它最不涉及任何外在于自己的标准，事实上，这就是它自身存在的理由，正如希腊人所说的那样，自身即是目的，自为为己目的。

正如艺术源自个性，艺术只向个性展现，而两者的结合则诞生了正确的诠释性批评。被当作阐释者的批评家，将始终以与我们这个时代的某种新关系，向我们展示艺术作品。他会一直提醒我们，伟大的艺术作品是有生命的——事实上，是唯一有生命的东西。实际上，他对此的感受如此强烈，使我可以确信，随着文明的进步和我们越来越高度组织化，每个时代的独特精神，即批判精神和文化精神，对现实生活的兴趣会越来越小，并且几乎完全是从艺术所触及的对象寻求获得对它们的印象。因为生活的形式非常缺乏。生活的灾难则以错误的方式发生在错误的人身上。生活的喜剧包含着一种怪诞的恐怖，它的悲剧则似乎总以闹剧收尾。当人接近生活时，人就总会受到伤害。世间万物或是生存得太久，或是不够久。

从艺术的角度来看，生活就是一种失败。从这种艺术的角度来看，使生活失败的罪魁祸首，就是赋予生活一种可悲的有关安全感的东西，而事实上，人永远无法原封不动地重复相同的感情。在艺术的世界里，则是多么不同啊！我知道，如果我在某个地方打开《神曲》，我会对某个从未伤害过我的人充满强烈仇恨，或被某个我永不会谋面的人充满伟大的爱。艺术可以给我们所有的情绪或激情，我们中间那些已经发现了她的秘密的人，可以预先确知我们将会经历什么。我们可以选择自己的日子，选择自己的时刻。

我们与诗人患同一种病，而歌手也把他的痛苦传给我们。死去的双唇也向我们传达信息，已落入尘土的心也能传递它们的喜悦。我们跑去亲吻芳汀流血的嘴巴，追随曼侬·莱斯科走遍全世界。我们拥有泰尔人的疯狂之爱，也有与俄瑞斯忒斯一样的恐惧。我们没有感受不到的激情，没有满足不了的快感，我们可以选择开始的时间，也可以选择自由的时间。生活！生活！我们不要为了实现自我或获得经历而去生活。这是一种被环境逼窄的东西，它语无伦次，形式与精神没有实现完美契合，而这才是唯一能满足艺术性和批评气质的东西。为了获得它，我们付出了太高的代价，我们花费无度、代价巨大，只买到了它最卑微的秘密。

我们应该一切都诉诸艺术。因为艺术不伤害我们。我们观看一部戏时流下的泪水，是一种精致的、纯粹的情感，是艺术唤醒的，这是艺术的功能。我们哭泣，但我们没有受伤。我们悲伤，但我们的悲伤并不痛苦。在人的现实生活中，正如斯宾诺莎在某处所说，悲伤是通向较不完美的通道。但是，如果我可再次引用希腊伟大艺术评论家的话说，艺术带给我们的悲伤既使我们得到净化，又激发了我们的活力。正是通过艺术，而且只有通过艺术，我们才能实现自身的完美；通过艺术，而且只有通过艺术，我们才能保护自己免受现实存在的卑鄙的危险。这不仅源于这样一个事实，即人所想象之事，无一值得去做，人可想象一切，但基于一条微妙的法则，情感力量，就像物理领域的力量一样，在范围和能量上是有局限的。人只能感觉到这么多，没有更多。如果在那些从未存在过的人的生活中找到了快乐的真正秘密，并且为那些永远不死的人——如考狄利娅和勃拉班修的女儿——哭泣，那么，生活试图诱惑人的快乐，或试图残害和损害一个人的灵魂的痛苦，又能有什么关系呢？

一切艺术都是不道德的。因为为感情而感情是艺术的目标，为行动而感情是生活的目标，也是我们称之为社会的、生活的实际组织的目标。社会是道德的起点和基础，它的存在只是为了凝聚人的能量，为了确保其自身的延续和健康的稳定性，它要求每个公民都应为共同利益而进行某种形式的生产劳动，辛勤劳作以完成一天的工作，这无疑是正确的要求。社会常常宽恕罪犯；它永远不会原谅梦想者。

无所作为才是世界上最难的事，是最困难也是最明智的事。对柏拉图而言，他对智慧充满激情，这是最高贵的能量形式。对亚里士多德而言，他对知识充满激情，这也是最高贵的能量形式。正是对神圣的激情引导着中世纪的圣人和神秘主义者也进入了这种状态。

作为上帝的选民，活着就要无所作为。行动是有限的、相对的。安逸的坐观者与孤独的梦游者的想象才是无限的和绝对的。但我们这些出生在这个美好时代末期的人，既太有教养又太挑剔，既太才智缜密又对精致的快乐过于好奇，所以无法接受以对生活的任何猜想来交换生活本身。

沉思生活，这种生活的目标不是行动而是存在，不仅仅是存在，而是成为——这就是批评精神能给我们的东西。诸神就是这样生活的：要么像亚里士多德告诉我们的那样，沉思自己的完美，要么像伊壁鸠鲁想象的那样，用旁观者平静的双眼观察着他们所创造的世界的悲喜剧。我们也可以像他们那样生活，并以适当的情感见证人与自然提供的各种场景。我们可以通过远离行动，使自己变得富有精神，并通过拒绝活力而使自己变得完美。我常常觉得，勃朗宁感觉到了这一点。莎士比亚推动哈姆雷特积极生活，并让他通过努力完成自己的使命。勃朗宁原本可以给我们一个哈姆雷特，他则会通过思想来实现自己的使命。偶发事故和事件对他来说都是不真实的或毫无意义的。他把灵魂变成了人生悲剧的主角，将行动视为戏剧的一个非戏剧性元素。对我们来说，沉思生活无论如何都是真正的理想。从思想的高塔上，我们可以俯瞰外面的世界。美学批评家冷静、以自我为中心、完整地思考生活，没有哪根箭头能有幸射穿他的铠甲。他至少是安全的。他已经发现应如何生活。

渴望施善于人会促生大量的假道学家，而这还只是其所导致的罪恶中最微不足道的。一本正经是一项非常有趣的心理学研究的问题，虽然在所有的扭姿作态中，道德姿态最令人反感，但毕竟还能有一种姿态，这还是有价值的。这是正式承认了从一个明确且合理的立场对待生活的重要性。人道主义同情确保了失败的幸存，这违背了人性，可能会使科学家厌恶其肤浅的美德。政治经济学家可能会大声疾呼反对它将铺张浪费者与勤俭节约者相提并论，因此而剥夺了最强大者的生活，因为最卑鄙的生活才促人勤劳。但是，在思想家眼里，感情同情的真正危害在于它限制了知识，因此阻止了我们解决任何一个社会问题。

我不否认，理性的理想难以实现。我更不否认，人们并不欢迎它，而且可能在未来多年内也不会欢迎。人们太容易对痛苦产生同情，而太难对思想产生同情。的确，普通人对何为真正的思想知之甚少，以至于他们似乎想当然地认为，当他们说某种理论危险时，他们已经宣布了它的罪行，而只有这种理论才有真正的思想价值。不危险的思想就根本不配称作思想。

批评家与艺术家一样有创造力，但是以自己的方式，事实上，他作品的唯一价值，可能仅在于向批评家提出了一些新的思想和感情建议，而批评家可以借助同等，甚至更大的形式差别来实现，并通过使用新的表达媒介，使之呈现出与众不同的美，也更完善。

批评家的作品——无疑也必须承认是创造性的作品——必然是纯粹主观的，而最伟大的作品永远是客观的，客观而非个人性的。客观作品与主观作品之间的区别仅仅是外在形式之间的区别。这是偶然的，不是必然的。一切艺术创作都是绝对主观的。柯罗所看到的风景，正如他自己所说，不过是他自己内心的一种情绪；那些希腊或英国戏剧中的伟大人物，在我们看来，除了塑造和创作他们的诗人之外，他们在现实中都真实存在，但对他们的最终分析发现，他们也只不过是诗人自己，不是诗人以为自己是什么，而是他们认为自己不是什么；通过这种思考，奇异的行为举止就真的理所应当了，哪怕只是瞬间如此。因为我们永远无法绕过自身，创造物中也不可能没有创造者。不，我要说的是，创造物看起来越客观，它实际上就越主观。……是的，客观形式实质上是最主观的。当人以自己的身份谈话时，他最不真实。给他一个面具，他就会告诉你真相。

批评家难以做到公平。人们只有对自己不感兴趣的事情才能给出真正不偏袒的意见，这无疑也是不偏袒的意见总是毫无价值的原因。看到问题两面的人，也是根本什么都看不到的人。艺术是一种激情，就艺术而言，思想必然被赋予感情色彩，因此思想是流动的而不是固定不变的，而且依赖于优美的情绪和优雅的瞬间，且不能被缩减为僵化的科学公式或神学教条。艺术诉诸灵魂，灵魂可以成为思想以及肉体的囚徒。人当然应该不抱偏见；但是，正如一百年前一位伟大的法国人所说的那样，在这些事情上人有偏好纯属个人的事，而一旦人有偏好，他就不会再继续公平了。只有拍卖师才能平等公正地欣赏所有艺术流派。不，公平不是真正批评家的素质之一。它甚至都不是批评的一个条件。我们接触到的每一种艺术形式都只是暂时支配着我们，以排斥其他任何形式。如果我们希望获得艺术作品的秘密，我们就必须完全沉浸在所讨论的作品之中，无论它是什么作品。在那个特定的时刻，我们一定不要想别的东西了，实际上也不能想到别的东西了。

批评家难以做到理性。人们讨厌艺术有两种方式，一种是不喜欢艺术，另一种是理性地喜欢艺术。因为艺术，正如柏拉图不无遗憾地看到的，艺术在听众和观众中创造了一种神圣的疯狂形式。艺术并非源于灵感，而是使他人受到启迪。艺术并不诉诸理性。如果你全身心热爱艺术，你就必须爱之远胜爱世间万物；如果你听从理性，理性就会高声反对这种爱。对美的崇拜无理智可言。艺术太灿烂，使你无法做到理智。那些以美作为自己生活的主导性特征的人，在世人眼里似乎都是纯粹的梦想家。

批评家难以做到真诚。有一点真诚是危险的，而有太多的真诚则绝对是致命的。真正的批评家在忠诚于美的原则时的确是真诚的，但他会在每一个时代、每一个流派中寻求美，他绝不会受制于任何固定不变的思想习惯，或看待事物的刻板模式。他会以多种形式，以一千种不同的方式认识自己，并且永远对新的感觉和新鲜的观点充满好奇。通过不断的变化，并且只通过不断的变化，他就会发现自己真正的统一性。他不会同意成为自己观点的奴隶。因为在思想领域，思维是一种运动，除此之外，还能是什么呢？思想的本质，就如生命的本质一样，就是成长。

一切艺术都只诉求于艺术气质。艺术不向专家献殷勤。她宣称自己是普遍存在的，在她的所有表现形式中，她都是同一个自己。事实上，艺术家是艺术最好的评判者这一说法远非真实，真正伟大的艺术家永远不可能评判他人的作品，事实上也很难评判自己的作品。一个人要成为艺术家，需要他的视野高度集中，但却因过度集中而限制了他敏锐的鉴赏能力。创造的力量促使他盲目地朝着自己的目标前进。他的战车飞驰，轮子卷起尘土，在他周围云雾缭绕。众神彼此遮蔽。他们能够辨认出自己的崇拜者。如此而已。

伟大的艺术家无法认知他人作品之美。华兹华斯在《恩底弥翁》中只看到一篇异教的优美片段，雪莱厌恶现实，他对华兹华斯传达的信息充耳不闻，排斥它的形式，而拜伦，这个伟大的、充满激情的、人生不完整的家伙，他既不欣赏写云的诗人，也不欣赏写湖的诗人，济慈的奇迹也对他隐而不见。索福克勒斯讨厌欧里庇得斯的现实主义。那些温暖的泪珠对他来说没有音乐性。弥尔顿具有宏大风格意识，他无法理解莎士比亚的方法，正如约书亚爵士无法理解庚斯博罗的方法一样。拙劣的艺术家总是相互欣赏对方的作品。他们称之为心胸开阔，远离偏见。但是，真正伟大的艺术家一旦脱离自己所选择的条件，他就无法理解被展示出来的生活，或被赋予形式的美。创造在自己的领域内才运用所有的批评能力。它在属于他人的领域内则不可能运用这种能力。人之所以能对一件事做出正确的判断，恰恰是因为他做不成此事。

艺术无目的 *

　　艺术本身是无目的的，因为它的目的只是为了营造一种情绪。它根本不想去指导或影响行动。它是极其无用的，它的愉悦价值就在其无用。如果对艺术作品的沉思一定要伴随某种行动，那么或者是这种艺术作品是二流水平的，或者是欣赏者没能认识到它的完整的艺术内涵。

　　艺术作品之无用就如花儿无用一样。花的开放是为自己的快乐。我们只是在观赏它的那一刻获得一种愉悦。我们与花的关系仅此而已。当然，花可以卖，这样花好像就有了实用性，但这与花本身无关，也不是花内在本质的一部分。这种事是偶然的，是对花的滥用、误用。所有这种话题恐怕都是很难说得清楚的，但这确是一个长话题。

---

* 致 R. 克莱格的信，写于1891年4月。——译者

一切艺术皆无用[*]

艺术家是美的作品的创造者。

艺术的目的是表现艺术，隐藏艺术家。

批评家就是能把自己对美的事物的印象转换成另一种样式或新材料的人。

批评的最高形式，也是最低形式是自传。

那些在美的事物中发现丑的含义的人是堕落的，而且是丝毫不可爱的堕落。这是一种罪过。

那些在美的事物中发现美的含义的人是有教养的人。对他们来说，还有希望存在。

认为美的事物仅仅意味着美的人才是上帝的选民。

书无所谓道德的或不道德的。书只有写得好的或写得槽的。仅此而已。

19世纪对现实主义的厌恶，犹如从镜子里照见自己面孔的卡利班的狂怒。

19世纪对浪漫主义的厌恶，犹如从镜子里照不见自己面

* 《道林·格雷的画像》序言，1891年4月。——译者

孔的卡利班的狂怒。

人的道德生活构成了艺术家创作题材的一部分，但艺术的道德则在于完美地运用并不完美的手段。

没有艺术家企求证明一切。即使是真实存在的事物也是可以证明的。

没有艺术家会有伦理上的同情。艺术家伦理上的同情是不可饶恕的风格上的矫揉造作。

从来没有病态的艺术家。艺术家可以表现一切。

思想和语言是艺术家艺术创作的手段。

罪恶与美德是艺术家艺术创作的素材。

从形式着眼，各种艺术的典型是音乐家的艺术。从感觉着眼，演员的技艺是典型。

一切艺术都同时既是外表，又是象征。

有人要到外表下面去，这样是危险的。

有人要读解象征，这样也是危险的。

艺术真正反映的是观察者，而不是生活。

对一件艺术品的观点分歧，正说明这作品新颖、复杂、重要。

批评家们意见分歧之时，正是艺术家与自身一致之时。

制造出有用之物的人是可原谅的，只要他不崇拜它；

而制造有用之物的唯一理由，就是制造者狂热崇拜它；

一切艺术皆无用。

美是一种天才的形式 *

一

艺术家应该创造美好的事物，但不应该把自己的生活也投入进去。在我们生活的这个时代，人们似乎只把艺术视为一种自传的形式。我们已经失去了抽象意义上的美感。将来有一天，我会向世界展示什么是抽象的美。

二

音乐也曾如此让他悸动，多次让他煎熬，但音乐并不能清晰表达，它在我们内心创造的不是一个新世界，而是另外一种混乱。语言啊！只不过是语言！它们是多么可怕！多么清晰，多么生动，又多么残酷！谁都无法逃避它们。然而，它们有着一种多么微妙的魔力啊！它们似乎能赋予无形的东西以可塑的形状，并把自身变成一种音乐，像维奥尔琴或鲁

特琴一样动听的音乐。只不过是语言啊！可还有什么比它们更真实？

三

美是一种天才的形式——实际上，是一种高于天才的形式，因为它不需要解释。美是世上的一大客观存在，就像阳光、春光，或者如同我们称之为月亮的、银色贝壳般在黑水中的倒影。这是毋庸置疑的。它有自己神圣的自主权。它把占有美的人变成王子。……人有时会说美只是一种肤浅的东西。或许如此，但至少不会像思想一样肤浅。对我而言，美是奇迹中的奇迹。只有浅薄之人才不以貌取人。世界真正的神秘存在于可见之物，而非不可见之物。

四

我太喜欢读书，所以无意写书。当然，我想写一部小说，一部像波斯地毯一样可爱、一样不真实的小说。在英国，除了读报纸、初级读物和百科全书的人，没有谁读文学作品。在世界上所有的人种中，英国人是最没有文学美感的。

五

我所认识的艺术家中，凡个性讨人喜欢的，都是糟糕的艺术家。好的艺术家，都只存在于他们的作品之中，他们本人都是极其无趣乏味的。伟大的诗人，真正伟大的诗人，都是世间万物中最没有诗情画意的家伙。但蹩脚诗人，却绝对魅力四射。诗写得越拙劣的诗人，看上去却越动人。一个人若出版了一部二流的十四行诗集，他就会魅力难挡，这是不折不扣的事实。他的生活，就是他无力写出的诗；而另一些人写出了诗，却不敢实践诗一般的生活。

六

灵魂和肉体，肉体和灵魂——它们是多么神秘呀！灵魂有动物性，肉体有灵性的瞬间。感觉会升华，理智会堕落。谁能说出肉体的冲动在何处终结，或者说灵魂的冲动在何处起始？平庸心理学家的武断定义是多么浅薄！而要在不同学派的主张之间决定取舍，又何等困难！难道灵魂是坐在罪恶之屋中的影子？或者真如乔达诺·布鲁诺所想，肉体确实在灵魂里？精神与物质的分离是一个谜，精神和物质的结合也是一个谜。

七

中世纪艺术是迷人的，但中世纪的情感已过时。当然，写小说倒还用得着。以后人们在小说中能用的就只有那些在现实中过时的东西了。相信我，没有文明人会为享乐而感到悔恨，而没开化的人都不知道享乐是什么。

八

真正的生活悲剧常常以毫无艺术性的方式发生，它们用残忍的暴力、绝对的不和谐、荒谬的没有意义和彻底的没有风格，来伤害我们。悲剧对我们的影响，就像庸俗对我们的影响。它们给我们留下的印象是：纯粹的暴力，而我们会反抗。然而，我们的生活中有时会遭遇带有艺术美感的悲剧。如果这些美感真有艺术性，那么整个悲剧就只会吸引我们去关注戏剧性效果。突然，我们发现自己不再是演员，而是这出戏剧的观众，或者不如说两者都是。我们观看自己，而仅仅是这奇妙的场景就让我们迷醉。

九

我们生活在一个读书太多反而愚蠢的时代，一个思考太多反而不美的时代。

十

人在创作中感受到的激情会在他的作品中真实体现的想法是错误的。艺术总是比我们想象的更抽象。形状和颜色仅仅意味着形状和颜色——如此而已。我常常觉得，艺术对艺术家的掩饰比对他们的揭露更彻底。

十一

这是一部没有情节，只有一个人物的小说，实际上，只是对一个巴黎青年的心理研究，他倾毕生之力，要在19世纪实现属于每个世纪独不属于他自己所处的这个世纪的一切激情和思想方式，并且事实上要集一切能体现世界精神的情绪于一身，他喜欢那种纯粹的虚假，和人们不明智地称之为美德的克制，以及明智的人依然称之为罪恶的天性的反叛。这本书的写作风格是那种奇异的镶嵌宝石般的风格，清晰与模糊兼具，充满了隐语、古语、术语及精心的阐释，而这恰是法国象征主义流派中，某些最优秀的艺术家的作品的典型特征。书中有些比喻既具兰花之怪又有兰花之妙。感官生活用了神秘的哲学语言加以描绘。有时人几乎弄不明白自己读的到底是某个中世纪圣人精神上的极乐，还是一个现代罪人的病态自白。这是一本毒草。书页上似乎处处残留着浓郁的熏香味，搅得人头昏脑涨。

十二

至于说被一本书毒害了，根本就没这样的事。艺术不会影响行为。它会消除行动的欲望。艺术超级无用。世人所谓的不道德之书，都是表现了世界自身耻辱的书。如此而已。

吉卜林笔下的印度人 *

先生，今天贵报发表了一篇署名"一个印度平民"的信，其中谈到了我，请求你允许我立即予以更正。

他说我把英裔印第安人描述为粗俗之人。事实不是这样。实际上，我从来没有遇到过粗俗的英裔印度人。可能有很多，但我有幸在这里见到的主要是学者，对艺术和思想感兴趣的人，有修养的人。他们几乎人人都是非常出色的健谈者；其中一些还是非常出色的作家。

我确实说过——我相信是在《十九世纪》杂志中说的——拉迪亚德·吉卜林先生喜欢写的那些英裔印度人的显著特征才是粗俗，而且写得那么巧妙逼真。这是千真万确的，拉迪亚德·吉卜林先生没有理由不选择粗俗作为主题，或作为主题的一部分。对于一个现实主义的艺术家来说，粗俗无疑是一个最令人钦佩的主题。吉卜林先生的故事在多大程度上能真正反映出英裔印度人的社会，我丝毫不知，事实上，我对艺术与自然之间的任何对应关系也没有太大兴趣。

---

* 致《泰晤士报》编辑的信，写于1891年9月25日。——译者

在我看来，这完全是一个次要的问题。然而，当我只是指出一部散文剧中的某些木偶的特征时，我不希望人们认为我是在对一个至关重要、在许多方面都出类拔萃的阶级做出严厉而令人毛骨悚然的判断。

艺术家创作只为美[*]

先生，——我刚收到一份伦敦寄来的《帕尔摩报》，上面有一篇对我的《石榴屋》一书的评论。这篇评论的作者提出了某种建议，我请求你允许我立即更正。

他首先问了一个极其愚蠢的问题，那就是：我写这本书是否是为了让英国孩子开心。他对这个主题深表怀疑，我无法想象任何受过良好教育的人会对这一主题有任何怀疑，他紧接着——显然非常认真——着手将英国儿童可以使用的极其有限的词汇作为标准，用来判断一个艺术家的散文作品！现在，在建造这座《石榴屋》时，我不但着意要取悦英国儿童，而且同样想取悦英国大众。马米利乌斯完全令人愉快，卡利班完全可憎，但马米利乌斯的标准和卡利班的标准都不是我的标准。艺术家都有自己的性情所认可的美的标准，除此之外他不承认任何美的标准。艺术家寻求通过某种材料实现自己非物质的美的理念，从而将理念转化为理想。这就是艺术家创作作品的方式。这就是艺术家创作作品的原因。艺术家在创作中没有其他目的。

---

[*] 致《帕尔摩报》编辑的信，写于1891年12月11日。

木偶与演员 *

先生，我刚刚收到一篇文章，似乎是几天前出现在贵报上的，文章里说，在我上一次主持戏迷俱乐部聚会之际，在他们的最后一次会议上，我定下了一条规则，即舞台只是"一个配了一组木偶的架子"。

现在，我确实认为，舞台之于戏剧，正如画框之于绘画，戏剧的表演价值与其作为艺术品的价值之间没有任何关系。举一个明显的例子，在本世纪的英国，我们只有两部伟大的戏剧——一部是雪莱的《钦契》，一部是斯温伯恩先生的《阿塔兰塔在卡吕冬》。从"表演"这个词的任何一种意义讲，它们都不是可以上演的戏剧。确实，仅仅暗示说舞台表现是检验艺术作品的什么标准，这是非常荒谬的。例如，勃朗宁的戏剧作品在伦敦和牛津上演时，受到检验的显然是现代舞台以任何适当的尺度或程度，来表现内省方法和奇怪或枯燥的心理学作品的能力。但是，当罗伯特·勃朗宁写下最后几行时，《斯特拉福德》或《在阳台上》的艺术价值就

* 致《每日电讯报》编辑的信，写于1892年2月20日。

已经确定了。先生，评判缪斯的不是哑剧。

到目前为止，提出这个问题的文章的作者还是对的。他错就错在说我描述这个架子——舞台——配备了一组木偶。他承认，他只是凭报道说话，但他应该记住，先生，报道不仅仅是一位说谎的荡妇——我个人愿意原谅她——而且是一个说出的谎言都是老生常谈的荡妇，这种荡妇，我无论如何不会原谅她，永远不会。

我真正要说的是，被我们称为舞台的架子的，"要么满是活生生的演员，要么满是移动的木偶"，我有必要简要指出，演员的个性往往是艺术品完美表现的危险之源。它可能歪曲剧本原意。它可能误导表演入歧途。它可能造成音调或交响乐的不和谐。因为任何人都可以表演。在英格兰，大多说人无所事事。要因循守旧就要做喜剧演员。然而，扮演特定角色完全是另一回事，也是一件非常困难的事。演员的目标是，或者应该是：将他自己个人化的人格转变为他要扮演的角色的真实人格和本质人格，无论他扮演的是什么角色；或者我应该说：表演流派有两种——一种是通过夸大个性来达到效果的流派，另一种是通过压制个性来达到效果的流派。要讨论这些流派，或者决定剧作家最喜欢哪一种流派，都需要长篇大论。让我只略提一下人格的危险，就转而谈谈我的木偶。

木偶有很多优点。他们从不争论。他们对艺术没有粗陋的看法。他们没有私人生活。我们从不为他们的道德行为而烦恼，或为他们的恶习而感到厌烦。当他们不受什么限制时，他们也从不会公开做好事或救人免于溺水，他们说话也不会超出为他们所规定的范围。他们承认剧作家的首创才智，从不要求剧作家写他们扮演的角色。他们非常温顺，完全没有个性。我最近在巴黎观看了一些木偶表现的莎士比亚的《暴风雨》，由莫里斯·布歇先生翻译。米兰达就是米兰达的影子，因为艺术家就是这样塑造的她；爱丽儿就是真正的爱丽儿，因为她就是被这样塑造出来的。她们的手势都相当丰富，她们的樱桃小嘴吐出的台词，都是那些嗓音优美的诗人口中吐出的词句。这是一场令人愉快的表演，我至今一想起仍感欣喜，尽管米兰达并没有注意到大幕落下后我送她的鲜花。然而，对于现代戏剧而言，也许我们最好有活生生的演员，因为在现代剧中，现实就是一切。虚幻的魅力——不可言喻的魅力——我们在英国是拒绝的，拒绝得好。

请容忍我做个纠正。你的作者将"论现代演员"那场睿智精彩的讲座的演讲者说成是我的门徒。请允许我声明一点，我与约翰·格雷先生最近才刚刚相识，但确是相见恨晚，我寻求结识他，是因为他在散文和诗歌方面已经形成了完美的表达方式。在这个庸俗的时代，所有艺术家当然都需要保护。也许他们一直都需要保护。但19世纪的艺术家不是在王子、教皇或赞助人那里得到保护，而是在通过高度冷漠的性情创造美好事物的快乐、对它们的长期沉思、对生活中的粗鄙卑劣之物的蔑视，以及在使人能看出关于美好艺术的所有流行观点和流行判断，是多么虚荣和愚蠢的恰当幽默感中才能找到保护。这些品质，约翰·格雷先生颇为突出。他不需要其他保护，事实上，他也不会接受保护。

供年轻人使用的至理名言*

人生的首要责任是尽量虚伪。

至于第二责任是什么，至今尚无人发现。

邪恶是善良的人们编造的谎言，用来说明别人的奇异魅力。

倘若穷人有鲜明的个性，解决贫困问题就不会困难重重。

看出灵魂与肉体区别的人既无肉体，也无灵魂。

精心制作的钮孔是艺术与自然的唯一纽带。

宗教一旦被证明是正确时就消亡了；科学是已消亡宗教的记录。

有教养的人与他人冲突，智者则与自己冲突。

现实中发生的任何事情都不是无关紧要的。

空虚预示着严肃时代的到来。

在所有不重要的事物当中，风格，而非真诚，是基本的。

在所有重要的事物当中，风格，而非真诚，是基本的。

* 原载于《变色龙》杂志第1卷第1期，1894年12月。

说真话的人迟早要被揭穿。

享乐是人们活着的唯一目标。什么也没幸福短暂。

一个人只有竭力赖账才有希望被商业阶层铭记。

犯罪不是庸俗，但所有的庸俗都是犯罪。庸俗是他人的行为。

只有浅薄的人才了解自己。

时间是浪费金钱。

人总要有点怪僻。

所有好的决定都有其致命的弱点，那就是都决定得太匆忙。

有点过分注重衣饰要得到补偿，唯一的方法是一直接受绝对的过分教育。

超前才会完美。

关心行为的正确与否表明理智的发展已停滞不前。

雄心是失败的最后避难所。

多于一人相信时，真理便不再是真理。

考试当中，傻瓜往往提出智者无法回答的问题。

希腊的服饰实际上缺乏艺术性。身体只能通过身体本身来表现。

一个人要么成为一件艺术品，要么拥有一件艺术品。

唯有表面的特征能够长存。人内心的东西很快就会被发现。

工业是一切丑陋的根源。

时代通过错位而被载入历史。

只有神尝过死亡的滋味。阿波罗已经作古，但据说被他杀害的风信子却存活了下来。

尼禄和那喀索斯总是与我们同在。

老年人相信一切；中年人怀疑一切；年轻人了解一切。

完美的境界是无为，完美的目标是青年。

只有风格大师才能做到晦涩。

英国目前有千千万万的青年，他们最初都满怀信心寻求理想的职业，但结果从事的却都是一些实用的职业，这似乎有点悲剧色彩。

自爱是一生罗曼史的开端。

于斯曼的《逆流》[*]

卡森：你以前对我说过，你并不限制自己的书在那些不能从中得出自然结论的人中间流通？

王尔德：我对教化民众极有热情。

卡森：我想你的这些作品都是为了教化民众？

王尔德：任何艺术作品，无论伟大还是微不足道，对民众都有好处。

卡森：你进一步描写了亨利·沃顿勋爵的天才。你当时是否脑子里有一本特殊的小说？

王尔德：没有，只是一个暗示。

卡森：你说没有吗？

王尔德：好吧。如果你允许的话，是有一本我本人并不十分欣赏的小说。

卡森：如果你能告诉我它叫什么名字，我们可以看看它是一部什么样的小说。

---

[*] 节选自1895年4月3—5日，爱德华·卡森在庭上讯问王尔德时的对话。——译者

王尔德：我认为你最好别管它。我不介意告诉你它的名字。这本小说名叫《逆流》，作者是于斯曼。我认为这本书写得很不好，但它给了我一个暗示。

卡森：小说名叫《逆流》？

王尔德：是的。

卡森：现在回答我：你说你在书中提到的那本书《逆流》不是一本不道德的书吗？

王尔德：写得不是很好，但我不认为它是不道德的。只是写得不好。

卡森：这本书不是公开写同性恋吗？

王尔德：《逆流》？

卡森：是的。

王尔德：绝不是。卡森先生，请你一定记住："一个年轻人手里拿着一本黄封面的书，一本影响了他生活的书"这句话，只是在某种程度上表明我可能会写一本像《逆流》一样的书；另外，当我引用其中的一些段落，提到其中一些段落时，这些段落并没出现在我书中。这只是我想象的。我读过《逆流》这本书，我想象中的它要比实际上好。

卡森：《逆流》是一部同性恋书吗？

王尔德：不是。你必须给我讲清楚你所说的同性恋书是什么意思？

卡森：你不知道？

王尔德：我不知道。

克拉克：法官大人，我真想知道这样还要进行多久。卡森先生一心要讯问的只是王尔德先生提到的某部假定的法国小说，一部没提到名字的小说，而卡森先生却要讯问这本书的内容。我不知道法官大人是否认为我们在走一条长路。

卡森：法官大人，我问王尔德先生的问题是：这本书是不是一本描写同性恋的书。法官大人，他承认他提到了这本书。

王尔德：没有，我没承认。

卡森：什么？

王尔德：我只是说《逆流》给了我暗示，但当我在《道林·格雷的画像》的下一段从这本假定的、想象出的书中引用一段文字时，我所引用的部分在《逆流》中并不存在。它只给了我一个动机，如此而已，这是有区别的。

卡森：但你脑子中的书不是《逆流》吗？

王尔德：不是。我脑子里的书是我自己想写的书。

卡森：我现在问你：你脑子里的书，就是亨利·沃顿勋爵送给道林·格雷的那本书，是不是《逆流》？

王尔德：不是。

卡森：但刚才你还告诉我"是"。

王尔德：不是。

卡森：但提到《逆流》的不是我，而是你自己。

王尔德：但你问我是什么让我想到了亨利·沃顿勋爵送给道林·格雷书这个情节的，但我不会说于斯曼先生，一位巴黎非常出色的作家，他的书会毒害道林·格雷的生活。从来没有一个艺术家会这样说另一位艺术家，这是极其粗俗的做法。

卡森：如果你说不是《逆流》，我就不多问此事了。

王尔德：我说的是：亨利·沃顿勋爵送给道林·格雷的书不是《逆流》。我只是说我书中提到的这本可能会写出来的书受到了《逆流》的启发，但这本书不是《逆流》。

卡森：那么，我问你，你在写这段话时是不是肯定想到了《逆流》，我还问你，《逆流》是不是描写同性恋的书。

王尔德：我不会对另一位艺术家的作品发表意见。

卡森：什么？

王尔德：我认为你没有权利讯问我对另一为艺术家作品的观点。我不会表达我的观点。

卡森：那就请让我给你读读《逆流》中的一段。

王尔德：请不要读。我自己很快会读的。

克拉克：我抗议。王尔德先生已经说过在写可能会腐化道林·格雷的一本书时，他想到了某种类似于《逆流》的书。我博学的朋友没有权利就另一个人的书讯问我的当事人，因为这与本案无关，也不可能与本案涉及的任何问题有关。

卡森：法官大人，我的问题是绝对合法的，我曾问过这位先生他在写《道林·格雷的画像》中的这特殊的一段话时脑子中出现的是哪部作品。他说是《逆流》。法官大人，可以肯定，问题是王尔德先生是否表现得像个同性恋者，这是本案的关键。我有权利表明，当他写《道林·格雷的画像》时，他脑子里有一本小说，而按照我的理解，这本小说显然是描写同性恋行为的小说。因此，我应该得到允许讯问证人这本书是否有那种描写。

法官： 我认为这是不允许的。王尔德先生已经否认了这一点，他说《逆流》只是启发了他写书中的一个情节。因此，我认为《逆流》与讯问王尔德先生无关。

基督与诗人 *

我知道，教会是谴责"浮荡的"，但这种思想对我来说似乎是很奇怪的，我想，这也许只是那些对生活一无所知的牧师发明出来的一种罪恶吧！我同样也不理解，说出"悲哀重使我们归于神"[1]这句话的但丁，怎么会对那些沉迷于悲哀中的人——如果真有这样的人——那样冷酷。我当时不知道有一天这也会成为我生活中一种最大的诱惑。

……

因为艺术生活不过是一种自我的发展。艺术家的人性表现在他坦白地接受所有的体验，就像艺术家的爱不过是把爱的灵与肉显示给世界的美感。在《享乐主义者马利乌斯》中，佩特想用深沉的、甜蜜的、庄严的语句来实现艺术生活与宗教生活的和谐，但马利乌斯不过是一个旁观者罢了——确实是一个理想的旁观者，一个用"适当的感情熟虑人生景观"的旁观者（华兹华斯将此视为诗人的真正目的），然而

---

* 节选自致艾尔弗雷德·道格拉斯的信，写于1897年1—3月。——译者
1 出自但丁，《炼狱篇》第23篇。

也只是一个旁观者而已，所以他只是徒然地目炫神迷于圣殿中器皿的华丽，而不知道他所注视的就是悲哀的圣殿。

在基督的真生活和艺术的真生活之间，我看到了一种更密切和直接的关系，所以我非常快乐地想到；在悲哀还没有把我的时光当作它自己的，并把我束缚在它的轮子上之前，我在《人的灵魂》中已经写下了这样的话："凡想过基督样的生活的人，一定要完全绝对地是他自己，并且不仅把山坡的牧羊人和监狱的囚犯，而且也把将世界当作一个陈列物的画家和以世界为一首歌的诗人当作他的典型。"我记得有一次我和安德烈·纪德一起坐在巴黎的一家咖啡馆里，我对他说，虽然我对玄学几乎不感兴趣，道德对我也是绝对没有意义的，但是我觉得，不论是柏拉图还是基督所说过的话，都可以直接移用到艺术世界里，在那里找到自己的完全的实现。这是一种像小说一样深奥的概括，它不只是指我们在基督身上能够找到形成古典艺术和浪漫艺术之间的真正差异，并使基督成为生活中的浪漫运动的真正先驱的那种人格与完美的密切统一，而且还指我们可以发现其与基督的本性基础是一样的，都是一种强烈的、像火一样的想象力。他在人类关系的所有领域实现他的那种在艺术领域里作为创造的唯一秘密的、想象出来的同情。

......

基督的地位实际上与诗人的是一致的，他对人性的全部理解都是出于想象，而且只有依靠想象才能实现。上帝对于泛神论者，正如基督对于人，他是第一个把分裂的种族想象为一个统一体的人，在他的时代出现之前，已有人类和众神存在。他独自看到在生活的山顶上只有神和人，并且通过神秘感的同情感受到他们在自己身体内部，各自都已化身成形。他根据自己的情绪把自己称作"人之子"或"神之子"，他比历史上的任何人都更能在我们中唤醒"浪漫"常常感兴趣的奇妙性情，但在想到一个年轻的加利利农人时，我觉得仍有某些东西几乎是令人难以相信的，因为这个农人想象着能把全世界的重负放在自己的肩上，包括把所有已做过的和经受过的，以及所有将要去做和经受的痛苦，把尼禄、恺撒·博尔吉亚、亚历山大六世、罗马皇帝和太阳神的祭司们的罪恶，把那些名为百姓而以坟墓为住所的人的痛苦、被压迫的民族、工厂里的儿童、窃贼、囚犯、无赖之徒和在压迫下沉默不语、只有上帝听到了他们的沉默的那些人的痛苦放在自己肩上，并且不只去想象，还要去实现。因此，目前世界上的所有与他的人格有接触的人——尽管他们可以不躬身于他的祭坛之下或跪在他的牧师面前——都会不知不觉地发现自己的罪恶已经被拿去，而只看到自己悲哀的美。这种理想在我看来还是几乎令人难以相信的。

我已经说过，基督是与诗人同列的，这是真的，雪莱和索福克勒斯就是他的同伴。但他的全部生活也是最奇妙的诗歌。所有的希腊悲剧中都没有触及"怜悯与恐惧"。剧中主人公的绝对纯洁，使整个构思提高到浪漫艺术的高度，而底比斯和人的后代的痛苦则被他们自己的恐惧摒除在浪漫艺术之外，并且还表明，当亚里士多德在其论戏剧的文章中说人们不可能容忍对一个痛苦无罪的人的示众时，他是犯了多大的错误！就是在严肃的、温柔的前辈，如埃斯库罗斯和但丁的作品内，在一切大艺术家中最纯粹的莎士比亚的作品内，在所有通过眼泪织成的雾显现出世界的美，把人的生活当作花的生活一样看待的凯尔特人的神话和传说中，有着某种能把悲剧效果的庄严性与悲哀的纯粹的单纯性融为一体的东西，这可以说是与基督受难的最后一幕相等或接近的。基督与其使徒的最后晚餐（其中一个使徒已经为一袋金币出卖了他）；寂静的洒满月光的橄榄树花园里的痛苦；走近来用一吻出卖了他的伪友；仍然相信他，并且希望在他身上像在岩石上那样为那些在鸡叫之时就抛弃了他的人建造一所避难所的朋友；他自己全然的孤独；他的服从；他对一切的接受；同时还有在狂怒中撕碎他的衣服的正教派高僧和徒劳地叫着"拿水来"，希望洗净手上所沾的、使其成为历史上一个有污点的人物的那个无辜人的鲜血的地方行政长官[1]；作为有史以来最奇异的一件事的悲哀的加冕式；在他所爱的母亲和弟子眼前无辜者所受的酷刑；为争夺他的衣服掷骰子和赌博的士兵；使其能给予世上最永久的象征的可怕的死亡；他在富人

---

1 指彼拉多，传说他在基督受难后，幻觉自己手上尽是基督的血，最后因此而死。——译者

的墓穴里的最后的葬礼，肉体用涂满了昂贵的香料和香油的埃及细麻布包裹着，好像他是一位王子一样——当我们只从艺术的角度思考这一切时，我们应该感谢教会把表演不流血的悲剧作为自己的最高使命，通过对话、服装、手势神秘地表演出他们的主的受难，并且，当我想到，艺术，在别的地方失却了的希腊合唱的最后遗物，将要在做弥撒时仆人回答牧师的话中找出来时，我就既感到惊喜，又觉得恐怖。

然而，基督的全部生活——悲哀和美在其意义和表现方面可以变得完全统一——真是一首牧歌，虽然其结束时圣殿的帷幕已被撕裂，黑暗已遮盖了地面，石块已被推到墓穴门口。人们常常把他想成一个与同伴在一起的年轻新郎，就像他有时把自己描绘成的那样，或是想象成一个带着羊群慢慢地穿过山谷，寻找青草和清凉的小溪的牧羊人，或是一个试图用音乐建造天国的围墙的歌者，或是一个世界与他的爱相比都显得渺小的情人。他创造的奇迹对我来说就像春天来临那样奇妙。当然，我毫不困难地相信，他的人格魅力在于他的存在能够给痛苦中的灵魂带来和平，在于触到他的长袍或手的人就会忘掉他们的痛苦；或因为他在人生的大道上走过的时候，那些丝毫没有看到人生的秘密的人就很明了地看到了，那些除了快乐的声音以外听不到一切的人也就能听到爱的声音了，并且觉得这种声音就像"阿波罗的琴奏出的音乐"那样美妙；或者因为他的到来，丑恶的情欲都逃开了，过着像死人一样的空虚的毫无想象力的生活的人好像也从坟墓中苏醒过来了；或者因为当他在山坡上讲道时，群众就忘了饥渴，忘了人间的烦恼；或者因为当他坐下吃饭时，听他说话的朋友觉得粗糙的饭食也变得美味可口，清水也有了美酒般的滋味，并且整座房子里都充满了甘松的香味和甜蜜。

勒南在其《耶稣传》中——那优美的"第五福音书"，我们也可以根据圣托马斯的说法称它为"福音书"——说基督的最大的成就在于他在一生中使自己成为一个在生前和死后都受到同样尊敬的人。并且，毫无疑问的是，如果他处于诗人之列，他必是所有情人的领袖。他看到，爱，是这个世界上的聪明人一直在寻找的那个失去的秘密，只有通过爱，人才能接近麻风病患者的心和上帝的脚。

而且，基督首先是一个最高的个人主义者。就像艺术家接受一切经验一样，人性不过是一种表现方式罢了。基督一直在寻找的只是人的灵魂，他称之为"上帝之国"，并在每一个人身上都找它。他把灵魂比作细微之物，比作细小的种子，比作一把发酵粉、一颗珍珠，这是因为人只有摆脱所有异己的激情、既定的文化和所有外在的无论好坏的财产，他才能认识到自己的灵魂。

……

以赛亚的歌曰："他被蔑视、被人厌弃、备受折磨和悲哀：在我们面前犹如掩面的人。"这首歌对他来说似乎就是他自己的一种预兆，在他身上，这种预兆竟变成了现实。我们没必要害怕这样的一句话。每一件独立的艺术品都是一种预言的完成，因为每一件艺术品都是由思想到形象的转化，每一个人也应该是一种预言的完成，因为每一个人都应该是"神之心"或"人之心"的一种理想的完成。基督发现了这种典型，并且把它固定下来了。而耶路撒冷或巴比伦的维吉尔式的诗人[1]的梦，在数世纪漫长的进化中，在世界正在等待着的他自己身上具体化了。"他的脸比任何人的脸都毁坏得厉害，他的形体不像'人之子'的身体"，这是以赛亚记过的区分新理想的标志，并且，一旦艺术理解了自己意味着什么，它就会在一个身上体现着一种以前从未有过的艺术真理的人面前像花一样开放，因为，如我所说，外在是内在的表现，灵魂被赋予血肉，肉体本能被赋予精神，形式表现一切等，都不是艺术中的真理。

在我看来，历史上最令人悲哀的是：基督复活产生了沙特尔大教堂[2]、亚瑟王的系列传说[3]、圣方济各[4]的生命、乔托[5]的艺术、但丁的《神曲》，但它却不能按照自己的方式发展，而是被给了我们彼特拉克的诗歌、拉斐尔的壁画、帕拉弟奥的建筑、拘于形式的法国悲剧、圣保罗的大教堂、蒲柏

1　指以赛亚。——译者

2　法国哥特式教堂。——译者

3　指英国神话中关于亚瑟王的许多故事。——译者

4　阿西西的圣方济各（San Francesco di Assisi，1182—1226年），12—13世纪的意大利修士。——译者

5　乔托·邦多纳（Giotto Bondone，1260—1337年），13—14世纪的意大利画家、雕刻家，被誉为"欧洲绘画之父"。——译者

的诗歌，以及根据僵死的法则创造出来，而不是通过体现着它的某种精神、从内部产生的一切东西阻碍和损害了。但无论在哪儿出现一种艺术浪漫运动，基督或基督的灵魂就会以某种方式或某种形式出现：他在《罗密欧与朱丽叶》里，在《冬天的故事》里，在普罗旺斯人的诗里，在《古舟子咏》[1]里，在《无情的美人》[2]里，在查特顿的《仁慈之歌》[3]里。

种种最复杂的人和事都是因他才来的。雨果的《悲惨世界》、波德莱尔的《恶之花》、俄国小说里的怜悯基调、伯恩·琼斯[4]和莫里斯弄脏的镜子、挂毯和15世纪的作品、魏尔伦和他的诗、乔托的《钟楼》、兰斯特洛[5]与吉尼维尔[6]、唐豪瑟[7]，米开朗琪罗的悲哀的浪漫的大理石雕塑、有尖顶的建筑物、孩子的爱和花的爱，这些都是属于他的。确切地说，孩子与花在古典艺术里是几乎没有什么地位的，古典艺术里是没有成长的游戏的，但从12世纪至今，孩子和花却以各种各样的形式在各种各样的时代断断续续但固执地出现在艺术

---

1 柯勒律治的诗。——译者

2 济慈的诗。——译者

3 查特顿是一位夭折的天才诗人，《仁慈之歌》是他最后的诗篇。——译者

4 伯恩·琼斯（Burne Jones, 1833—1898年），19世纪英国画家和工业设计家，其绘画体现了拉斐尔前派的风格，他设计过金属、石膏等浮雕和挂毯图案。——译者

5 英国亚瑟王传奇中的圆桌骑士。——译者

6 传说中亚瑟王的王后，兰斯特洛的情妇。——译者

7 唐豪瑟（Tannhauser, 约1200—1270年），德国吟游诗人，曾被诱至维纳斯宫廷寻欢作乐，后又请求教皇赦罪。王尔德多次谈到唐豪瑟的人生历程，特别是他最后的忏悔。瓦格纳根据唐豪瑟的传说创作出歌剧《唐豪瑟》。

作品里。春天一直还是那个春天，花儿似乎都躲藏起来了，只有太阳出来时才出现，因为它们害怕长大的人会不耐烦寻找它而放弃追求，孩子的生活仅仅像一个为了水仙的开放才有雨也有阳光的4月的一天。

基督自己本性中的想象性使他成为跳跃的浪漫的中心。诗剧和传说中奇怪的人物都是别人的想象创造出来的，但拿撒勒的耶稣从自己的想象中创造出的只是他自己。以赛亚的呼号与他的来临实际上没什么关系，就像夜莺的歌与月亮的升起没有什么关系一样。他是预言的肯定者，也是预言的否定者；每当他成就这种期待，他就毁灭那一种期待。培根说"在一切美中，存在着某种奇怪的比例"，所以，那些由精神而生的人——也就是说，像他自己一样充满活力的人，基督说他们就像风一样"吹到自己喜欢的地方，并且没有人能说出它是从什么地方来，到什么地方去"，这就是他为什么对艺术家有那么大的魔力的原因。他具有生活的一切因素：神秘、奇异、悲哀、暗示、狂热、爱，他吸引了奇异的性情，并且创造出那种人们的凭以理解他的情绪。

……

如果我将来还能写作，就是说再能创造艺术作品，那我希望能用两个主题表现我自己：一个是作为生活中的浪漫运动先驱的基督，另一个是被放在其与行为的关系中来思考的艺术生活。前者不必说是很有吸引力的，因为我在基督身上不仅看到了最高的浪漫典型的本质要素，而且还看到一切产生于浪漫气质的偶然事件，甚至包括任性。他是第一个宣讲"人应过如花岁月"的人，他固持着这句话。他把孩子作为人们应该努力成为的人的模型，他把孩子作为他们的长者的范例，这也是我常想到的孩子的主要作用，如果完美的东西都要有一种用途的话。但丁描写入的灵魂在从上帝之手出来时是"像孩子一样又哭又笑"；基督也看到，每个人的灵魂应该是"像边哭边笑做游戏的小姑娘"。他感到生命是变化的、流动的、活泼的，如果把生命铸成一种形式，那就等于它的死亡。他说过，人们不应过于关注物质的、世俗的利益，创造非实用的东西就是创造伟大的东西。一个人不应该过于烦扰于世俗之事。当他说"鸟尚且不这样，人为什么反倒要这样呢"，"不要想到明天，难道灵魂还不及肉身，身体还不及衣服吗"的时候，他确是迷人可爱的。一个希腊人可能会说出后面那句话，因为它充满了希腊人式的感情，但是只有基督能够说出上面这两句话，并且为我们完美地概括出生活的规律。

他的道德，就像道德应该是的那样，是完全的同情。如果他曾说过的唯一一件事是"她的罪被赦免了，因为她爱得多"，那么，说这样的话，即使去死也是值得的。他的正义都是诗的正义，正像正义应该是的那样。乞丐因为曾经不幸而到了天国，我想不出他被送到天国里去还能有其他更好的理由。在清凉的晚上，在葡萄园中做了一小时工作的人们所得到的报酬，与在烈日下劳作一天的人得到的一样。他们为什么不应该这样呢？可能没有一个人有资格得到什么东西，或者他们也许是一种与众不同的人。基督是无法容忍把人当物看待，并且把一切人都一样看待的、沉闷、无生气的机械的体制的。在他看来，没有法则，只有例外。

在基督看来，浪漫艺术的核心是实际生活的合适的基础，他看不到还有其他什么基础。当人们把一个根据法律被判有罪的妇人带到他的面前，问他该怎么办时，他用手指在地上写着什么，似乎没有听到他们所说的话，最后，当他们一再逼着他回答时，他抬起头说："让你们中间没有犯过罪的人先拿石头砸她吧！"活着说出这样的话，真是值得。

就像所有富于诗意的人一样，他也爱无知无识的人，他知道，在无知者的灵魂里，常常会有接受伟大思想的地方。但他无法容忍蠢人，特别是那些被教育弄得愚蠢的人——这样的人有许许多多他们一点也不了解的观点，是一种特殊的现代典型，基督概括这样的人是掌握着知识的钥匙，自己却不会用，也不允许别人去用的人，虽然这把钥匙可以用来开启天国之门。基督发动的主要战争是反对平庸之辈，这是每一个光之子都不得不进行的战争。平庸是他生活的时代与社会的特征，他反对他们对种种思想的无法理解，反对他们萎靡不振的体面和令人生厌的正统，反对他们对世俗成功的崇拜和对生活中十足的物质主义方面的彻底迷恋，反对他们对自己和自己价值的可笑估计，在这些方面，基督时代的耶路撒冷的犹太人，正是我们英国的平庸之辈的对应者。基督嘲笑体面是"涂白了的坟墓",并一生坚信这句话。他把世俗的成功看作一种应该被彻底蔑视的东西,因为他从中看不出任何有价值的东西。他把财富看作人的障碍,他不愿意听到生命为任何思想或道德体制牺牲掉。他指出,形式和仪式是为人设的,而不是人为形式和仪式所设。他认为人们应该轻视"安息日严守主义"这类东西。他用彻底的无情和嘲笑,讽刺了中产阶级认为极可爱的冷酷的博爱、虚伪的公共慈善事业、冗长乏味的形式主义。对我们来说,所谓正统不过是一种温顺的不明智的默从,而对他们来说,正统经他们之手就成了一种可怕的毁灭性专制。基督把它们一扫而光,他表示,精神自身是有价值的。他非常高兴地向他们指出:虽然他们一直在读法律和预言书,但他们实际上几乎毫不理解二者的真实意义。他反对他们像把薄荷和芸香一点点地调和起来那样,把每一个单独的日子慢慢调和成按既定任务安排起来的固定的日常生活。他把人完全为瞬间而生活看作是生活最重要的价值。

那些被他从罪恶中拯救出来的人,仅仅是因为他们在生活中有过美好的瞬间。玛丽·玛格达伦一看到基督,就打碎了她七个情人中的一个送给她的昂贵香膏瓶,把香料撒在他那疲倦的、沾满灰尘的双脚上,就是因为有这样一个瞬间,她就可以永远与路得[1]和贝雅特丽齐[2]一起坐在天堂里雪白

---

1 《圣经》中的人物。——译者
2 但丁《神曲》中理想化的佛罗伦萨女子。——译者

的蔷薇花丛中。基督的所有训诫我们的话，都是说每一个瞬间都应该是美丽的，灵魂应该始终等待着新郎的来临，始终等待着爱人的声音。平庸只是人的本性中没被想象照亮的那一面。他把生活中一切可爱影响都看作是"光"的样式：想象本身就是世界之光，世界就是由它创造的，可是世界却不能理解它，这是因为想象只是爱的一种表现形式，使人与人之间彼此区别开来的是爱及爱的能力。但从最真实的意义上说，只是当他在处理犯罪者时他才是最浪漫的。世界向来是爱圣者的，因为圣者最有可能接近神的完美。基督通过自身的某种神圣本能，似乎一直是爱着犯罪者的，把他们作为最可能接近人的完美的人。他的本来愿望不是去改造人，也不是拯救人的痛苦，把一个有趣的窃贼改变成一个乏味的诚实的人不是他的目的，对他来说，把一个收税吏改变成一个法利赛人无论如何不是一种伟大的成就，但他用一种还不为世界所理解的方式，把罪恶和痛苦看作本身就是美丽的、神圣的东西，也是一种完美的形式。这听起来是一种很危险的思想，确实如此，一切伟大的思想都是危险的，基督教义也坦白承认这一点，我自己深信它是一种真教义。

当然，犯罪者必须忏悔，但为什么要忏悔呢？这只是因为不忏悔他就不能认识到自己所做过的事。忏悔的瞬间就是创始的瞬间。不仅如此，忏悔也是一个人改变自己过去的手段。希腊人认为这是不可能的，他们常用箴言警句的形式说："即使是神，也不能改变过去。"基督则向人显示：即使最普通的犯罪者也能做到这一点，他也只能做这样一件事——如果有人问起基督，我敢肯定，他一定会说，当放荡的子孙伏在他的膝上哭泣的那一刻，就是把他那为了娼妇而倾家荡产的事，以及他养猪和因为饥饿而求乞猪所食谷壳的事，变成了他生活中的美丽而神圣的事情。大多数人是很难理解这种思想的，我敢说，人只有在监狱里才能理解这一点，如果真是这样的话，即使进监狱也是值得的。

基督身上有某种独一无二的东西，当然，就像黎明之前有假的黎明，冬天会突然充满诱使聪明的番红花提前浪费掉自己的金色、使某种愚蠢的鸟召唤自己的配偶在枯枝上搭窝筑巢的阳光一样，基督之前也有基督教徒。为此我们应该心怀谢意。不幸的是从那以后再也不出现一个基督了。我把圣方济各当作一个例外，但上帝在他诞生之时就赋予他以诗人的灵魂，所以他在自己还很年轻时就已用一种神秘的婚礼把贫穷当成了自己的新娘，用一个诗人的心灵和乞丐的身体，他发现到达完美的道路并不艰难。他理解基督，因此他也变得像基督了。我们不需要训诫手册来教会我们认识到：圣方济各的生活是对基督的真正模仿。基督是一首诗，与其相比，圣方济各的书仅仅是一种散文。实际上，说尽应该说的一切，就是基督魅力之所在，他本身就像一件艺术品，他确实没有教给人们什么，但人只要被带到他的面前就会变成某种东西，而且，每个人命中注定都要到他面前去。

……

或许在我的艺术上与在我的生活上一样，会出现一种更深刻的含义，一种更伟大的激情的统一和一种直率的冲动。现在艺术的真正目的不是追求广度而是追求强度。我们已不再关心艺术的类型，我们不得不这样做，这是一个例外。不须说，我不能把我的痛苦注入艺术所具有的形式里去，艺术只有在不模仿时才能真正开始。但我的作品中必须注入某种东西：或许是语言的更充分的和谐，或是更丰富的音调、更奇异的色彩效果、更质朴的结构顺序，或至少是某种审美特性。

当玛息阿的"四肢被切断时"[1]——用但丁的一句最可怕、最似塔西佗文风的句子说——他不再歌唱了，希腊人说，阿波罗已经是胜利者了，七弦琴已经征服了芦笛。但也许希腊人是错误的。我在许多现代艺术中都听到了玛息阿的叫喊[2]，这在波德莱尔身上表现为悲痛，在拉马丁身上表现为甜蜜和凄凉，在魏尔伦身上表现为神秘；这存在于肖邦的音乐中的延宕的和解，表现在萦绕于伯恩·琼斯的妇人们面孔上不断出现的不满足；甚至马修·阿诺德的《卡利克雷之歌》，也用那种抒情、明晰的音调诉说"甜蜜感人的七弦琴的胜利"和"著名的最后的胜利"，即使在萦绕于他的诗歌中的，为

1　出自但丁，《天堂篇》第一篇。
2　同上。

怀疑和失望所扰乱了的低调里，也隐含着同样多的叫喊[1]。歌德和华兹华斯都帮不了他，虽然他曾先后追随过他们。当他追求去为《塞西丝》[2]悲悼或为《吉卜赛学者》[3]歌唱时，他不得不拿起芦笛奏出自己的音律。但不管弗里吉亚的农牧神[4]沉默与否，我都无法沉默。表达之于我，就像树叶和花之于监狱围墙上露出的、在风中不停摇曳的黑色树枝，是必不可少的。我的艺术与世界之间现在有一道宽阔的鸿沟，但在我与艺术之间则没有，我至少希望没有。

……

从艺术的观点看，在观察的细致方面，在所有的戏剧中，我还没有发现能比莎士比亚对罗森格兰兹和吉尔登斯呑的描写更无可比拟或更富于暗示性的。他们是哈姆雷特大学时的朋友，也曾是他的同伴。他们常常回忆他们在一起时的快乐时光。当他们在剧中遇到哈姆雷特时，这位王子正承受着一种自己的性格所无法承受的重负，死人已披挂着铠甲从坟墓里走出来，给予他一个对他来说既太伟大又太卑鄙的使命。他是一个梦想者，却被逼必须采取行动；他有诗人的气质，却被逼要应付世俗因果的纠纷，去应付他一无所知的实

1　出自马修·阿诺德，《恩培多克勒在埃特纳山上》。

2　马修·阿诺德的诗。——译者

3　同上。

4　"玛恩阿，不快乐的农牧神。"（出自马修·阿诺德，《恩培多克勒在埃特纳山上》。）

际人生，而不是他所了解的生活的理想本质。他不知道自己应该做什么，所以他就装成疯子。布鲁图[1]曾以装疯为衣，隐藏其目的之剑和意愿之刀，但对哈姆雷特来说，疯只是用来掩盖他的脆弱的面具。在奇想和开玩笑的过程中，他看到了拖延的机会，他不断地与行动开着玩笑，就像艺术家与理论开玩笑一样。他把自己弄成自己的合理行动的间谍，并且当他倾听自己的言语时，他知道它们只不过是：空话、空话、空话。他不是要努力去做他自己的历史上的英雄，而是想成为自己悲剧的旁观者。他不相信一切，包括他自己，然而他的怀疑却根本无法帮助他，因为他的怀疑不是出于怀疑主义，而是因为他的分裂的意志。

罗森格兰兹和吉尔登斯吞对这一切一无所知，他们鞠躬、假笑、微笑，一个人说什么，另一个就随声附和。当最后，哈姆雷特利用剧中剧和剧中人的痴话"抓住了"国王的"良心"，把那个令人恐怖的恶人从王座上赶下来时，罗森格兰兹和吉尔登斯吞只是伤心地看到哈姆雷特的行为破坏了宫廷礼仪。这就是他们在"用适当的情绪熟虑人生的景观"时所能达到的地步。他们接近哈姆雷特的秘密，却对这秘密一无所知，即使把秘密告诉他们也没用。他们是小杯子，只能盛那么多的水。剧终暗示说，由于陷入了一个为别人而设的

1　布鲁图（Brutus，公元前85—前42年），罗马贵族政治家，刺杀恺撒的主谋。——译者

机关，他们遇到了或可能会遇到一种暴力的、突然的死亡。但这种悲剧结局虽然因了哈姆雷特的幽默而触发过某种喜剧的惊奇和正义，但实际上这种结局不是为他们而设的。他们永不会死亡。

狱中读的书[*]

亲爱的罗比，我还没谢谢你送来的书呢。它们来得真是及时，只是监狱不允许送杂志进来，这倒是个遗憾，但梅瑞狄斯的小说¹很令我着迷。他真是个性情健全的艺术家！他说浪漫文学最重要的是理智，我很赞成。然而，截至目前，在生活和文学作品中，只有病态的东西得到了表现。

罗塞蒂的信²太可怕了，显然是他哥哥伪造的。然而，我感兴趣的是从中知道了我舅公的《梅尔莫斯》³和我母亲的《西多妮娅》是他青年时代最爱读的书。至于说后来有人密谋陷害他，我相信确有其事，出资方则是黑克⁴银行。

---

* 致罗伯特·罗斯的信，写于1897年4月6日。

1 指《奇异的婚礼》。

2 指《但丁·加布里埃尔·罗塞蒂家信》，附有威廉·迈克尔·罗塞蒂的回忆录。1895年出版，共两卷。

3 指《流浪者梅尔莫斯》，作者为查尔斯·罗伯特·马图温（Charles Robert Maturin，1782—1824年），是王尔德的舅公。

4 指托马斯·戈登·黑克（Thomas Gordon Hake，1809—1895年），诗人，但丁·加布里埃尔·罗塞蒂最亲密的朋友之一，他儿子发明了一种新的银行系统，王尔德很感兴趣。

斯蒂文森的作品[1]也非常让人失望。我看出，对一个浪漫作家来说，浪漫环境是最糟糕的环境。在高尔街，斯蒂文森本可以写出一部新《三个火枪手》。在萨摩亚，他给《时代》写关于德国人的通信。在他描述的顺乎自然的生活中，我也看出了一种可怕的东西。砍伐森林不管对自己或对他有多大的好处，他都不应描述其整个过程。实际上，顺乎自然的生活是种无意识的生活。斯蒂文森的探索只是扩大了艺术表现的范围。整部书沉闷乏味，给我的只是教训。在将来，如果我能在小酒店里一边喝酒一边读波德莱尔，那我也就过上自然生活了，而且比在泥淖中修剪树篱或种可可树更自然。

《在路上》[2]被评价得太高了。它纯粹是新闻报道，人们也听不到它所描述的音乐曲调。主题不错，风格却毫无价值、拖拖拉拉、松弛。这是比奥内[3]的作品还糟糕的法语作品。奥内追求的就是大众化并且取得了成功。于斯曼并不想流俗；并且……哈代的小说[4]令人愉快，弗雷德里克的小说[5]的内容非常有趣……除此之外，监狱图书室里就几乎再没有

1　指《维利马书信集》（1895年）。

2　若利斯－卡尔·于斯曼（Joris-Karl Huysmans，1848—1907年）的小说，1895年出版。

3　指乔治·奥内（George Ohner，1848—1918年），是个多产的流行小说家。

4　指《被爱的人》，1897年3月16日出版。

5　指《照明》，美国小说家哈罗德·弗雷德里克（Harold Frederic，1856—1898年）的作品。

可让我这样的犯人读的小说了。我想建议图书室再增添一些好小说，包括斯蒂文森的（这里只有他的《黑箭》），萨克雷的作品（这里一部他的小说都没有），像仲马父子那样的作家的小说，如斯坦利·威曼的小说[1]，以及任何现代年轻作家的作品。你提到亨利[2]有一部《保护人》？还有"安东尼·霍普"[3]的作品。复活节过后，你可以给我开个大约14本书的书单，请求监狱让我看这些书。这儿的犯人不在乎龚古尔的杂志，却会喜欢这些书。别忘了。书钱由我自己付。

我现在越来越恐惧的是：当我重新走进外面的世界时手里却没有一本属于自己的书。我想知道是不是有朋友愿意送给我一点书，像科斯莫斯·伦诺克斯[4]、雷吉·特纳[5]、吉尔伯特·伯吉斯[6]、马克斯[7]等等。你知道我想要什么书：福楼拜、

1　斯坦利·约翰·韦曼（Stanley Weyman，1855—1928年）此时已出版了九部历史小说，包括《红长袍下》（1894年）和《一个法国大使的回忆》（1895年）。

2　可能是指H.C.威尔斯（H. C. Wells，1866—1946年），他的第一部小说《时间机器》（1895年）曾由亨利在《新评论》上连载过。

3　指安东尼·霍普·霍金斯（Anthony Hope Hawkins，1863—1933年）的笔名，是个多产作家。

4　演员，剧作家，编剧家。《理想丈夫》首演时他曾在其中担任角色。

5　私生子、新闻记者，是个才子，一生大部分时间住在国外，出版了一些小说。

6　英国作家和新闻记者，1895年1月9日，即《理想丈夫》首演后第六天，他在《随笔》上发表了对王尔德的长篇访谈录。

7　马克斯·比尔布姆（Max Beerbohm，1872—1956年）知道王尔德的这个要求后给他送了四本书，包括他自己的"作品集"和《快乐的伪君子》（1896年）。

斯蒂文森、波德莱尔、梅特林克、大仲马、济慈、马洛、查特顿、柯勒律治、阿纳托尔·弗朗斯、戈蒂耶、但丁及所有但丁式的文学作品、歌德和所有歌德式的文学作品等。想到外面有书在等着我对我是个极大的安慰，何况或许仍有一些朋友会善待我呢。人确实是很会表示感激的，虽然我自己恐怕常常并不叫人这样认为。但这时你就要记住：除了监狱生活外，我可是始终是在焦虑中度过的呀！

给我回信时要好好谈谈外界书的出版和剧作上演情况。你上封信的字迹太糟糕了，好像你在以共产主义思想在富人中间传播的那种可怕的速度在写一部三卷本的小说，或换一种方式说，你那样做是在浪费，一直是，并且将来仍会是充满希望的青春。如果我这样说错怪了你，你一定要理解这是出于长期监禁导致的病态心理。但无论如何你的信一定要字迹清楚。否则，就好像你没什么可隐瞒似的。

W. E. 亨利[1]的散文[*]

就你来说，就我来说，就一切艺术家来说，其作品都要么被人记住，要么被人遗忘。我无法详细探讨其中蕴含的各种粗糙、声名狼藉的具体事实。我知道亨利编辑过《国家观察家》，其所作所为表明他是个很尖刻，但在某些方面又很怯懦的新闻记者。我定期都能收到《国家评论》杂志，其呆板和愚蠢无以言说。我关心的只是人的本质，而不是他做的事，不管是烂污事还是其他什么事。

当然谈到 W. E. 亨利的散文是诗人式的散文时，我对他的赞美实际上是名不符实的。他的散文佶屈聱牙、断断续续，他没有能力构建美丽的长句，而写散文就需要有美丽的花朵一样的长句。但我赞美他是因为这样的缘故："他的诗是散文家写出的最美的诗。"这是指亨利最好的作品《医院之歌》也是自由诗，自由诗就是散文。作者将全诗分行分节，目的是向你表明他想让你追随的节奏。但人们所关注的

---

[*] 致威尔·罗森斯坦的信，写于1897年8月24日。

[1] 《新评论》的编辑。

只是文学作品本身。诗并不比散文好，散文也不比诗好。当
人们说到诗和散文这两个词时，人们只是指某种按音乐节奏
组合词语的技术方式，或者说旋律和和声的方式，虽然这并
不是决定诗歌或散文的独一无二的条件。我在谈到亨利的散
文时，说其是诗人创作的美丽的散文，虽然这对亨利来说是
一种过誉，是极度的夸张，但这句话的后半部分实际上是对
其自由诗的一种微妙的美学理解，而这种诗，如果 W.E.亨利
还有点判断力的话，第一个表示欣赏的应该是他。你似乎误
解了我这句话，马拉美可能会理解。但这种事并不重要。人
人都急欲得到公众的赞美，而不久就会有人按时间顺序逐一
列出 W.E.亨利在文学领域犯下的一个个错误，这份清单会
很长。

图书在版编目（CIP）数据

王尔德读书随笔 /（英）奥斯卡·王尔德著；孙宜学译.—北京：商务印书馆，2023

ISBN 978－7－100－22030－9

Ⅰ.①王… Ⅱ.①奥… ②孙… Ⅲ.①散文集 — 英国 — 近代 Ⅳ.①I561.64

中国国家版本馆 CIP 数据核字（2023）第031823号

王 尔 德 读 书 随 笔

〔英〕奥斯卡·王尔德 著

孙宜学 译

商 务 印 书 馆 出 版
（北京王府井大街36号 邮政编码 100710）
商 务 印 书 馆 发 行
山西人民印刷有限责任公司印刷
ISBN 978－7－100－22030－9

2023年6月第1版 开本 787×1092 1/32
2023年6月第1次印刷 印张 10¼

定价：65.00元